U0711352

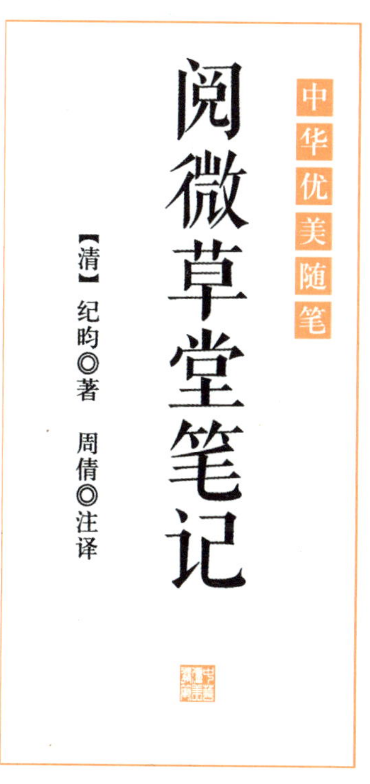

中华优美随笔

阅微草堂笔记

【清】纪昀◎著
周倩◎注译

北京理工大学出版社
BEIJING INSTITUTE OF TECHNOLOGY PRESS

图书在版编目（CIP）数据

阅微草堂笔记 / (清) 纪昀著 ; 周倩注译. -- 北京: 北京理工大学出版社, 2017.1

（中华优美随笔）

ISBN 978-7-5682-3396-5

Ⅰ. ①阅… Ⅱ. ①纪… ②周… Ⅲ. ①笔记小说－小说集－中国－清代②《阅微草堂笔记》－译文 Ⅳ. ①I242.1

中国版本图书馆CIP数据核字(2016)第284876号

出版发行 / 北京理工大学出版社有限责任公司
社　　址 / 北京市海淀区中关村南大街 5 号
邮　　编 / 100081
电　　话 / （010）68914775（总编室）
（010）82562903（教材售后服务热线）
（010）68948351（其他图书服务热线）
网　　址 / http: //www.bitpress.com.cn
经　　销 / 全国各地新华书店
印　　刷 / 三河市金元印装有限公司
开　　本 / 889 毫米 × 1194 毫米　1/32
印　　张 / 12
字　　数 / 267千字
版　　次 / 2017 年 1 月第 1 版　2017 年 1 月第 1 次印刷
定　　价 / 42.00元

责任编辑 / 刘永兵
文案编辑 / 刘永兵
责任校对 / 周瑞红
责任印制 / 边心超

前 言

《阅微草堂笔记》是清人纪昀所著的短篇笔记体志怪小说集，原书共分为“滦阳消夏录”“如是我闻”“姑妄听之”等二十六卷。在本次改编中，编者取消了分卷的形式，将每个故事都重新取一个名字，这样既无损于原文的韵味与完整性，又使得故事的节奏更易为读者把握且不觉冗杂。

从内容上来讲，作为同时代的志怪小说，《阅微草堂笔记》与《聊斋志异》《新齐谐》（又名《子不语》）的侧重点不同。相对于另两者的以“志怪”为主，《阅微草堂笔记》更加侧重讽喻性，通过一个个的故事，达到戒恶劝善的目的。而且《阅微草堂笔记》中的大多数故事都说明了讲述者，让读者觉得书中所记录的事情都是生活中发生在身边的，劝喻的效果更加明显。

《阅微草堂笔记》所记载的故事发生在全国各地，南到云南、贵州等地，北到新疆等地，所涵盖的地域范围十分广大。这与作者多年辗转为官的经历有关，同时也从侧面说明了作者见闻的广博。

《阅微草堂笔记》还从侧面描述了当时人们的生活情况，其中的人物既有老实巴交的农民，又有唯利是图的商人，还有或狡黠或质朴的奴仆。作者通过对这些小人物以及他们的生活的描写，展现了当时下层劳动人民的苦乐酸甜，同时通过他们与官员、主人家的对比，表现出当时的社会矛盾已然激化。

《阅微草堂笔记》中还描写了一些奇人异士与侠盗义贼，如献县的史某、大盗齐大，还有那位路见不平、要“为天下穷官出气”的盗贼，他们虽然是为人们所蔑视的强盗或捕吏，却能为旁人所不能为，其烈烈侠气，读来令人不胜心向往之。

《阅微草堂笔记》的主体内容虽然以劝喻为主，但其中有些内容过于荒诞或已经不符合现代社会人们的价值观，所以编者在改编本书时对这部分内容进行了删除、整理，读者在阅读时也应当加以辨识，取其精华，去其糟粕。同时，对于本书中作者所阐述的观点与论调，希望读者能够有自己的见解与思考。

总体而言，《阅微草堂笔记》是一本值得一读的书，不管是它的趣味性还是哲理性，相信都能够给读者留下难忘的印象。希望广大读者能从本书中获得教益，同时也能通过阅读本书而更好地把握自己的人生航向，最终驶向梦想的彼岸。

目　录
Contents

狐敬孝妇 ‖ 001
鬼嘲学究 ‖ 003
梦入幽冥 ‖ 005
鬼论无鬼 ‖ 008
白岩寓言 ‖ 010
降狐之法 ‖ 012
曹氏斥鬼 ‖ 015
六壬术士 ‖ 017
女鬼自省 ‖ 018
义所当报 ‖ 020
治狱可畏 ‖ 022
狐贞于人 ‖ 023
神诫老儒 ‖ 024
愦愦之鬼 ‖ 026
聪明之鬼 ‖ 027
人恶于鬼 ‖ 029
神佑孝妇 ‖ 030
僧言累人 ‖ 031
人狐相安 ‖ 032
荔姐装鬼 ‖ 034
狐助孝妇 ‖ 036
鬼憾问官 ‖ 037

励庵寓言 ‖040
堕井不死 ‖043
齐大免诛 ‖045
狐救部吏 ‖047
菩萨心肠 ‖048
舟子好义 ‖049
宜阳之疫 ‖050
献县史某 ‖053
雷击逆子 ‖056
江西术士 ‖057
陈四之母 ‖060
鬼战疫鬼 ‖062
白日见鬼 ‖064
怪骂儒生 ‖065
鬼念子孙 ‖067
鬼逐浪子 ‖069
鬼避廖姥 ‖070
狐惩女巫 ‖072
狐妇挞夫 ‖075
不忘旧人 ‖076
无心布施 ‖078
罗占贾宅 ‖079
代死为神 ‖081
蛇角吸毒 ‖083
张氏之妇 ‖085
役鬼之术 ‖087

南金降怪 ‖089

于某二牛 ‖090

果报之速 ‖092

厌胜之术 ‖094

鬼神护佑 ‖095

狐传仙方 ‖097

善鬼求食 ‖098

狐戏陈忠 ‖099

养子须教 ‖101

狐怜女奴 ‖103

鬼导夜路 ‖105

鬼狐之斗 ‖106

狐赏牡丹 ‖108

欲缚鬼卖 ‖109

刀笔之诫 ‖111

太史遣狐 ‖113

东光某狐 ‖115

鬼护醉人 ‖116

狐之为狐 ‖118

义犬护主 ‖119

盗多侠气 ‖120

鬼善解怨 ‖122

一念之善 ‖123

生死夫妇 ‖125

谦居先生 ‖127

患难之交 ‖129

民家之狐 ‖130
张四喜妇 ‖132
鬼报盗警 ‖135
老医求宿 ‖136
狐不负人 ‖138
狐畏天狐 ‖141
狐惩顽童 ‖142
鬼不昧心 ‖144
鬼护老儒 ‖145
孝悌之鬼 ‖148
野狐论佛 ‖149
佛心之尼 ‖150
小僮之魂 ‖152
渡河之鬼 ‖153
工匠报隙 ‖155
鬼托汉鬼 ‖156
匹夫之孝 ‖157
鬼言难信 ‖159
醇厚君子 ‖161
谅狐得报 ‖164
参将占验 ‖166
代醢之虫 ‖169
驭蝶之女 ‖170
猛虎之败 ‖171
吏役无恩 ‖173
畏狐之狐 ‖174

尸解之狐 ‖177

妖道惑人 ‖180

神难决断 ‖182

孝感大盗 ‖184

飞天夜叉 ‖186

天网恢恢 ‖188

狐能克己 ‖189

论儒之狐 ‖191

上游求兽 ‖194

徒之败师 ‖195

渡劫之狐 ‖198

鬼与人辩 ‖200

试院之鬼 ‖202

验死之法 ‖204

影不类形 ‖205

峰顶人家 ‖206

鬼邀人饮 ‖207

老儒家狐 ‖210

狐戏狂生 ‖213

误入幽冥 ‖218

鬼戏狂生 ‖221

狐女成仙 ‖222

人定胜天 ‖225

鬼乞诗集 ‖226

不战屈狐 ‖229

以钱赎狐 ‖230

缢鬼报恩 ‖232
游僧之诈 ‖233
雅鬼问路 ‖235
术士之警 ‖236
王发救人 ‖238
气机相感 ‖241
无用之儒 ‖242
浪子回头 ‖244
无首之人 ‖246
冥使拘人 ‖248
慎服仙药 ‖250
托神作祟 ‖251
真假神仙 ‖254
发愤改过 ‖257
贪婪致死 ‖260
房官趣事 ‖263
旅舍斗妖 ‖266
刻薄待人 ‖270
狐女求画 ‖272
书痴丧生 ‖276
世态炎凉 ‖278
神灵施教化 ‖281
佛寺之鬼 ‖283
僧劝屠夫 ‖285
解梦之论 ‖289
神人预告 ‖293

饕餮之狐 ‖294
墨涂鬼脸 ‖296
深山劫盗 ‖298
小人之心 ‖301
狐狸戏人 ‖304
宣武门水闸 ‖305
介野园先生 ‖307
扶乩问寿 ‖309
以狐招狐 ‖311
故人之鬼 ‖313
如愿小传 ‖315
丁一士 ‖318
清高尼僧 ‖319
为盗为奸 ‖323
盛气凌鬼 ‖326
以礼杀人 ‖327
山西商人 ‖330
沧州美酒 ‖333
儒生遇鬼 ‖336
蜣螂为火药 ‖338
僧舍美人图 ‖340
天狐警友 ‖342
老儒报谤 ‖345
张某之妻 ‖348
孝子杀人不辱亲 ‖351
小人福君子 ‖353

博施为福 ‖357
狐家之婢 ‖359
荒寺之僧 ‖360
牛马有人心 ‖363
幻形狐友 ‖364
韩鸣岐鞭怪 ‖366
烟戏贺寿 ‖367
乌云托月马 ‖369

狐敬孝妇

沧州刘士玉孝廉[①]，有书室为狐所据，白昼与人对语，掷瓦石击人，但不睹其形耳。知州平原董思任，良吏也，闻其事，自往驱之。方盛陈[②]人妖异路之理，忽檐际朗言曰："公为官颇爱民，亦不取钱，故我不敢击公。然公爱民乃好名，不取钱乃畏后患耳，故我亦不避公。公休矣，毋多言取困[③]。"董狼狈而归，咄咄不怡[④]者数日。刘一仆妇甚粗蠢，独不畏狐，狐亦不击之。或于对语时，举以[⑤]问狐。狐曰："彼[⑥]虽下役，乃真孝妇也。鬼神见之犹敛避[⑦]，况我曹[⑧]乎！"刘乃令仆妇居此室，狐是日即去。

注 释

① 孝廉：本是汉代察举考试的科目之一，此处指举人。

② 盛陈：大肆陈说。

③ 取困：指自找麻烦。

④ 咄咄不怡：感到惊疑与不快。咄咄：化用成语"咄咄怪事"，指对某事感到不可思议；怡：开心。

⑤ 举以："举之以"的省略形式，即"拿这件事来……"。

⑥ 彼：代词，指仆妇。

⑦ 敛避：收敛退避。

⑧ 我曹：我们。

译文

河北沧州有一个叫刘士玉的举人，他的一间书房为狐狸精所占据，那狐狸精白天就敢和人说话，并用瓦石向人投掷，只是人看不到它而已。

沧州知州是一个叫董思任的平原县人，是个好官。他听说这件事后，就径自前去驱赶那个狐狸精。正当他大肆陈说人妖殊途的道理时，屋檐上一个声音朗声说道："你做官很爱惜民众，也不贪钱，所以我不敢打你。但你爱惜民众是因为贪图好名声，不贪钱是因为怕留下后患而已，所以我也不怕你。你快停下吧，不要再多说话，自找麻烦了。"董思任狼狈地回去了，连着好几天都感到惊疑不定。

刘家的一个女下人粗陋蠢笨，但却唯独不害怕狐狸精，而狐狸精也不用瓦石打她。有人在和狐狸精说话的时候拿这件事问它。狐狸精说："她虽然是一个被人役使的下人，但却是一个真正孝顺的儿媳妇。像她这样的人，哪怕是鬼神见了都要敛迹退避，更何况我们这一类呢！"

刘举人于是就让这个女下人住在那间被狐狸精占据的书房里，狐狸精当天就离开了。

鬼嘲学究

闻有老学究夜行，忽遇其亡友。学究素刚直，亦不怖畏，问："君何往？"曰："吾为冥吏，至南村有所勾摄，适同路耳。"

因并行。至一破屋，鬼曰："此文士庐也。"问何以知之，曰："凡人白昼营营，性灵汩没[①]。惟睡时一念不生，元神朗彻[②]，胸中所读之书，字字皆吐光芒，自百窍而出，其状缥缈缤纷，烂[③]如锦绣。学如郑、孔[④]，文如屈、宋、班、马[⑤]者，上烛[⑥]霄汉，与星月争辉。次者数丈，次者数尺，以渐而差，极下者亦荧荧如一灯，照映户牖[⑦]。人不能见，惟鬼神见之耳。此室上光芒高七八尺，以是而知。"

学究问："我读书一生，睡中光芒当几许？"鬼嗫嚅[⑧]良久曰："昨过君塾，君方昼寝[⑨]。见君胸中高头讲章一部，墨卷五六百篇，经文七八十篇，策略三四十篇，字字化为黑烟，笼罩屋上，诸生诵读之声，如在浓云密雾中。实未见光芒，不敢妄语。"学究怒叱之，鬼大笑而去。

注 释

① 汩没：埋没。

② 朗彻：爽朗通透。

③ 烂：灿烂。

④ 郑、孔：指郑玄和孔安国，两人都是著名的经学家。

⑤ 屈、宋、班、马：指屈原、宋玉、班固、司马迁，都是著名的文学家。

⑥ 烛：映照。

⑦ 户牖：门窗。

⑧ 嗫嚅：吞吞吐吐。

⑨ 昼寝：白天睡觉，指睡午觉。

译文

听说有一天一位老夫子走夜路，忽然遇见了他已经死去的朋友（的鬼魂）。那位老夫子一向刚强正直，也不觉得害怕，问道："您要到哪里去？"鬼回答说："我现在是阴间的官差，要到南村去勾一个人，恰巧与您同路。"

于是他们就一起走。到了一间破屋前，鬼说："这是文人住的屋子。"老夫子问鬼是怎么知道的，鬼回答说："凡人白天追求的事情太多，本性的灵光都被埋没了。只有在睡觉的时候心无杂念，元神爽朗通透，平常所读过的书，字字都散发光芒，从人的百窍中出来，这些光芒缥缈缤纷，像锦绣一样灿烂。像郑玄、孔安国那样有学问，像屈原、宋玉、班固、司马迁那样有文采的人，他们胸中的光能照彻天空，同星月争辉。其次的几丈高，再次的几尺高，以此类推，最差的也像一盏灯，能够照亮门窗。人看不见这些光，只有鬼神能看到。这间房子上的光芒有七八尺，因此我知道里面住的

是个读书人。”

老夫子问：“我读了一辈子书，我睡觉的时候光有多高？”鬼吞吞吐吐了好久才说：“我昨天路过您教书的地方，您刚好在睡午觉，我看到您胸中有厚厚的解释经义的书一部，试卷五六百篇，经文七八十篇，应试的策文三四十篇，字字化为黑烟，笼罩在屋上，学生们诵读的声音也像是从浓雾中传来的一样。我实在没看见有光芒，不敢胡说。”老夫子气得大声呵斥他，鬼大笑着走了。

梦入幽冥

北村郑苏仙，一日梦至冥府，见阎罗王方录囚[①]。有邻村一媪[②]至殿前，王改容拱手，赐以杯茗，命冥吏速送生善处。郑私叩[③]冥吏曰：“此农家老妇，有何功德？”冥吏曰：“是媪一生无利己损人心。夫利己之心，虽贤士大夫或[④]不免。然利己者必损人，种种机械[⑤]，因是而生，种种冤愆[⑥]，因是而造，甚至贻[⑦]臭万年，流毒四海，皆此一念为害也。此一村妇而能自制其私心，读书讲学之儒，对之多愧色矣。何怪王之加礼乎？”郑素有心计，闻之惕然[⑧]而寤[⑨]。郑又言，此媪未至以前，有一官公服昂然入，自称所至但饮一杯水，今无愧鬼神。王哂曰：“设官以治民，下至驿丞闸官，皆有利弊之当理。但不要钱即为好官，植[⑩]木偶于堂，并水不饮，不更胜公乎？”官又辩曰：“某虽无功，亦无罪。”王曰：“公一生处处求自全，某狱某狱，避嫌疑而不言，非负民乎？某事某事，畏烦重而不举，非负国乎？三载考绩[11]之谓何？无功即有罪矣。”官大踧踖[12]，锋棱[13]顿减。王徐顾笑曰：“怪公盛气耳。平心而论，要是三四等好官，来生尚不失冠带[14]。”促命即送转轮王。观此二事，知人心微暧[15]，鬼神皆得而窥。虽贤者一念之私，亦不免于责备。“相在尔室”，其信然乎？

注释

① 录囚：记录囚犯。

② 媪：老年妇女。

③ 叩：询问。

④ 或：有的。

⑤ 机械：机巧。

⑥ 冤愆：冤仇罪孽。

⑦ 贻：遗留。

⑧ 惕然：惶恐的样子。

⑨ 寤：醒。

⑩ 植：树立。

⑪ 考绩：按一定标准考核官吏的政绩。

⑫ 踧踖：恭敬而局促的样子。

⑬ 锋棱：锋芒，锐气。

⑭ 冠带：帽子和衣带，指官服，代指官位。

⑮ 微暧：幽隐。

译文

北村的郑苏仙一天梦见自己到了阴司，看见阎罗王正在查点犯人。有个邻村的老妇被带到了殿前，阎王马上换上了和善的神色向老妇拱手，赐给了她一杯茶，并且让阴差赶快将她送到好去处投胎转世。

郑苏仙私下问阴差道："这个农家的老妇人有什么功德？"阴差说："这个老妇人一生没有利己损人的心思。说起利己之心，即使是有德行的读书人也难以免除。然而利己就一定会损害别人，种种机巧的心思，因此而萌生，种种冤仇罪孽，因此而造就，甚至于遗臭万年，流毒四海，都是这个念头在为害啊！这个村妇能够控制自己的私心，那些读书讲学的儒生面对她也应该自愧不如。阎王对她礼遇有加，又有什么好奇怪的呢？"郑苏仙向来有心计，听了这话一惊，就醒过来了。

郑苏仙又说，在这个老妇没到之前，有一个官员穿着官服昂然而入，自称所到之处只喝一杯水，如今无愧于鬼神。阎王讥笑道："设置官员以治理百姓，哪怕下至驿丞闸官，都有或利或弊的事情要处理。如果说不要钱就是好官，那么摆一个木偶在公堂上，它连水都不用喝，不是还要胜过你吗？"官员又辩解道："我虽然没有功劳，但是也没有罪过。"阎王道："你一生处处只求保全自己，就拿某两件案子来说，你为了避嫌疑而对案件疑点闭口不言，这不是辜负百姓吗？另有两件事，你因为怕繁重就不推行，这不是辜负国家吗？官员三年考绩一次是为了什么？没有功劳就是有罪了。"

官员听了这番话，大为局促不安，锋芒顿失，锐气顿消。阎王才对他笑道："我是怪你太气盛了。平心而论，如果是三四等好官，来生还不至于失去官位。"于是就命人将他送到转轮王那里转世去了。

由这两件事可见，人的隐微私衷，鬼神都能看得见，即使是贤人，如果有一个自私的念头，也不免受到鬼神的责备。"哪怕独自坐在屋内，做事也要无愧于神明"，确实是这样啊！

鬼论无鬼

交河及孺爱、青县张文甫，皆老儒也。并[①]授徒[②]于献。尝同步月南村北村之间，去馆稍远，荒原阒寂[③]，榛莽翳然[④]。张心怖欲返，曰："墟墓间多鬼，曷[⑤]可久留？"俄一老人扶杖至，揖二人坐，曰："世间安得有鬼，不闻阮瞻之论乎？二君儒者，奈何信释氏[⑥]之妖妄。"因阐发程朱"二气屈伸"之理，疏通证明，词条流畅，二人听之皆首肯[⑦]，共叹宋儒见理之真，递[⑧]相酬对[⑨]。竟忘问姓名。适大车数辆远远至，牛铎[⑩]铮然，老人振衣急起曰："泉下之

人，岑寂久矣。不持无鬼之论，不能留二君作竟夕[11]谈。今将别，谨以实告，毋讶相戏侮[12]也。”俯仰之顷，欻然[13]已灭，是间绝少文士，惟董空如先生墓相近，或即其魂欤。

注 释

① 并：一起。

② 授徒：教授学生。

③ 阒寂：寂静无声。

④ 翳然：荒芜。

⑤ 曷：通“何”，怎么。

⑥ 释氏：佛家。

⑦ 首肯：点头认同。

⑧ 递：依次，顺着次序。

⑨ 酬对：应酬答对。

⑩ 铎：铃铛。

⑪ 竟夕：终夜，通宵。竟：终了。

⑫ 戏侮：戏弄侮辱。

⑬ 欻然：形容出入无常。

译 文

交河的及孺爱、青县的张文甫，二人都是老儒生，一同在献县授徒讲学。一天晚上，二位先生趁着月光在南村和北村之间散步，渐渐地就远离了学馆，来到一片草木丛生、寂寞荒凉的原野。张文甫心里害怕，想回去，对及孺爱说：“废墟坟墓之间多有鬼魂，此地怎么可以久留呢？”

正说着，一位老翁手扶拐杖来到二人面前，拱手请二人坐下说话。老翁说：“世上哪有鬼，难道你们没听说过阮瞻的理论吗？二位先生是儒家学者，为什么要相信佛家的胡说八道！”说着，老者就谈论起宋代程朱学派关于二气屈伸的理论，讲解通达，论证明确，条理清楚，文辞流畅。二位先生听着，连连点头称赞，赞叹佩服宋儒掌握了大道的真谛。

二位先生只顾与老翁谈论理学，竟忘记了问他的姓名。这时有几辆大车从远处驶来，牛铃之声非常响亮。老翁立刻敛衣起身，说：“我这黄泉之下的人，寂寞得太久了。如果我不持无鬼的论调，就不能留二位先生在这里作此彻夜长谈。现在我们马上就要分别，谨以实言相告，望二位切勿惊讶，不要认为我是有意捉弄生人。”眨眼之间，老翁就不见了。这附近绝少有读书人，只有董空如先生的坟墓比较靠近，老翁大概就是董先生的灵魂吧。

白岩寓言

德州田白岩曰：有额都统者，在滇黔间山行，见道士按一丽女于石，欲剖其心。女哀呼乞救，额急挥骑驰及，遽[①]格[②]道士手。女嗷然[③]一声，化火光飞去。道士顿足曰：“公败吾事！此魅已媚杀百馀人，故捕诛之以除害。但取精已多，岁久通灵，斩其首则神遁去，故必剖其心乃死。公今纵之，又贻患无穷矣。惜一猛虎之命，

放置深山，不知泽麋林鹿，劘[4]其牙者几许命也！”匣[5]其匕首，恨恨渡溪去。此殆[6]白岩之寓言，即所谓一家哭何如一路哭也。姑容墨吏，自以为阴功，人亦多称为忠厚。而穷民之卖儿贴妇，皆未一思，亦安[7]用此长者乎？

注 释

① 遽：急，仓促。

② 格：击打。

③ 噭然：同“叫”，呼喊，鸣叫。

④ 劘：磨砺。

⑤ 匣：鞘，此处作动词用，放到鞘里。

⑥ 殆：大概。

⑦ 安：哪里，为什么。

译 文

德州田白岩说：有一个姓额的都统，在云贵边界的山间行路，看见一个道士把一个美艳的女子按倒在石头上，想要剖出她的心。女子哀叫求救，额都统连忙催动坐骑跑上去，击打道士的手，女子大叫了一声，化成一道火光飞走了。

道士跺着脚说道：“您坏了我的大事！这个精魅已经迷惑并杀害了一百多人，所以我想把它抓住杀了，以消除这个祸害。但是因为它吸取了大量人的精气，再加上年深日久，已经通灵，如果我斩下它的头，它的元神就会逃脱，所以必须剖出它的心才能置它于死地。您现在放走了它，又要留下无穷的祸患了。因为怜惜一只猛虎的性命，而把它放回深山里，却不知道水泽山林中又有多少麋鹿的生命要丧在它的口中啊！”说完，把匕首插入鞘中，恨恨地渡过溪水走了。

这大概是田白岩的寓言，寓意就是所谓的一家人哭泣哪能比得上一方人受害更甚吧。有的人姑息、宽容那些贪官污吏，自以为积了阴德，人们也都十分称道他的忠厚，而穷苦的百姓却因此要卖掉妻子儿女，都没有人想一想，这样的人要来又有什么用呢？

降狐之法

叶旅亭御史宅，忽有狐怪，白昼对语，迫叶让所居。扰攘[①]戏侮，至杯盘自舞[②]，几榻自行。叶告张真人，真人以委[③]法官[④]。先书一符，甫张而裂。次牒[⑤]都城隍，亦无验。法官曰：“是必天狐，非拜章[⑥]不可。”乃建道场七日。至三日，狐犹诟詈[⑦]，至四日，乃婉词请和，叶不欲与为难，亦祈不竟其事。真人曰：“章已拜，不可追矣。”至七日，忽闻格斗砰訇[⑧]，门窗破堕，薄暮尚未已。法官又檄[⑨]他神相助，乃就擒，以罂[⑩]贮之，埋广渠门外。余尝问真人驱役鬼神之故，曰：“我亦不知所以然，但[⑪]依法施行耳。大抵鬼神皆受役于印，而符箓则掌于法官。真人如官长，法官如吏胥[⑫]。真人非法官不能为符箓，法官非真人之印，其符箓亦不灵。中间有验有不验，则如各官司文移章奏，或准或驳，不能一一必行耳。”此言颇近理。又问设[⑬]空宅深山，猝遇精魅，君尚能制伏否？曰：“譬大吏

经行，劫盗自然避匿[14]。倘或无知猖獗，突犯双旌[15]，虽手握兵符，征调不及，一时亦无如之何。”此言亦颇笃实。然则一切神奇之说，皆附会也。

注释

① 扰攘：吵嚷骚乱。

② 舞：摇动，晃动。

③ 委：委派，分派。

④ 法官：法师。

⑤ 牒：官方的文书。

⑥ 拜章：对鬼神的祈祷文。

⑦ 诟詈：辱骂。

⑧ 砰訇：形容撞击或重物落地的声音。

⑨ 檄：檄文，文书。此处指发檄文。

⑩ 罂：大腹小口的瓶子。

⑪ 但：仅仅，只是。

⑫ 吏胥：旧时官府管理文书的小官员。

⑬ 设：如果，假如。

⑭ 避匿：躲藏，隐匿。

⑮ 双旌：仪仗，代指大官。

译文

叶旅亭御史的住宅里忽然有狐狸精作怪，大白天和人说话，叫叶御史将这住宅让出来。它不断地胡闹，让杯盘自己在空中飞旋，桌子和床自行走动。

叶御史将这告诉了张真人，张真人就把这事委派给法师办理。法师先书写了一道符，刚刚将符贴上去，便被撕裂了。又写牒文告到城隍那里，也没有效验。法师说：“这肯定是天狐，非上表章奏请上天不可。”于是设了七天的道场，到第三天时，狐狸精仍然谩骂不休，到了第四天，狐狸精却又说好话求和。叶御史不想与狐狸精成为仇家，就请法师罢手。真人说：“表章已经拜送上天界，是不能再追回来了。”

到了第七天，忽然听到屋子里传来打斗声，门窗都被打破，掉落了下来。一直到黄昏，打斗之声还没有停息。法师又发了檄文，请其他神灵前来助战，才把狐狸精擒住，装进一个大腹小口的瓶子里，埋到了广渠门外。

我曾经问起张真人能够驱鬼役神的原因，他说：“我也不知道其中的所以然，只是依方法施行而已。大概是鬼神都听命于法印，而符箓则掌握在法师手中。真人像是长官，法师像是小吏。真人离开了法师就不能使用符箓，法师没有真人的法印，符箓也就不灵验。至于其中有的灵验，有的不灵验，就如官府中的行文表章，

有的批准，有的被驳回，不可能每一次都获准施行。”这话有些道理。

我又问张真人，如果在空房子里或深山之中，突然遇到狐精鬼

怪，你能制伏它们吗？他说："比如有大官从这里经过，强盗自然都躲藏隐蔽起来了。但假若有些无知的猖狂者，突然冒犯了大官，大官虽说掌有兵权，但不能及时将大军调来，一时也是无可奈何的。"这话也很实在。可见世间所有的神奇传说，大多是牵强附会的。

曹氏斥鬼

曹司农[①]竹虚言：其族兄自歙往扬州，途经友人家。时盛夏，延坐书屋，甚轩爽[②]。暮欲下榻其中，友人曰："是有魅，夜不可居。"曹强居之。夜半，有物自门隙蠕蠕入，薄如夹纸。入室后，渐开展作人形，乃女子也。曹殊不畏。忽披发吐舌，作缢鬼状。曹笑曰："犹是发，但稍乱；犹是舌，但稍长。亦何足畏！"忽自摘其首置案上。曹又笑曰："有首尚不足畏，况无首耶！"鬼技穷，倏然灭。及归途再宿，夜半门隙又蠕动，甫露其首，辄唾曰："又此败兴物耶？"竟不入。此与嵇中散事相类。夫虎不食醉人，不知畏也。大抵畏则心乱，心乱则神涣，神涣则鬼得乘之。不畏则心定，心定则神全，神全则沴戾[③]之气不能干。故记中散是事者，称"神志湛然，鬼惭而去"。

注 释

① 司农：官名，掌管天下钱财和农事，清代以户部尚书为司农。

② 轩爽：宽敞爽朗。轩：宽敞。

③ 沴戾：因气不和而产生的灾害，引申为妖邪。

译文

司农曹竹虚说：他的一位族兄从歙县到扬州去，半路上经过一个朋友的家。时值盛夏，那位朋友把他请到书房去坐，他感到书房十分宽敞凉爽。于是，他想要在书房中过夜，但那位朋友却说："这间书房有鬼魅，夜间是不能居住的。"

可这位曹先生却硬是坚持住进了书房里。半夜时，有怪物从门的缝隙中蠕动着进入了屋内，薄得像一张纸一样。这个怪物进了屋之后，慢慢地将身体展开，化作人形，原来是一个女子。

曹先生却一点也不害怕。忽然，那个女子把头发披散下来，并吐出了很长的舌头，做出一副吊死鬼的样子。曹先生笑着说："你的头发仍然是头发，只不过稍微乱了点；舌头仍然是舌头，只不过稍微长了点，这又有什么值得害怕的！"女子听了，忽然间把自己的头颅摘了下来，放到了桌案上。曹先生又笑着说："你有头的样子尚且不值得我害怕，何况是没有头的样子呢？"这个女鬼再没有别的办法，突然间就消失不见了。

曹先生从扬州返回后，又住进了朋友家的这间书房。半夜时，门的缝隙中又有怪物在蠕动，怪物才刚一露头，曹先生就吐了口唾沫，并骂道："又是你这个败兴的东西吗？"鬼魅听了，竟然没敢进到屋子里来。

这与嵇康的遭遇比较类似。老虎不吃喝醉酒的人，是因为喝醉的人不知道害怕。大致上说来，就是害怕会导致心神杂乱，心神杂乱就会导致精神涣散，精神一涣散鬼魅就可能乘虚而入。人如果不

感到畏惧，那么心神就能够安定，心神安定精神就会饱满，精神饱满那么妖邪之气就无法侵入人体。因此《嵇中散集》对这件事情最后的记载是“神志湛然，鬼惭而去”。

六壬术士

安中宽言：昔吴三桂之叛，有术士精六壬[①]，将往投之。遇一人，言亦欲投三桂，因共宿。其人眠西墙下，术士曰：“君勿眠此，此墙亥刻[②]当圮[③]。”其人曰：“君术未深，墙向外圮，非向内圮也。”至夜果然。余谓此附会之谈也，是人能知墙之内外圮，不知三桂之必败乎？

注释

① 六壬：一种占卜的方法，泛指占卜。

② 亥刻：指晚上九点到十一点。古人把一天分为十二个时辰，以地支计时。

③ 圮：坍塌。

译文

安中宽说：当年吴三桂叛乱的时候，有个精通占卜的方士要去投奔他，为他效力。他在路上遇到一个人，那人说也要去投奔吴三桂。于是两人当晚就一起投宿，并住在了一间客房里。方士见那人睡在西墙下，就对他说：“您不要睡在这儿，这堵墙在今晚亥时将会坍塌。”那个人回答说：“你的术业还不精。这堵墙会向外倒，而不会向里倒。”到了夜里，墙果然倒向了外面。

我认为这是牵强附会的说法。那个人既然能达到提前预知墙往哪个方向倒的地步，怎么就不知道吴三桂一定会失败呢？

女鬼自省

陈枫崖光禄[①]言：康熙中，枫泾一太学生[②]，尝读书别业[③]。见草间有片石，已断裂剥蚀，仅存数十字，偶有一二成句，似是夭逝女子之碣[④]也。生故好事，意其墓必在左右，每陈茗果于石上，而祝以狎词[⑤]。越一载馀，见丽女独步菜畦间，手执野花，顾[⑥]生一笑。生趋近其侧，目挑眉语，方相引入篱后灌莽间。女凝立直视，若有所思，忽自批[⑦]其颊曰：“一百馀年，心如古井，一旦乃为荡子所动乎？”顿足数四，奄然[⑧]而灭。方知即墓中鬼也。蔡修撰季实曰：“古称盖棺论定，观于此事，知盖棺犹难论定矣。是本贞魂，乃以一念之差，几失故步[⑨]。”晦庵先生[⑩]诗曰：“世上无如人欲险，几人到此误平生。”谅[⑪]哉！

注 释

① 光禄：光禄大夫，文官的一种。

② 太学生：在国子监读书的人。

③ 别业：别墅。

④ 碣：圆头的碑。

⑤ 狎词：猥亵的话语。

⑥ 顾：本义是回头看，此处用为看。

⑦ 批：用手掌打。

⑧ 奄然：忽然。

⑨ 故步：原来的步法，指原则。引用“邯郸学步”的典故。

⑩ 晦庵先生：指朱熹。

⑪ 谅：信实。

译文

光禄大夫陈枫崖说：康熙年间，浙江枫泾曾经有一位太学生在别墅中读书。见草丛中有一块石头，已断裂剥蚀，上面有数十个字，偶尔有一两句完整的句子，看起来像是一位夭折女子的墓碑。这位太学生本来就好生事端，猜测这夭折女子的坟墓就在附近，于是就常常在残碑上陈设一些茶点果品，并且祈祝一些猥亵的话。

过了一年多，一天，这位太学生见到一位漂亮的女子独自走在菜畦间，手中拿着一枝野花，对着太学生一笑。太学生走到她的身旁，挤眉弄眼地挑逗她，又把她引到篱笆后的灌木丛中。女子站在那里，两眼直愣愣地看着前方，仿佛在想着什么，忽然抬起手来打自己的脸，道：“一百多年了，我都能心如古井，今天却要被这个放荡的小子勾引打动吗？”说着不住地顿脚，忽然就不见了。太学生这才知道她就是这附近那座墓中的女鬼。

修撰蔡季实说：“古语说盖棺定论，从这件事来看才知道，哪怕盖棺了也难定论啊。这本是贞洁女子的鬼魂，仍因为这一念之差，差点失去了原则。”朱熹有诗说：“世上无如人欲险，几人到此误平生。”确实如此啊！

义所当报

先姚安公性严峻，门无杂宾。一日与一褴褛人对语，呼余兄弟与为礼[①]，曰：“此宋曼珠曾孙，不相闻久矣，今乃见之。明季[②]兵乱，汝曾祖年十一，流离戈马[③]间，赖宋曼殊得存也。”乃为委曲谋生计，因戒余兄弟曰：“义所当报，不必谈因果，然因果实亦不爽[④]。昔某公受人再生[⑤]恩，富贵后，视其子孙零替，漠如陌路。后病困[⑥]，方服药，恍惚见其人手授二札[⑦]，皆未封。视之，则当年乞救书也，覆杯于地，曰：‘吾死晚矣！’是夕卒。”

注 释

① 为礼：行礼，见礼。

② 明季：明朝末年。季：一个朝代的末年。

③ 戈马：兵器马匹，指乱军。

④ 爽：差错，违背。

⑤ 再生：犹活命。

⑥ 病困：为病所困，指病重。

⑦ 札：信件。

译文

先父姚安公性情严厉，所以我们家中从来没有杂七杂八的宾客。但是有一天，姚安公却同一个衣衫破烂的人交谈，还呼唤我们兄弟向他行礼。姚安公说："这是宋曼殊的曾孙，我很久都没有听到他的消息了，今天才又见了面。明朝末年兵荒马乱的时候，你们的曾祖父才十一岁，在战乱中流离失所，多亏了宋曼殊才能够活下来。"

姚安公想方设法地替那个人谋求生计，并告诫我们兄弟说："别人对你的情谊你是应当回报的，这种事不必谈论因果报应，但是因果也确实不会出差错。过去有个人受了别人救命的大恩，但等他富贵了以后，看到恩人的子孙零落衰败，他竟然冷漠得像个陌生的路人一样。后来那个人生了病，病得很重。有一次，他正在吃药，恍恍惚惚看到了当年的恩人。恩人亲手交给他两封信，这两封信都没有封口。他打开一看，原来是当年他写给恩人乞求救助的信。那个人把药碗打翻在地上，说道：'我死得晚了！'结果当天晚上就死了。"

治狱可畏

南皮张副使受长，官河南开归道时，夜阅一谳牍[①]，沉吟自语曰："自到死者，刀痕当入重而出轻。今入轻出重，何也？"忽闻背后太息曰："公尚解事[②]。"回顾无一人。喟然曰："甚哉，治狱[③]之可畏也。此幸不误，安保他日之不误耶？"遂移疾[④]而归。

注 释

① 谳牍：断案的卷宗。

② 解事：明白事理。

③ 治狱：处理案件。

④ 移疾：上书称自己多病。

译 文

南皮副使张受长在做河南开归道道员时，曾经有一次在夜里阅览一桩案子的卷宗。他一边沉思一边自言自语地道："自己用刀割脖子而死去的，刀痕应当进去重而出来轻，现在这个案子中的死者颈部的刀痕却是进去轻而出来重，这是为什么呢？"正自言自语着，忽然听到背后叹息一声说："您还算明白事理。"他回头看，却并没看到一个人。于是他感叹道："审理案件这种事情是多么值得敬畏啊！这次我幸好没有犯错误，但怎么能够保证在以后其他的时间也不出错呢？"于是，他上书称自己多病，辞官回家去了。

狐贞于人

有卖花老妇言：京师一宅近空圃[①]，圃故多狐。有丽妇夜逾短垣，与邻家少年狎[②]。惧事泄，初诡托姓名。欢昵渐洽，度不相弃，乃自冒为圃中狐女。少年悦其色，亦不疑拒。久之，忽妇家屋上掷瓦骂曰："我居圃中久，小儿女戏抛砖石，惊动邻里，或有之，实无冶荡[③]蛊惑事。汝奈何污我？"事乃泄。异哉，狐媚恒托于人，此妇乃托于狐。人善媚者比之狐，此狐乃贞于人。

注释

① 圃：用来种植蔬菜、花草或果木的园子。

② 狎：狎戏。

③ 冶荡：行为放荡。

译文

有一个卖花的老妇人说：京城有一所宅院附近有一个空置的园子，传说这个园中一直就有很多狐狸。有一个漂亮的妇人常在夜里越过矮墙，同邻家少年狎戏，一开始那个妇人因为害怕事情泄露出去，就假托了一个名字。后来她与少年之间的关系越来越亲密和洽，为了自己不被少年抛弃，就又冒充自己是住在这园中的狐女。少年喜爱她的美色，也不对此感到惊疑和抗拒。这个女人冒充了狐女很长一段时间之后，忽然有一天，她家的屋上有人一边往下扔瓦片一边痛骂道："我在这个园中已经居住了很久了，如果说小孩子们有时抛掷砖头石块戏耍，惊扰了邻里，这种事是有的，但我实在没有做出过放荡并蛊惑人的事，你为什么污蔑我？”事情这才泄露了出来。这真是令人感到惊异啊！狐狸精常常冒充人，这个女人竟冒充狐狸精。人们把善于蛊惑他人的女子比作狐狸精，而这个狐狸精竟然比人还要贞洁。

神诫老儒

献县老儒韩生，性刚正，动必遵礼，一乡推祭酒[①]。一日，得寒疾，恍惚间，一鬼立前曰：“城隍神唤。”韩念数尽当死，拒亦无益，乃随去。至一官署，神检籍[②]曰：“以姓同，误矣。”杖其鬼二十，使送还。韩意不平，上请曰：“人命至重，神奈何遣愦愦[③]之鬼，致有误拘？傥不检出，不竟枉死耶？聪明正直之谓何！”神笑曰：“谓汝倔强，今果然。夫天，行不能无岁差[④]，况鬼神乎？误而即觉，是谓聪明；觉而不回护，是谓正直，汝何足以知之？念汝言行无玷[⑤]，姑贷[⑥]汝。后勿如是躁妄[⑦]也。”霍然而苏。韩章美云。

注 释

① 祭酒：犹长者。按古礼，一个乡村的人们聚在一起举行宴会的时候，首先要有一位老者举酒以祭地神，所以称那个老者为祭酒。

② 检籍：检查记录。

③ 愦愦：昏聩，糊涂。

④ 岁差：在天文学中，是指一个天体的自转轴指向因为重力作用而导致的在空间中缓慢且连续的变化。

⑤ 玷：污点，瑕疵。

⑥ 贷：宽恕，饶恕。

⑦ 躁妄：急躁轻率。

译文

献县一个姓韩的老儒生，性情刚强正直，不管做什么事都要以礼法为规范，所以乡里的人都推举他当祭酒。有一天，他受寒生了病，恍惚之间，看见一个鬼站在面前说："城隍神叫你过去。"韩先生想，人的气数尽了就应当死，抗拒也没有好处，于是便随着那个鬼去了。到了一处官署，城隍神查验了名册，说："因为你跟那个原本要拘的人姓氏一样，所以弄错了。"然后把那个鬼打了二十棍，叫他把韩某送回去。韩某心中不平，上前问道："人命关天，尊神您为什么派这么个糊涂鬼，以致抓错了人？倘若没查验出来，我最终不是要枉死了么？像这样还说什么聪明正直！"城隍神笑道："早就听说你倔强，今天一见果然是这样。即使是天地的运转也不能没有误差，何况是鬼神呢？犯了过错马上就能察觉，这就叫聪明；察觉了过错而不对犯错的人加以袒护，这就叫正直，你怎么能懂得这些道理呢？念在你一直以来言行没有过失，就暂且饶恕你，以后不要再这样急躁乱来了。"韩某猛然间就苏醒了过来。这件事是韩章美说的。

愦愦之鬼

先姚安公言：雍正庚戌会试，与雄县汤孝廉同号舍[①]。汤夜半忽见披发女鬼，搴[②]帘手裂其卷，如蛱蝶[③]乱飞。汤素刚正，亦不恐怖，坐而问之曰："前生吾不知，今生则实无害人事。汝胡为来者？"鬼愕眙[④]却立曰："君非四十七号耶？"曰："吾四十九号。"盖前有二空舍，鬼除之未数也。谛视[⑤]良久，作礼谢罪而去。斯须间，四十七号喧呼某甲中恶[⑥]矣。此鬼殊愦愦，此君可谓无妄之灾。幸其心无愧怍[⑦]，故仓卒间敢与诘辩[⑧]，仅裂一卷耳，否亦殆[⑨]哉。

注 释

① 号舍：指州、郡的学舍。

② 搴：通"褰"，撩起。

③ 蛱蝶：蝴蝶。

④ 愕眙：也作"愕怡"，惊讶地看着。

⑤ 谛视：仔细地看。

⑥ 中恶：得了急病。

⑦ 愧怍：惭愧、羞愧。

⑧ 诘辩：对质，辩论。

⑨ 殆：危险。

译 文

先父姚安公说：雍正朝庚戌年会试的时候，他与雄县一个姓汤的孝廉住在同一个号舍。汤孝廉半夜忽见一个披头散发的女鬼掀起帘子走了进来，伸手就撕碎了他的试卷，试卷的碎片像蝴蝶一样满屋乱飞。汤孝廉一向刚正，也不感到害怕，坐起来质问女鬼道："前生的事情我不知道，但今生我确实没做害人的事，你究竟是因为什么而来的呢？"女鬼惊愕地望着汤孝廉，后退几步问道："你这里不是四十七号学舍吗？"汤孝廉回答道："我这里是四十九号。"原来前面有两个空的学舍，女鬼把它们排除了而没有去数。她仔细看了汤孝廉许久，才向汤孝廉行礼道歉，后来就走了。过了一会儿工夫，四十七号学舍传出喧闹喊叫的声音，说有个人得了急病。这个女鬼也太糊涂了，汤孝廉可谓是无端端就遭受了灾祸。幸好他心中没有什么见不得人的事，所以在匆忙急迫之际敢于和女鬼辩论，仅仅被撕碎了一张考卷，否则也就危险了。

聪明之鬼

内阁学士永公，讳[①]宁，婴[②]疾，颇委顿。延医诊视，未遽[③]愈。改延一医，索前医所用药帖，弗得。公以为小婢误置他处，责使搜索，云："不得且笞汝。"方倚枕憩息，恍惚有人跪灯下曰："公勿笞婢，此药帖小人所藏。小人即公为臬司[4]时平反得生之囚也。”问：“藏药帖何意？”曰：“医家同类皆相忌，务改前医之方，以见所长。公所服药不误，特[5]初试一剂，力尚未至耳。使后医见方，必相反以立异，则公殆矣。所以小人阴窃之。”公方昏闷，亦未思及其为鬼。稍顷始悟，悚然汗下。乃称前方已失，不复记忆，请后医别疏[6]方。视所用药，则仍前医方也。因连进数剂，病霍然如失。公镇乌鲁木齐日，亲为余言之，曰：“此鬼可谓谙悉世情矣。”

注 释

① 讳：避讳，此处犹“名叫”。古人有“称字不称名”的习惯，所以一般在必须称呼某人的“名”时，要在前面加一个“讳”字表示尊重。

② 婴：触犯，缠绕。

③ 遽：急，马上。

④ 臬司：提刑按察使司，掌管刑狱诉讼。

⑤ 特：只是。

⑥ 疏：通“书”，写。

译 文

内阁学士永公名字叫作“宁”，患了病，十分萎靡憔悴。请了大夫诊治，也没有马上见效。于是他又另请了一位医生，这个医生向永公要前一位医生开的药方，但是却没有找到。永公以为小婢放错了地方，叫她再仔细找，并威胁她道：“如果再找不到，就要用鞭子打你。”

过了一会儿，永公正靠着枕头休息，恍惚中看到有个人跪在灯下，说：“您不要打那个婢女，药方是小人我藏起来的，小人就是您任按察使时被您平反得以活命的囚犯。”永公问：“你把药方藏起来是什么意思？”那个人回答道：“做医生的，同行之间往往相互忌恨，这个医生一定要更改前一个医生的药方，以此来显示自己的高明。您之前所服的药没错，只是您才刚服了一剂，药力还没有达到能治病的效果。如果让后一个医生见了药方，他一定要跟前一个医生反着来，以显示标新立异，那样，您就危险了。所以小人我才偷了药方。”永公这时候正昏昏沉沉的，也没有想到这个人是鬼。过了一会儿才醒悟过来，惊出了一身冷汗。于是他就说前一个医生所开的药方已经丢失，也记不起来了，请这个医生另开药方。（等到这个医生的药方开好后，）发现这个医生所用的药，与前一个医生一样。于是，永公连服了好几剂，痊愈得就好像把病扔了一样快。永公在镇守乌鲁木齐的时候，亲自给我讲了这件事，并且说道：“这个鬼真可谓洞悉人情世故啊。”

人恶于鬼

朱青雷言：有避仇窜匿[①]深山者，时月白风清，见一鬼徙倚[②]白杨下。伏不敢起。鬼忽见之，曰：“君何不出？”栗而答曰：“吾畏君。”鬼曰：“至可畏者莫若人，鬼何畏焉？使君颠沛至此者，人耶？鬼耶？”一笑而隐。余谓此青雷有激[3]之寓言也。

注 释

① 窜匿：流窜藏匿。

② 徙倚：徘徊，来回地走。

③ 有激：因某事而激愤。

译 文

朱青雷说：有个躲避仇家的人，逃到深山里躲藏，当时是夜晚，月光明亮，夜风清朗，他看到一个鬼在白杨树下来回走动，吓得趴在地上不敢起来。鬼忽然发现了他，问道：“你为什么不出来呢？”那个人颤抖着回答道：“我怕你。”鬼说：“没有什么比人更可怕了，鬼有什么可怕的呢？让你颠沛流离到这个地步的，是人还是鬼呢？”鬼说完这话，笑了一下就不见了。我认为这是朱青雷有所激愤而编造的寓言。

神佑孝妇

乾隆庚子，京师杨梅竹斜街火，所毁殆[1]百楹[2]。有破屋岿然[3]独存。四面颓垣，齐如界画[4]，乃寡媳守病姑[5]不去也。此所谓“孝弟[6]之至，通于神明”。

注 释

① 殆：大概。

② 楹：本义是厅堂前的柱子，此处相当于“间”。

③ 岿然：挺立而稳固的样子。

④ 界画：用界尺画。

⑤ 姑：婆婆。因为古代往往是表兄妹或表姐弟结为夫妻，所以又称公婆为“舅姑”。

⑥ 孝弟：“弟”通“悌”，指孝顺父母，友爱兄弟。

译 文

乾隆朝庚子年间，京城杨梅竹斜街发生火灾，焚烧了近百间的房屋。但是火场中却独独有一间破屋保留了下来，一点也没有遭到破坏，四面残墙齐整，仿佛是给火画了一道界线。这间房里住着一位守寡的媳妇，因为要守护生病的婆婆而没有逃离火场。这就是所谓的“孝顺友爱到了极限，可以通达于神明”。

僧言累人

己卯七月，姚安公在苑家口，遇一僧，合掌作礼曰：“相别七十三年矣，相见不一斋乎？”适旅舍所卖皆素食，因与共饭。问其年，解囊出一度牒[1]，乃前明成化二年所给。问：“师[2]传此几代矣？”遽收之囊中，曰：“公疑我，我不必再言。”食未毕而去，竟莫测其真伪。尝举以戒昀曰："士大夫好奇，往往为此辈所累。即真仙真佛，吾宁交臂失之。"

注 释

① 度牒：政府机构发给僧尼以证明其合法身份的凭证。

② 师：对出家人的尊称，犹师父。

译 文

己卯年七月，姚安公在苑家口遇到一个和尚。和尚合掌行礼说："我和您分别已经有七十三年了，现在相见了不请我吃一顿斋饭吗？"恰好旅舍卖的都是素食，姚安公便和这个和尚一起吃饭。姚安公问和尚多大年纪了，和尚就解开行李，拿出一份度牒，竟然是明代成化二年签发的。姚安公又问："师父您这张度牒传了多少代了？"和尚马上把度牒收进行囊中，说："您怀疑我，我不必再说了。"饭没吃完便走了，竟不知道这和尚说的是真是假。姚安公曾经拿这件事来告诫我说："士大夫们喜欢奇异的事物，往往为这类人所拖累。即便他是真神仙、真佛陀，我也宁可当面错过。"

人狐相安

余家假山上有小楼，狐居之五十馀年矣。人不上，狐亦不下，但时见窗扉无风自启闭耳。楼之北曰绿意轩，老树阴森，是夏日纳凉处。戊辰七月，忽夜中闻琴声、棋声。奴子奔告姚安公。公知狐所为，了不介意，但顾[①]奴子曰："固胜于汝辈饮博[②]。"次日，告昀曰："海客无心，则白鸥可狎。[③]相安已久，惟宜以不闻不见处之。"至今亦绝无他异。

注释

① 顾：看着。

② 饮博：喝酒赌钱。

③ "海客"句：传说有个经常出海的人，时间长了，海鸥鸟都敢停在他的身上休息。有一天，他忽然想捉一只海鸥，但没想到这个念头一动，那些海鸥都再也不到他身边来了。

译文

我家假山上有一座小楼，有狐精居住在里面已经五十多年了。人不上去，狐精也不下来，只是时常会见到小楼的门窗在没有风的情况下却能自动开关。楼的北面叫绿意轩，那里的老树绿荫森森，是夏天乘凉的地方。戊辰年七月，忽然在夜里听到楼中传出弹琴声、下棋声。奴仆跑来禀告姚安公，姚安公知道是狐精所为，一点也不放在心上，只是看着奴仆们说："（这种行为）原本就胜过你们在那里喝酒赌钱。"第二天，姚安公对我说："海上客没有心机，那么白鸥也可以狎玩。彼此和谐相处已经很久了，只应该以不闻不见的态度去对待它们。"那栋楼到现在也没有发生过别的异常情况。

荔姐装鬼

满媪，余弟乳母也，有女曰荔姐，嫁为近村民家妻。一日，闻母病，不及待婿[①]同行，遽狼狈而来。时已入夜，缺月微明，顾见一人追之急，度是强暴[②]，而旷野无可呼救。乃映身[③]古冢白杨下，纳簪珥[④]怀中，解绦[⑤]系颈，披发吐舌，瞪目直视以待。其人将近，反招之坐。及逼视，知为缢鬼，惊仆不起。荔姐竟狂奔得免。比入门，举家大骇，徐问得实，且怒且笑，方议向邻里追问。次日，喧传某家少年遇鬼中恶，其鬼今尚随之，已发狂谵语[⑥]。后医药、符箓皆无验，竟颠痫终身。此或由恐怖之馀，邪魅乘机而中之，未可知也。或一切幻象，由心而造，未可知也。或明神殛[⑦]恶，阴夺其魄，亦未可知也。然均可为狂且[⑧]戒。

注 释

① 婿：丈夫。

② 强暴：强盗、暴徒。

③ 映身：藏身。

④ 簪珥：发簪和耳环，泛指首饰。

⑤ 绦：用丝线编织成的带子，可以装饰衣物。

⑥ 谵语：胡言乱语，说胡话。

⑦ 殛：杀死。

⑧ 狂且：指行动轻狂的人。

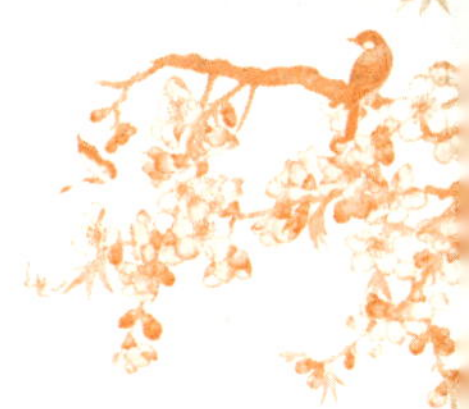

译 文

姓满的老太太是我弟弟的奶娘。她有一个女儿名叫荔姐，嫁到了附近村民家中为妻。一天，荔姐听说母亲得了病，来不及等待丈夫同行，就急匆匆地赶回家探望。

当时已经到了夜晚，天边的残月散发着微弱的光亮，荔姐偶尔回头，只见一个人在后面追得很急，估计是强横暴徒，但当时身在空旷的野地里，也无法向人呼救。于是她藏在古墓边的白杨树下，把发簪和耳环等首饰都藏到了怀里，解下丝带系在脖子上，披散着头发，吐出舌头，瞪眼直视着那个人。那人将要走近的时候，荔姐反而招呼他过来坐。等到那人走到荔姐身旁一看，发现是个吊死鬼（的样子），又惊又怕，倒地不起，荔姐就趁此机会狂奔逃脱了。

等到荔姐进了家门，全家都大吃一惊，慢慢地询问出了真实情况，一边生气一边又觉得好笑，才商议向邻里追问。第二天就听见大家纷纷说乡邻中的某家少年遇鬼中了邪，那鬼现在还跟着他，他已经到了发狂并且胡言乱语的地步。后来不管是求医问药还是请人画符驱鬼，都没有效果，竟因此终身颠痫。

这或许是由于这个少年恐惧，妖邪鬼魅趁机上了他的身，或许一切都是幻象，都是从心里产生的，这都不得而知。又或许是神明诛杀恶人，暗中夺去了他的魂魄，这也不得而知。但不管是因为什么，都可以作为那些轻狂浪子的鉴戒。

狐助孝妇

先太夫人乳媪廖氏言：沧州马落坡，有妇以卖面为业。得馀面以养姑。贫不能畜驴，恒自转磨，夜夜彻四鼓[①]。姑殁后，上墓[②]归，遇二少女于路，迎而笑曰："同住二十馀年，颇相识否？"妇错愕不知所对。二女曰："嫂勿讶，我姊妹皆狐也。感嫂孝心，每夜助嫂转磨，不意为上帝所嘉，缘[③]是功行，得证正果。今嫂养姑事毕，我姊妹亦登仙去矣。敬来道别，并谢提携也。"言讫，其去如风，转瞬已不见。妇归，再转其磨，则力几不胜[④]，非宿昔之旋运自如矣。

注 释

① 四鼓：四更天。古代夜里用鼓声报时，故称。一夜分为五鼓。

② 上墓：扫墓。

③ 缘：因为。

④ 胜：能承受。

译 文

我母亲的乳母廖氏说：在沧州马落坡，有个妇人以卖面为业，用卖剩下的面来赡养婆婆。因为家里贫穷养不起驴，她常常自己推磨来磨面，每天夜里都要磨到四更。

她的婆婆死后，妇人在去上坟回来的路上遇到了两位少女。少女迎着她走过来，笑着对她说："我们与你一起住了二十多年，你认识我们吗？"妇人感到十分惊讶，不如怎样回答她们。两位少

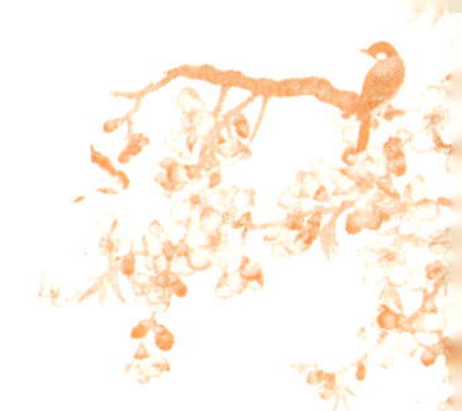

女说："嫂子你不要惊讶，我们姐妹俩都是狐仙。因为被嫂子的孝心感动，所以每天夜里帮助嫂子推磨，不想却受到了天帝的赞扬，并因为这一场功德而修成正果。如今嫂子已经对婆婆尽完孝道，我们姐妹俩也要登天成仙去了。今天前来跟你道别，并且感谢你对我们的提携之恩。"说完后，二人走得像风一样快，转眼间就没了踪影。

那个妇人回家后再去推磨，用尽全力也几乎不能推动，再也不能像以前那样使磨运转自如了。

鬼憾问官

御史某之伏法①也，有问官②白昼假寐，恍惚见之，惊问曰："君有冤耶？"曰："言官③受赂鬻④章奏，于法当诛，吾何冤？"曰："不冤，何为来见我？"曰："有憾于君。"曰："问官七八人，旧交如我者，亦两三人，何独憾我？"曰："我与君有宿隙⑤，不过进取相轧⑥耳，非不共戴天者也。我对簿⑦时，君虽引嫌不问，而阳阳有德色；我狱成⑧时，君虽虚词慰藉，而隐隐含轻薄。是他人据法置我死，而君以修怨⑨快我死也。患难之际，此最伤人心，吾安得不憾？"问官惶恐愧谢曰："然则君将报我乎？"曰："我死于法，安得报君？君居心如是，自非载福⑩之道，亦无庸⑪我报。特意有不平，使君知之耳。"语讫，若睡若醒，开目已失所在，案上残茗尚微温。后所亲见其惘惘如失⑫，阴叩⑬之，乃具道始末，喟然曰："幸哉！我未下石也，其饮恨犹如是。曾子曰：'哀矜勿喜。'不其然乎！"所亲为人述之，亦喟然曰："一有私心，虽当其罪犹不服，况不当其罪乎！"

注释

① 伏法：指罪犯被执行死刑。

② 问官：审理犯人、处理案件的官员。

③ 言官：负责监督与进谏的官员。

④ 鬻：卖。

⑤ 宿隙：往日的嫌隙、仇怨。

⑥ 轧：排挤。

⑦ 对簿：指接受审问。

⑧ 狱成：指定案。

⑨ 修怨：报宿怨。

⑩ 载福：承受福惠。

⑪ 无庸：不用。

⑫ 惘惘如失：精神恍惚，好像丢了东西。

⑬ 叩：叩问，打听。

译文

某位御史因犯罪而被依法处死的时候，有个负责审理案件的官员在白天打了个盹儿，恍惚之中，他看见了刚刚死去的御史，吃惊地问："你有什么冤屈吗？"那位御史说："我身为负责监督与进谏的官员，却接受贿赂，出卖奏章，依法应当处死，有什么冤屈

的呢？”

审案官又问：“既然没有冤屈，那为什么要来见我呢？”御史回答：“因为我怨恨您。”审案官说：“负责审理这个案件的官员有七八个，其中像我这样跟你有旧交的也有两三个人，为什么你单单怨恨我呢？”御史说：“我与您过去有点隔阂、嫌隙，但也不过是为了前途互相排挤，并不是什么不共戴天的深仇大恨。但我受审的时候，您虽然因为避嫌而没有发问，但脸上却有扬扬得意的神色；我的案子判定的时候，您虽然表面同情，虚词宽慰，却隐隐流露出幸灾乐祸的意思。这实际上是别人依法判决我死罪，您却因为我们的旧怨而对我的死刑感到舒畅痛快。在一个人遭受磨难的时候，这是最令人伤心的，我哪能不感到怨恨呢？”

审案官惶恐不安地对御史道歉，并问道：“这么说来，你是要报复我吗？”御史回答道：“我死于法律的制裁，怎么可能报复您呢？再说像您这样的居心，自然也不是得福之道，也不用我来报复。我只是心中有所不平，想让您知道罢了。”御史这话说完，审案官若睡若醒，睁开眼睛，御史的魂魄已经不知到哪去了，而这时书案上的残茶还稍有温热。

后来，他的亲友见他精神恍惚失常，私下里询问，他才把梦中的事情详述出来，并长叹道：“幸运啊！我还没有落井下石，他就这样抱恨含冤。曾子说：‘哀矜勿喜。’难道不是这样吗？”他的亲友对人讲起这件事，也长叹着说道：“负责审案的官员一旦有了私心，即使是应当判罪，罪犯也不能心服，更何况是不应当判罪呢？”

励庵寓言

何励庵先生言：相传明季有书生，独行丛莽间，闻书声琅琅。怪旷野那得有是，寻之，则一老翁坐墟墓间，旁有狐十馀，各捧书蹲坐。老翁见而起迎，诸狐皆捧书人立。书生念[①]既解读书，必不为祸。因与揖让，席地坐。问："读书何为？"老翁曰："吾辈皆修仙者也。凡狐之求仙有二途：其一采精气，拜星斗，渐至通灵变化，然后积修正果，是为由妖而求仙。然或入邪僻[②]，则干天律。其途捷而危。其一先炼形为人，既得为人，然后讲习内丹，是为由人而求仙。虽吐纳导引，非旦夕之功，而久久坚持，自然圆满。其途纡[③]而安。顾形不自变，随心而变。故先读圣贤之书，明三纲五常之理，心化则形亦化矣。"书生借视其书，皆《五经》《论语》《孝经》《孟子》之类。但有经文而无注。问："经不解释，何由讲贯？"老翁曰："吾辈读书，但求明理。圣贤言语，本不艰深，口相授受，疏[④]通训诂[⑤]，即可知其义旨，何以注为？"书生怪其持论乖僻，惘惘莫对。姑问其寿，曰："我都不记。但记我受经之日，世尚未有印板书。"又问："阅历数朝，世事有无同异？"曰："大都不甚相远。惟唐以前，但有儒者。北宋后，每闻某甲是圣贤，为小异耳。"书生莫测，一揖而别。后于途间遇此翁，欲与语，掉头径去。案，此殆先生之寓言。先生尝曰："以讲经求科第，支离敷衍，其词愈美而经愈荒。以讲经立门户，纷纭辩驳，其说愈详而经亦愈荒。"语意若合符节。又尝曰："凡巧妙之术，中间必有不稳处。如步步踏实，即小有蹉失[⑥]，终不至折肱[⑦]伤足。"

与所云修仙二途，亦同一意也。

注释

① 念：心中的打算、看法。

② 邪僻：乖谬不正。

③ 纡：弯曲，绕弯。

④ 疏：清除阻塞，使通畅。

⑤ 训诂：解释古文字义。

⑥ 蹉失：过失，失误。

⑦ 肱：胳膊。

译文

何励庵先生说：相传明朝末年的时候，有个书生独自行走在丛生的草木间，听到琅琅的读书声，奇怪在空旷的野地里怎么会有这个声音。于是他循着读书声找去，原来是一个老翁坐在坟墓中间，旁边有十多只狐狸，各自捧着书蹲坐着。

老翁看见了书生，起身迎接，那些狐狸也都捧着书像人一样站了起来。书生想，这些狐狸既然懂得读书，就必定不会去祸害人，因而与它们各自行礼，然后席地而坐。

书生问道："你们读书是为了什么？"老翁说："我们都是修仙的。大凡狐狸想要修仙，有两种途径：其一是采精气，拜星斗，渐渐能够通灵变化，然后积年修炼而成正果，这是由妖而求仙。但是走这条途径一旦入了邪僻之路，就是触犯了天条。这条路快捷但却危险。另一条途径是先修炼成为人，修得人形之后，再修炼内丹，这是由人而求仙。虽然以吞吐导引的方法修炼，不是一朝一夕的功夫，但是长久地坚持，就自然能够功德圆满。这条路曲折但却安全。但是形体却不能够自己变化，而是随着心的变化而变化。所以我们先读人类圣贤的书，明白三纲五常的道理。只要心变化成人，那么形体也就变化成人了。”

书生借他的书看，都是《五经》《论语》《孝经》《孟子》之类的书，但却只有经文而没有注解。书生问道：“经文不加注释，怎么能够讲解得透彻贯通呢？”老翁说：“我们读书，只是为了明白道理。再说圣贤的言语，本来就不艰深难解，通过口头的讲授与学习，只要把字义讲解明白，就能够知道文章的意义与宗旨，要注解做什么？”

书生觉得他的论点既反常又怪僻，困惑而不能应答。于是书生就姑且问他的年纪，老翁回答说：“我都记不得了。只记得我刚刚学习这些经典的时候，世上还没有刻板印刷的书。”书生又问：“您经历了几个朝代，世事有没有差别？”老翁回答道：“大都相差得不多。只是在唐朝以前只有儒者，到了北宋以后，却常听说某人是圣贤，就这点有些小差别罢了。”

书生无从理解老翁的话，只能向他作揖告别。后来他在途中遇见这个老翁，想要和他说话，老翁却掉转头径自

走了。

按，这大概是何励庵先生编的寓言。先生曾经说："用讲解经典的方式求取功名，只不过是将就应付，言辞越华美而对经典宗旨的理解越是荒疏。用讲解经典的方式来树立门户，众说纷纭，驳杂难辨，说得越详细而对经典宗旨的理解也越是荒疏。"这话说得非常符合经典的意蕴。何励庵先生又曾经说："凡是巧妙的手段与方法，中间必然有不稳当的地方。但如果每一步都很踏实，即使有小的失误，最终也不至于遍体鳞伤。"这同老翁所说的修仙的两种途径的差别，是同一个道理。

堕井不死

去余家十馀里，有瞽者[①]姓卫，戊午除夕，遍诣常呼弹唱家辞岁，各与以食物，自负以归。半途，失足堕枯井中。既在旷野僻径，又家家守岁，路无行人，呼号嗌[②]干，无应者。幸井底气温[③]，又有饼饵[④]可食，渴甚，则咀水果，竟数日不死。会屠者王以胜驱豕归，距井犹半里许，忽绳断豕逸，狂奔野田中，亦失足堕井。持钩出豕，乃见瞽者，已气息仅属[⑤]矣。井不当屠者所行路，殆若或使之也。先兄晴湖问以井中情状，瞽者曰："是时万念皆空，心已如死，惟念老母卧病，待瞽子以养。今并瞽子亦不得，计此时恐已饿莩[⑥]，觉酸彻肝脾，不可忍耳。"先兄曰："非此一念，王以胜所驱家必不断绳。”

注 释

① 瞽者：盲人。

② 嗌：咽喉。

③ 气温：空气温暖。

④ 饼饵：饼类食品的总称。

⑤ 气息仅属：只剩一点呼吸。

⑥ 饿莩：“莩”通“殍”，饿死的人。

译 文

在离我家十多里的地方，有一个盲人姓卫。戊午年除夕，他到所有经常叫他弹唱的人家去拜年，各家都给了他食物，他就背着回去了。半路，他失足掉到了一口枯井里。那个地方是空旷的野地，路径偏僻，家家户户又都在守岁，所以路上没有行人，他大声呼叫，直到喉咙都喊哑了，也没有人应他。庆幸的是井底空气温暖，又有糕饼可以吃，渴得厉害的时候就吃水果，竟然几天都没有死。

碰巧屠夫王以胜赶着猪回来，在离井畔还有半里路左右的时候，忽然绳子断了，一头猪跑了。那头猪在野地中疯狂奔跑，也失足掉到了那口枯井里。王以胜找人用钩子把猪弄了出来，才发现那个盲人，他已经只剩下一点微弱的呼吸了。

那口枯井并不在王以胜之前走的那条路上，这一切仿佛有一种什么神奇的力量在支配着。我已故兄长晴湖当时曾问起过他在井里的情况，那个盲人说：“当时我什么念头都没有，心也如同

已经死去了一样。只是想到我的老母亲还病在床上，等待着我回来奉养，而如今连我自己也没有办法求生了，这时候恐怕老母亲已经饿死了，顿时觉得酸痛彻于肝脾难以忍受。”我那已故的兄长说：“如果不是这一个念头，王以胜赶猪的时候一定不会断了绳子。”

齐大免诛

齐大，献县剧盗[①]也，尝与众行劫，一盗见其妇美，逼污之。刃胁不从，反接[②]其手，缚于凳，已褫[③]下衣，呼两盗左右挟其足矣。齐大方看庄（盗语谓屋上了望以防救者为看庄），闻妇呼号，自屋脊跃下，挺刃突入曰：“谁敢如是，吾不与俱生[④]！”汹汹欲斗，目光如饿虎。间不容发之顷，竟赖以免。后群盗并就捕骈诛[⑤]，惟齐大终不能弋获[⑥]。群盗云，官来捕时，齐大实伏马槽下。兵役皆云：往来搜数过，惟见槽下朽竹一束，约十馀竿，积尘污秽，似弃置多年者。

注 释

① 剧盗：大盗。

② 反接：反绑两手。

③ 褫：脱去，解下。

④ 不与俱生：不和他一起活，即“不是你死，就是我亡”。

⑤ 骈诛：一并诛戮。

⑥ 弋获：擒获。

译文

齐大是献县的一个非常厉害的强盗，他曾经与一伙强盗一起抢劫，其中一个强盗看见被劫人家的妇人十分美丽，就要强行奸污她。但没想到即使他用刀威胁，那个妇人也誓死不从，那个强盗便反绑着妇人的双手，将她捆在长凳上，剥去她下身的衣服，让另外两个强盗一左一右按住妇人的双脚。

齐大当时正在房顶上看庄（强盗的黑话，将在屋顶上瞭望以防有人来救应叫作看庄），听到了妇人呼号的声音，于是立即从屋脊上飞跃而下，挺着刀冲入屋中道："谁敢这么干，我跟他不死不休！"他气势汹汹地想要找人决斗，目光如同饿虎一样凶狠。

在这间不容发的危急时刻，这个妇人竟然依靠齐大而免除了一场大难。后来这群强盗全部被捕，并被一同诛杀，只有齐大漏网，而且始终没有被抓获。据那群强盗说，官兵搜捕的时候，实际上齐大就藏伏在马槽底下。但据负责搜捕的官兵说，他们来来回回搜查了好几遍，只看见马槽下有一捆已经腐朽的竹竿，有十几根，上面积满了尘土和污垢，似乎是放置了很多年，从来没人动过的样子。

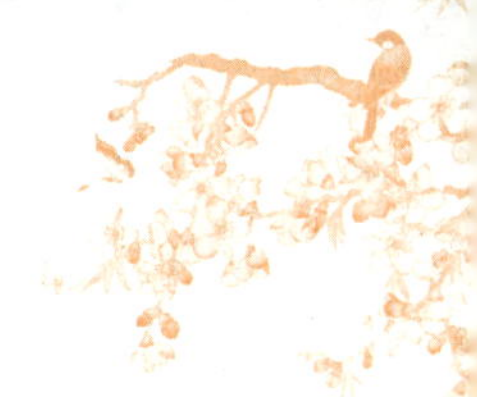

狐救部吏

余官兵部时，有一吏尝为狐所媚，尪[①]瘦骨立，乞张真人符治之。忽闻檐际人语曰："君为吏，非理取财，当婴刑戮[②]。我夙生[③]曾受君再生恩，故以艳色蛊惑，摄君精气，欲君以瘵疾[④]善终。今被驱遣，是君业[⑤]重不可救也。宜努力积善，尚冀万一挽回耳。"自是病愈。然竟不悛改，后果以盗用印信，私收马税伏诛。堂吏有知其事者，后为余述之云。

注 释

① 尪：孱弱，瘦弱。

② 刑戮：受刑而死。

③ 夙生：前生。

④ 瘵疾：疫病，也指痨病。

⑤ 业：业力。

译 文

我在兵部任职时，有一个小吏为狐狸精所媚惑，已经瘦得皮包骨头。他就去请了一道张真人的灵符，用来镇住狐狸精。忽然，他听到屋檐上有人说道："你身为官吏，却违背天理道义而榨取钱财，应当受刑伏法。我上一辈子受过你救命的大恩，所以用美色勾引你，摄取你的精气，想让你患病而死，能得个全尸善终。如今我既然被赶走，就说明你的罪孽已经深重到不可救药了。但你也应该努力行善，希望还有可能挽回这个结局。"

这位官吏的病从此就好了，但他却仍然不知悔改，后来他果然因为盗用印信、私收马税而被处死。堂吏有知道这件事的，后来告诉了我。

菩萨心肠

沧州插花庙尼，姓董氏。遇大士[①]诞辰，治供具将毕，忽觉微倦，倚几暂憩[②]。恍惚梦大士语之曰："尔不献供，我亦不忍饥；尔即献供，我亦不加饱。寺门外有流民四五辈[③]，乞食不得，困饿将殆。尔辍供具以饭之，功德胜供我十倍也。"霍然惊醒，启门出视，果不谬，自是每年供具献毕，皆以施丐者，曰此菩萨意也。

注 释

① 大士：指菩萨。

② 憩：休息。

③ 四五辈：四五批。

译 文

沧州插花庙中的一位老尼姑，姓董。一天，刚好赶上庙中所供奉的菩萨的生日，老尼姑刚要将供奉的物品准备好，忽然略感疲倦，就倚靠着几案稍微休息了一会儿。恍惚中，她梦见菩萨对她说："你不献供给我，我也不会挨饿；你就是献供给我，我也不会

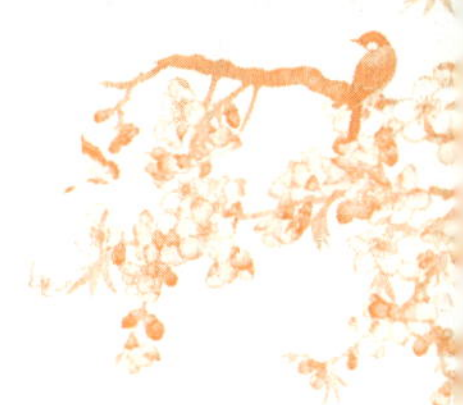

更加饱。寺门外有四五批流民，讨不到饭吃，快要饥饿困顿而死了。你如果停止操办供奉，而把供品施舍给他们吃，那么你的功德将胜过供奉我十倍。”尼姑猛然惊醒，打开门出去一看，寺外果然有许多饥饿的流民。从此，她每年供奉完菩萨以后，都会把供品施舍给乞丐吃，并说这是菩萨的旨意。

舟子好义

先太夫人言：沧州有轿夫田某，母患臌[①]将殆。闻景和镇一医有奇药，相距百馀里。昧爽[②]狂奔去，薄暮已狂奔归，气息仅属。然是夕卫河暴涨，舟不敢渡。乃仰天大号，泪随声下。众虽哀之，而无如何。忽一舟子[③]解缆呼曰：“苟[④]有神理，此人不溺。来来，吾渡尔。”奋然鼓[⑤]楫，横冲白浪而行。一弹指顷，已抵东岸。观者皆合掌诵佛号。先妣安公曰：“此舟子信道之笃[⑥]，过于儒者。”

注释

① 臌：肚子膨胀。

② 昧爽：拂晓，黎明。

③ 舟子：船家。

④ 苟：如果。

⑤ 鼓：发动，此处作“划动”解。

⑥ 笃：忠实，笃定。

译文

我那已经过世的母亲曾经说，沧州有位姓田的轿夫，他的母亲得了肚子胀的病，已经快不行了。他听说景和镇一个医生有治疗这种病的奇药，但沧州距离景和镇有一百多里路。天刚亮他就狂奔而去，傍晚的时候就狂奔回来了，累得只剩下了一口气。但是这天晚上，卫河水却暴涨，船家都不敢渡河。田某仰天哭号，声泪俱下。大家虽然都很可怜他，却也没有任何办法。忽然一个船夫解开缆绳招呼道："如果神明真的有灵，这个人就一定不会被淹死。来来，我渡你过河。"船夫奋力划动船桨，横冲滔天的波浪向前行进，一弹指间，船已到达了卫河东岸。围观的人都合掌念诵："阿弥陀佛。"先父姚安公说："这个船夫信仰道义的笃定虔诚，超过了儒生。"

宜阳之疫

辛彤甫先生官宜阳知县时，有老叟投牒[①]曰："昨宿东城门外，见缢鬼五六，自门隙而入，恐是求代[②]。乞示谕[③]百姓，仆妾勿凌虐[④]，债负[⑤]勿逼索[⑥]，诸事互让勿争斗，庶[⑦]鬼无所施其技。"先生震怒，笞而逐之。老叟亦不怨悔，至阶下拊膝[⑧]曰："惜哉，此

五六命不可救矣！”越数日，城内报缢死者四。先生大骇，急呼老叟问之，老叟曰：“连日昏昏，都不记忆，今乃知曾投此牒。岂得罪鬼神，使我受笞耶？”是时此事喧传，家家为备，缢而获解者果二：一妇为姑所虐，姑痛自悔艾[⑨]；一迫于逋欠[⑩]，债主立为焚券，皆得不死。乃知数虽前定，苟能尽人力，亦必有一二之挽回。又知人命至重，鬼神虽前知其当死，苟一线可救，亦必转借人力以救之。盖气运所至，如严冬风雪，天地亦不得不然。至披裘御雪，墐[⑪]户避风，则听诸人事，不禁其自为。

注释

① 投牒：呈递诉状。

② 求代：寻找替身。

③ 示谕：告知，晓示。

④ 凌虐：欺压虐待。

⑤ 债负：放债。

⑥ 逼索：犹强求。

⑦ 庶：但愿，或许。

⑧ 拊膝：拍着膝盖。

⑨ 悔艾：悔过自新。

⑩ 逋欠：拖欠，短少。

⑪ 墐：用泥涂塞。

译文

辛彤甫先生任宜阳知县的时候，有个老人呈递了一份状子说：

“我昨天夜里住在东城门外，看见五六个吊死鬼从城门的缝隙中进入城内，恐怕是要找替身。请您晓谕百姓，不要虐待奴仆和侍妾，不要追逼债务，凡事都忍让一点，相互之间不要起争斗，希望这样鬼就没办法施展它作祟的能力了。”辛彤甫先生听后十分生气，把老人杖打了一顿，并将他赶走了。老人遭到杖打与驱逐后也不怨恨与后悔，只是走到台阶下，用手拍着膝盖说：“可惜啊，这五六条命没有办法救下来了。”

过了几天，城里报告了四起上吊自杀的案子。辛彤甫大惊，急忙找来老人问话。老人说：“我连着几天都昏昏沉沉的，什么都记不起来了。到现在我才知道我曾经递过这个状子。莫非是我得罪了鬼神，所以要叫我挨打吗？”当时这事便传扬开来，于是家家都做了防备，果然救下来两个上吊的人：一个是媳妇因被婆婆虐待而上吊，婆婆深为后悔并改过；一个是因欠债而上吊，债主当即烧了借据，于是两人都没有死。由此可知人的命运虽然早就已经是注定的了，但如果能尽人力去争取，也必然有一二分挽回的希望。又可知人命是至关重要的，鬼神虽然事前就知道某个人该死，但哪怕有一线挽回的希望，也必定会借人力加以挽回。气数到了，就好像严寒的冬天要刮风下雪一样，天地也不得不这样运转下去。至于像穿上皮袄、堵塞门窗去抵御风雪侵袭这种事，则任由各人自己去想办法，老天并不加以禁止。

献县史某

献县史某，佚[①]其名，为人不拘小节，而落落[②]有直气[③]，视龌龊[④]者蔑如[⑤]也。偶从博场[⑥]归，见村民夫妇子母相抱泣。其邻人曰：“为欠豪家债，鬻妇以偿。夫妇故相得，子又未离乳，当弃之去，故悲耳。”史问：“所欠几何？”曰：“三十金。”“所鬻几何？”曰：“五十金，与人为妾。”问：“可赎乎？”曰：“券[⑦]甫成，金尚未付，何不可赎！”即出博场所得七十金授之，曰：“三十金偿债，四十金持以谋生，勿再鬻也。”夫妇德[⑧]史甚，烹鸡留饮。酒酣，夫抱儿出，以目示妇，意令荐枕以报。妇颔之，语稍狎[⑨]。史正色曰：“史某半世为盗，半世为捕役，杀人曾不眨眼。若危急中污人妇女，则实不能为。”饮啖讫，掉臂[⑩]径去，不更一言。半月后，所居村夜火。时秋获方毕，家家屋上屋下，柴草皆满，茅檐秫篱[⑪]，斯须四面皆烈焰。度不能出，与妻子[⑫]瞑坐待死。恍惚闻屋上遥呼曰：“东岳有急牒，史某一家并除名。”剨然有声，后壁半圮。乃左挈[⑬]妻，右抱子，一跃而出，若有翼[⑭]之者。火熄后，计一村之中，爇[⑮]死者九。邻里皆合掌曰：“昨尚窃笑汝痴，不意七十金乃赎三命。”余谓此事见佑于司命，捐金之功十之四，拒色之功十之六。

注 释

① 佚：同“逸”，散失，丢失。

② 落落：犹“磊落”，光明磊落的样子。

③ 直气：正气。

④ 龌龊：形容人品质恶劣，思想不纯正。

⑤ 蔑如：细微，没有什么了不起。

⑥ 博场：赌场。

⑦ 券：古代订立契约的凭据，常分为两半，双方各执其一，这里指文书。

⑧ 德：名词作动词，感念恩德。

⑨ 狎：亲近而态度不庄重。

⑩ 掉臂：甩动胳膊走开，表示不顾而去。

⑪ 秫篱：用秫秸编的篱笆。

⑫ 妻子：妻子和孩子。此处的“妻”指妻子，“子”指儿子。

⑬ 挈：拉着。

⑭ 翼：帮助，辅助。

⑮ 爇：烧。

译 文

献县的史某，我忘记了他的名字。他为人光明磊落，而且有正直的气概，对一些人品恶劣低下的小人十分看不起。有一次他从赌场回来，看见一户村民家中夫妻与孩子相抱大哭。这户村民的邻居说：“他因为欠了豪强人家的债务，所以卖了妻子偿还。他们夫妻平时关系很融洽，孩子又没有断奶，却要扔下他就这么走了，所以他们在这里伤心地哭泣。”

史某问：“他欠了多少债务？”那位邻居回答说：“三十两银子。”史某又问：“他把妻子卖了多少钱？”邻居说：“五十两银子，卖给别人做小妾。”史某问：“可以赎回吗？”邻居说：“卖

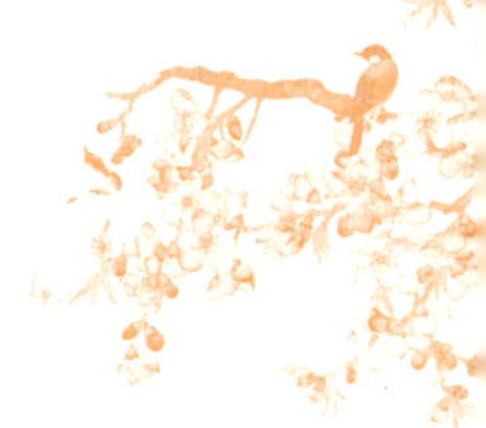

身的文书才刚刚写好，钱还没有付，怎么不能赎？”史某当即拿出刚从赌场赢的七十两银子交给村民，说：“三十两给你还债，剩下的四十两你们用来谋生，不要再卖妻子了。”

那对村民夫妇对史某感激不尽，杀鸡买酒留他吃饭。酒至三巡，村民抱了孩子出去，并向妻子使眼色，意思是让她陪史某睡觉作为报答。妻子点头答应，随即说话稍稍放浪。史某态度严肃地说：“我史某人当了半辈子强盗、半辈子捕快，杀人也没有眨过眼睛。但要说乘人之危奸污人家妇女，我史某人却无论如何也做不到。”吃饱喝足后，史某就甩着胳膊大步离去，连一句话也没有多说。

半个月之后，史某所住的村子半夜里失了火。当时刚刚秋收完毕，家家户户房前屋后都堆满了柴草，再加上屋檐和篱笆都是用茅草和秫秸编成的，不一会儿工夫四面就都着起了烈火。史某心知无法逃出屋外，只能与妻子和孩子一起闭目静坐，等待着死亡的来临。恍惚间，他听见屋上有人远远地喊道：“东岳神有火急文书到，史某一家一并除名，免去死劫！”接着轰然一声响，后墙倒塌了一半。于是史某左手拉着妻子，右手抱着儿子，一跃而出，好像有人在身后帮助他一样。火被熄灭后，查点村里的人口，一共被烧死了九个人。邻里都合掌为他庆幸道：“昨天我们还私下里笑话你傻，没想到你的七十两银子换回了自家三条人命。”我认为史某之所以能够得到司命神的护佑，其中赠送银子的功劳占了十分之四，拒绝女色的功劳占了十分之六。

雷击逆子

戈太仆仙舟言：乾隆戊辰，河间西门外桥上，雷震一人死，端跪不仆；手擎[①]一纸裹，雷火弗爇。验之皆砒霜，莫明其故。俄其妻闻信至，见之不哭，曰："早知有此，恨其晚矣！是尝诟谇[②]老母，昨忽萌恶念，欲市砒霜毒母死。吾泣谏[③]一夜，不从也。"

注 释

① 擎：举着。

② 诟谇：辱骂。

③ 泣谏：哭着劝说。

译 文

太仆寺卿戈仙舟说：乾隆朝戊辰年间，在河间府西门外的桥上，雷震死了一个人。这人死后仍端正地跪着，尸身并没有倒下，手里还举着一个纸包，没有被雷火烧着。经查看，发现纸包里都是砒霜，众人不知道这是什么缘故。过了一会儿，那个人的妻子听到消息来了，见了那个人并不哭，说："我早知道会有今天，只恨他死得晚了！他曾经辱骂老母亲，昨天忽然萌生恶念，想要买砒霜毒死母亲，我哭着劝说了一夜，他也不肯听。"

江西术士

有山西商，居京师信成客寓，衣服、仆、马皆华丽，云且[①]援例[②]报捐[③]。一日，有贫叟来访，仆辈不为通。自候于门，乃得见。神意[④]索漠[⑤]，一茶后，别无寒温[⑥]。叟徐露求助意。咈然[⑦]曰："此时捐项且不足，岂复有馀力及君！"叟不平，因对众具道西商昔穷困，待[⑧]叟举火者十馀年。复助百金使商贩，渐为富人。今罢官流落，闻其来，喜若更生[⑨]。亦无奢望，或得曩[⑩]所助之数，稍偿负累，归骨乡井[⑪]足矣。语讫絮泣，西商亦似不闻。忽同舍一江西人，自称姓杨，揖西商而问曰："此叟所言信[⑫]否？"西商面赪[⑬]曰："是固有之，但力不能报为恨耳。"杨曰："君且为官，不忧无借处。傥有人肯借君百金，一年内乃偿，不取分毫利，君肯举以报彼否？"西商强应曰："甚愿。"杨曰："君但书券，百金在我。"西商迫于公论，不得已书券。杨收券，开敝箧[⑭]，出百金付西商。西商快快持付叟。杨更治具[⑮]，留叟及西商饮。叟欢甚，西商草草终觞[⑯]而已。叟谢去，杨数日亦移寓去，从此遂不相闻。后西商检箧中少百金，鐍锁[⑰]封识[⑱]皆如故，无可致诘[⑲]。又失一狐皮半臂[⑳]，而箧中得质票[㉑]一纸，题钱二千，约符杨置酒所用之数。乃知杨本术士，姑以戏之，同舍皆窃称快。西商惭沮，亦移去，莫知所往。

注 释

① 且：将要。

② 援例：引用惯例。

③ 报捐：封建时代，根据官府规定捐银若干，就能够取得某种

官职，叫作“报捐”。

④ 神意：神情，意态。

⑤ 索漠：冷落淡漠的样子。

⑥ 寒温：冷暖，指问候冷暖起居。

⑦ 咈然：愤怒的样子。

⑧ 待：等，等候，此处可作“仰仗”解。

⑨ 更生：重生，新生。

⑩ 曩：以往，从前。

⑪ 乡井：故乡。

⑫ 信：确实，真实。

⑬ 面赧：难为情、羞愧的样子。

⑭ 敝箧：破旧的箱子。

⑮ 治具：办酒席。

⑯ 终觞：喝完酒。

⑰ 镉锁：锁。

⑱ 封识：封缄并加标记。

⑲ 无可致诘：不知道去怪罪谁。诘：谴责，问罪。

⑳ 半臂：宽口短袖的上衣。

㉑ 质票：当票。

译 文

有个山西商人，住在京城的信成客栈，他平常的衣着打扮和仆从、车马都非常华丽，还说要依照惯例去捐一个官职。

一天，有一个贫穷的老人来拜访这个人，仆人们却都不愿意为他通传。老人在大门外等候了很久，才见到了这个人。这个人神情冷漠，只给老人上了杯茶就不再说什么了，连一声问候都没有。这个贫穷的老人慢慢地流露出了求助的意思。山西商人不高兴地说："我现在连捐官的钱都还没有凑齐，哪里还有剩余的力量去帮助你呢？"

贫穷的老人愤愤不平，于是对大家说起当年这个山西商人穷困潦倒的时候，曾经有十多年老人一直接济他的生活，还资助了他一百两银子，让他出外做生意，他这才慢慢富裕起来。如今，老人被罢了官，流落到这里，听说这个商人来了，高兴得好像重生了一样。他本来也没有什么奢望，就是想要回以前资助他的那些钱，能稍微偿还一些债务，让自己能回到老家，就足够了。老人说完就不停地哭泣起来，山西商人却好像没有听到一样。

这时，同住在一间客栈的一个自称姓杨的江西人向山西商人拱手施礼，并且问道："这位老人家说的是真的吗？"山西商人不好意思地说："是曾经有过这回事。只是很遗憾我自己的力量不足以回报他对我的恩情。"姓杨的人说："你快要当官了，不愁没有借钱的地方。要是有人愿意借给你一百两银子，一年之内偿还就好，并且不要你一分一毫的利息，你愿意用这笔钱去报答老人的恩情吗？"山西商人勉强地回答道："我十分愿意。"

姓杨的人说："那你现在就写借据吧，这一百两银子包在我身上。"山西商人迫于公论，不得已写下了借据。姓杨的人收好借据，打开了自己那破旧的箱子，拿出一百两银子交给那个山西商人。山西商人很不高兴地拿了钱交给了老人。姓杨的人又摆了酒席，留老人和山西商人喝酒。老人很高兴，而山西商人却草草地喝完就走了。老人感谢了姓杨的人离开了，而姓杨的人没过几天也换了住的地方，从此以后彼此就没有来往过。

后来山西商人检查钱箱时发现少了一百两银子，但是箱子的锁和标记都没有被动过的痕迹，他不知道该去怪罪谁。他还发现丢了一件狐狸皮的短袖上衣，而钱箱里却多了一张当票，是以狐狸皮上衣抵押了两千文钱，这些钱大致符合姓杨的人买酒所用的钱数。大家这才知道，姓杨的人原来是个术士，戏耍了他一番，住在同一间客栈的人都暗暗称快。山西商人十分惭愧沮丧，也搬走了，谁也不知道他去了哪儿。

陈四之母

农夫陈四，夏夜在团焦[①]守瓜田，遥见老柳树下，隐隐有数人影，疑盗瓜者，假寐[②]听之。中一人曰："不知陈四已睡未？"又一人曰："陈四不过数日，即来从我辈游，何畏之有？昨上直[③]土神祠，见城隍牒矣。"又一人曰："君不知耶？陈四延寿矣。"众问何故，曰："某家失钱二千文，其婢鞭箠数百，未承。婢之父亦愤曰：'生女如是，不如无。傥果盗，吾必缢杀之。'婢曰：'是不承死，承亦死也。'呼天泣，陈四之母怜之，阴典衣得钱二千，捧还主人曰：'老妇昏愦，一时见利，取此钱，意谓主人积钱多，未必遽算出。不料累此婢，心实惶愧。钱尚未用，谨冒死自首，免结来世冤。老妇亦无颜居此，请从此辞。'婢因得免。土神嘉其不辞

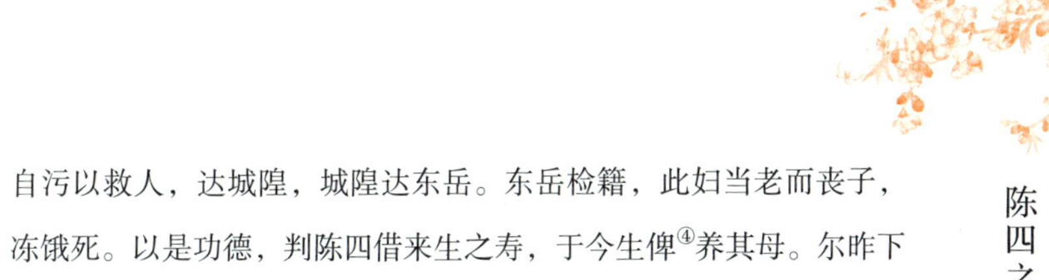

自污以救人，达城隍，城隍达东岳。东岳检籍，此妇当老而丧子，冻饿死。以是功德，判陈四借来生之寿，于今生俾[4]养其母。尔昨下直[5]，未知也。”陈四方窃愤母以盗钱见逐[6]，至是乃释然。后九年母死，葬事毕，无疾而逝。

注 释

① 团焦：圆形草屋。

② 假寐：装睡。

③ 上直：当值。

④ 俾：使，让。

⑤ 下直：当值结束。

⑥ 见逐：被驱逐。

译 文

有个叫陈四的农夫，有一年夏夜住在瓜田边的草屋里看守西瓜。一天，他远远看见老柳树底下隐隐约约有几个人影，怀疑有人来偷瓜，于是他便装睡偷听他们说话。

其中一人说：“不知道陈四睡了没有？”另一人搭腔道：“陈四过不了几天就和我们一样了，你还有什么可怕的？昨天我在土地庙里值班，看见城隍的公文都已经发下来了。”又一人说：“你还不知道吗？陈四已经延寿了。”

众人都问这是怎么回事，那人说：“有户人家丢了两千文钱，主人把一个婢女打了好几百鞭子，婢女还是不承认自己偷了钱。那个婢女的父亲也非常气愤地说：‘生了这样不争气的女儿，还不如没有。如果真是她偷了钱，我一定要用绳子把她勒死。’那婢女说：‘我不承认要死，承认了也还是要死啊！’一边高叫‘老天’一边哭泣，陈四的母亲可怜这个婢女，便悄悄地典当了自己的几件衣物，换来两千文钱，拿去还给主人家说：‘老婆子我一时糊涂，见利忘义，偷拿了这两千文钱。我以为主人家有那么多钱财，未必马上就能算出少了这两千文，没想到却连累了这个婢女，我心里既惶恐又惭愧。这些钱还没有花出去，我特意冒死前来向您自首，免得结下来生的冤债。老婆子我也没有脸面再在这儿待下去，希望您允许我辞工离去。’那个婢女因此而幸免一死。土地神特别赞许陈四的母亲为了救人不惜给自己抹黑的美好品德，向城隍打了报告，城隍将报告转呈到了东岳神君那儿。东岳神君查检册籍，发现她命中注定要老年丧子，而后被冻饿而死，但因她有这一场不惜抹黑自己以救人的功德，特意判陈四借来生的寿命，在今生赡养老母。这批示在你昨天下值后才转到，所以你还不知道呢!”

陈四原本对母亲因偷钱被辞退感到十分生气，到现在心中才豁然开朗。这之后过了九年，陈四的母亲去世。丧事办完之后，陈四也无疾而终。

鬼战疫鬼

外舅[①]马公周箓言：东光南乡有廖氏募[②]建义冢，村民相助成其事，越三十馀年矣。雍正初，东光大疫。廖氏梦百馀人立门外，一

人前致词曰："疫鬼且至，从[3]君乞焚纸旗十馀，银箔糊木刀百馀。我等将与疫鬼战，以报一村之惠。"廖故好事，姑制而焚之。数日后，夜闻四野喧呼格斗声，达旦乃止。阖村果无一人染疫者。

注 释

① 外舅：岳父。

② 募：广泛征求。

③ 从：自，由。

译 文

我的岳父马周箓说：东光县南乡有个姓廖的要募捐修建一个收葬无主尸体的义冢，村民纷纷出钱出力帮助他做成了这件事，到现在已经过了三十多年了。

雍正初年，东光县发生了大规模的瘟疫。有一天晚上那个姓廖的人梦见有一百多个人站在他家的大门外面，其中一个人上前对姓廖的人说："散布瘟疫的鬼马上就要到了，我们想请您给我们烧十几杆纸旗，用银箔裱糊一百多把木头刀剑，我们要跟那些疫鬼决一死战，来报答全村人对我们的恩惠！"

这个姓廖的人原本就好事，于是就按照梦里那些人的要求做了纸旗、木头刀剑烧了。几天后，晚

上听见村子四周响起了格斗冲杀的呼喊声，直到天快亮了才停止。全村果然没有一个人感染瘟疫。

白日见鬼

德郎中亨，夏日散步乌鲁木齐城外，因至秀野亭纳凉。坐稍久，忽闻大声语曰："君可归，吾将宴客。"狼狈奔回，告余曰："吾其将死乎？乃白昼见鬼。"余曰："无故见鬼，自非佳事。若到鬼窟见鬼，犹到人家见人尔，何足怪焉？"盖[①]亭在城西深林，万木参天，仰不见日。旅榇[②]之浮厝[③]者，罪人之伏法者，皆在是地，往往能为变怪[④]云。

注 释

① 盖：表示原因，相当于"因为、原来"。

② 旅榇：客死者的灵柩。

③ 浮厝：指暂时将灵柩停放在某处或者浅埋，待以后改葬。

④ 变怪：灾变怪异。

译 文

郎中德亨夏天在乌鲁木齐城外散步，来到了秀野亭乘凉。他坐的时间稍久了一点，忽然听到一个声音大声说道："您可以回去了，我将要宴请客人。"

德亨狼狈地跑了回来，告诉我说："难道我将要死了吗？竟然在白天见到了鬼。"我说："无缘无故见到鬼，自然不是好事。但是如果是在鬼的聚集处见到鬼，就像是到人家里见到人一样，有什么值得奇怪的呢？"

秀野亭在城西幽深的树林里，树木高耸，直指向天空，遮天蔽日，抬头也看不见太阳。客死他乡的人的棺木暂时停放等待归葬的，罪人被依法处死的，都在这个地方，所以这里往往会出现灾变怪异的现象。

怪骂儒生

武邑某公，与戚友赏花佛寺经阁前。地最豁厂[①]，而阁上时有变怪。入夜，即不敢坐阁下。某公以道学[②]自任[③]，夷然弗信也。酒酣耳热，盛谈《西铭》"万物一体"之理，满座拱听[④]，不觉入夜。忽阁上厉声叱曰："时方饥疫[⑤]，百姓颇有死亡。汝为乡宦[⑥]，既不思早倡义举，施粥舍药；即应趁此良夜，闭户安眠，尚不失为自了汉[⑦]。乃虚谈高论，在此讲民胞物与[⑧]。不知讲至天明，还可作饭餐，可作药服否？且击汝一砖，听汝再讲邪不胜正！"忽一城砖飞下，声若霹雳，杯盘几案俱碎。某公仓皇走出，曰："不信程朱之学，此妖之所以为妖欤！"徐步太息而去。

注 释

① 厂：通“敞”，宽敞。

② 道学：宋代儒家周敦颐、张载、程颢、程颐、朱熹等的哲学思想。

③ 自任：当作自己的职责。

④ 拱听：犹恭听，恭敬地听着。

⑤ 饥疫：饥荒和疫病。

⑥ 乡宦：旧称乡村中做过官又回乡的人，乡绅。

⑦ 自了汉：佛教用语，自己明白佛法，但无法普度众生。此处指能处理好自己的事情而不管他人。

⑧ 民胞物与：民为同胞，物为同类。泛指爱人和一切物类。

译 文

武邑县的一个人与亲友在一所寺院的藏经阁前赏花。藏经阁前的场地非常豁亮宽敞，可是藏经阁上时常会发生怪异的事情，一到夜晚，就没有人敢在藏经阁前闲坐。这个人自命信奉道学，神情平静镇定，根本不信有什么鬼怪。

他趁着酒酣耳热，大谈《西铭》中所说的“万物一体”的道理，满座亲友恭敬地倾听，不知不觉已经到了夜晚。忽然藏经阁上有个声音厉声呵斥道：“如今正闹饥荒，瘟疫流行，百姓死亡很多。你作为一位乡绅，既然不想倡导义行，施粥舍药，就应该趁着这美好的夜晚，关起门来安心睡觉，还不失为一个能够管好自身的人。可是你却在这里高谈阔论，讲什么‘民胞物与’，不知让你讲到天亮，是可以拿来当饭吃呢，还是能够拿来当药服？我且砸你一

砖，听你再讲什么邪不胜正！”忽然一块城砖凌空飞下，声音好似霹雳一样响亮，杯盘几案全被打得粉碎。那个人仓皇跑出寺院，说：“不相信程朱的道学，这就是妖物之所以是妖物的原因啊！”他叹着气，慢慢地走了。

鬼念子孙

又，佃户何大金，夜守麦田。有一老翁来共坐。大金念村中无是人，意是行路者偶憩。老翁求饮，以罐中水与之。因问大金姓氏，并问其祖父。恻然[①]曰：“汝勿怖。我即汝曾祖，不祸汝也。”细询家事，忽喜忽悲。临行，嘱大金曰：“鬼自伺放焰口[②]求食外，别无他事，惟子孙念念不能忘，愈久愈切。但苦幽明阻隔，不得音问。或偶闻子孙炽盛[③]，辄跃然以喜者数日，群鬼皆来贺。偶闻子孙零替，亦悄然以悲者数日，群鬼皆来唁。较生人之望子孙，殆切十倍。今闻汝等尚温饱，吾又歌舞数日矣。”回顾再四，丁宁勉励而去。先姚安公曰：“何大金蠢然一物，必不能伪造斯言。闻之，使之追远之心，油然而生。”

注 释

① 恻然：哀怜悲伤的样子。

② 放焰口：佛教仪式，一种根据《佛说救拔焰口饿鬼陀罗尼经》而举行的施食于饿鬼的法事。

③ 炽盛：兴旺，繁盛。

译文

又有佃户何大金在夜间看守麦田，有一位老翁走过来，在他身边坐下。何大金心想这位老翁不是村里的，以为是走路的人偶然来休息一下。

老翁向何大金要水喝，他就把罐里的水倒给了老翁。老翁因而问起何大金的姓氏，并且问到了他的祖父，又哀怜悲伤地说道："你不要害怕，我就是你的曾祖父，不会害你的。"他向何大金仔细询问了家中的事情，神情也是忽然高兴，忽然悲伤。

临别时，老翁叮嘱何大金说："鬼除了在祭祀的时候，等待人们摆设供品求口饭吃外，没有其他的事情，只是对子孙念念不忘，时间越长远，思念越殷切。只是苦于幽明阻隔，不通音讯。有时偶尔听说自己的子孙兴旺发达，就会手舞足蹈地高兴好几天，群鬼都来祝贺。如果偶尔听说自己的子孙衰败，也会闷闷不乐地伤心好几天，群鬼都来表示慰问。比起活着的人对子孙的期望，要殷切数十倍。今天我知道了你们生活还能够温饱，就又可以载歌载舞地高兴好几天了。"

老翁一边走着，还再三回过头来叮咛、勉励，这才离去。

先父姚安公说："何大金这么一个粗蠢的东西，肯定不能伪造出这番话来。听到这番话，使人油然而生追思念远的孝心。"

鬼逐浪子

乾隆丙子，有闽[①]士赴公车[②]。岁暮抵京，仓卒不得栖止[③]，乃于先农坛北破寺中僦[④]一老屋。越十馀日，夜半，窗外有人语曰："某先生且醒，吾有一言。吾居此室久，初以公读书人，数千里辛苦求名，是以奉让，后见先生日外出，以新到京师，当寻亲访友，亦不相怪。近见先生多醉归，稍稍疑之，顷闻与僧言，乃日在酒楼观剧，是一浪子耳。吾避居佛座后，起居出入，皆不相适，实不能隐忍让浪子，先生明日不迁居，吾瓦石已备矣。"僧在对屋，亦闻此语，乃劝士他徙。自是不敢租是屋。有来问者，辄举此事以告云。

注 释

① 闽：福建的简称。

② 公车：汉代曾用公家车马接送应举的人，后便以"公车"泛指入京应试的举人或代指举人进京应试。

③ 栖止：寄居、停留的地方。

④ 僦：租赁。

译 文

乾隆朝丙子年间，有一个福建的举人赴京城参加会试。他在年末的时候才到达京城，仓促间没找到住的地方，便在先农坛北的破庙里租了一间老屋。

过了十多天，半夜里有人在窗外对他说道："先生且醒醒，我有几句话要说。我已经住在这儿很久了，当初因你是读书人，从几千里外辛苦奔波来这里求取功名，因此将房子让给你住。后来，我看到你整天外出，以为你刚到京城，应该是去拜访一下亲戚朋友，所以也没怪你。但是我近来发现你常常喝醉了回来，便有些怀疑。刚才又听到你和和尚谈话，才知道你天天在酒楼看戏，原来是一个浪子。我避居在佛座后面，起居出入都很不方便，实在不能隐忍着把房子让给浪子住。先生如果明天还不搬走的话，我已经把瓦块石头都准备好了。”

和尚住在对面的屋里，也听到了这些话，便劝这个人搬到别处去。从这以后和尚就不敢再把这间屋子租给别人。有人来问，和尚便把这件事说给对方听。

鬼避廖媪

廖媪，青县人，母家姓朱，为先太夫人乳母。年未三十而寡，誓不再适，依先太夫人终其身。殁时年九十有六。性严正，遇所当言，必侃侃[1]与先太夫人争。先姚安公亦不以常媪遇之。余及弟妹皆随之眠食，饥饱寒暑，无一不体察周至。然稍不循礼，即遭呵禁[2]。约束仆婢，尤[3]不少[4]假借[5]，故仆婢莫不阴憾[6]之。顾司[7]筦钥[8]，理[9]庖厨，不能得其毫发私，亦竟无如何也。尝携一童子，自亲串[10]家通问[11]归，已薄暮矣。风雨骤至，趋避于废圃破屋中。雨入夜未止，遥闻墙外人语曰：“我方投汝屋避雨，汝何以冒雨坐树下？”又闻树下人应曰：“汝毋多言，廖家节妇在屋内。”遂寂

然。后童子偶述其事，诸仆婢皆曰：“人不近情，鬼亦恶而避之也。”嗟乎！鬼果恶而避之哉?

注释

① 侃侃：形容理直气壮、从容不迫。

② 呵禁：呵斥禁绝。

③ 尤：更加。

④ 少：稍微。

⑤ 假借：容忍。

⑥ 憾：怨恨。

⑦ 司：掌管。

⑧ 筦钥：锁匙。

⑨ 理：管理。

⑩ 亲串：关系密切的人。

⑪ 通问：相互问候，互通音信。

译文

廖姥是青县人，娘家姓朱，是我母亲的乳母。她不满三十岁就守寡，并且发誓不再改嫁，跟着我母亲终老一生，去世时享年九十六岁。

她的个性严肃耿直，遇到该说的事一定和我母亲据理力争，先父姚安公也不把她看作普通的老妇人。我和弟弟妹妹小时候吃饭睡觉都由她照顾，饥饱冷暖，她都照顾得无微不至。但如果有哪儿稍微违背了礼仪，就要遭她呵斥禁止。

她管理奴婢尤其严格，一点儿错误也不容忍，所以奴婢们心里都恨她。看她掌管库房钥匙，管理庖厨，竟不能发现一点自私自利的地方，所以也就对她没办法。

一次，她带着一个小孩从亲戚家回来，这时已是傍晚时分。风雨猛然袭来，她赶紧躲到一个废园子的破屋里。雨下到夜里也没有停，她远远地听到墙外有人说道："我正要到你的屋子里避雨，你怎么冒着雨坐在树下？"树下有人说："你不要多说，廖家的节妇在屋里。"于是再也没有声音了。后来小孩偶然说起这事，奴婢们都说："人不近情理，鬼也厌恶、躲避她。"唉，鬼真的是因厌恶而躲避她吗？

狐惩女巫

女巫郝媪，村妇之狡黠者也。余幼时，于沧州吕氏姑母家见之。自言狐神附其体，言人休咎[①]。凡人家细务，一一周知，故信之者甚众。实则布散徒党[②]，结交婢媪，代为刺探隐事[③]，以售[④]其欺。尝有孕妇，问所生男女。郝许[⑤]以男，后乃生女，妇诘以神语无验。郝瞋目曰："汝本应生男，某月某日，汝母家馈饼二十，汝以其六供翁姑，匿其十四自食。冥司责汝不孝，转男为女，汝尚不悟耶？"妇不知此事先为所侦，遂惶骇[⑥]伏罪。其巧于缘饰[⑦]皆类此。一日，方焚香召神，忽端坐朗言曰："吾乃真狐神也。吾辈虽与人杂处，实各自服气炼形[⑧]，岂肯与乡里老妪为缘，预人家琐事？此妪阴谋百出，以妖妄敛财，乃托其名于吾辈。故今日真附其体，使共知其奸。"因缕数[⑨]其隐恶，且并举其徒党姓名。语讫，郝霍然如梦醒，狼狈遁去。后莫知所终。

注释

① 休咎：吉凶，善恶。

② 徒党：徒众，党羽。

③ 隐事：私密的事。

④ 售：施展。

⑤ 许：预先答应给与。

⑥ 惶骇：惶恐害怕。

⑦ 缘饰：修饰。

⑧ 服气炼形：存服外气，修炼形体。

⑨ 缕数：一条条陈说。

译文

女巫郝老太太是村妇当中最狡猾的一个，我小的时候在沧州吕氏姑母家里见到过她。她自称有狐神附在她身上，能说出人的吉凶。凡是人家的事务，哪怕再细小，她一一都能知道，所以相信的人很多。实际上她却是靠分布徒众同党、结交婢女老妇，替她刺探别人家隐秘的事情，以达到她欺诈的目的。

曾经有一个孕妇问郝老太太自己会生男孩还是女孩，郝老太太告诉她，会生个男孩，但后来却生了一个女孩。这女人问，神的话为什么不灵验，郝老太太瞪着眼睛说："你本来应该生男孩，但某月某日你娘家送来二十个饼，你却只把其中六个孝敬给公婆，藏起了十四个自己吃。阴司责怪你不孝，所以把男孩换成了女孩，你还不觉悟吗？"这女人不知道这事情早已被她探知，于是惊惶地认罪。郝老太太的巧于掩饰大都同这个相类似。

一天，她正在烧香召神，忽然端坐朗声说道："我是真狐神。我们虽然和人混杂而居，但其实各自吐纳修炼形体，怎么肯同乡里老妇结缘，干预人家的琐事？这个老妇阴谋百出，以妖邪虚妄之说捞取钱财，而且竟然敢假冒我们的名字。所以我今天当真附在她的身上，使大家都知道她的奸诈与恶行。"于是一条条说出了她隐藏的丑恶行为，而且把她的徒众同党的姓名也一并列举了出来。

狐仙刚说完，郝老太太忽然像是从梦中醒了过来，狼狈逃去。后来不知道她的结果如何。

狐妇挞夫

先叔仪庵公，有质库[①]在西城中。一小楼为狐所据，夜恒闻其语声，然不为人害[②]，久亦相安。一夜，楼上诟谇鞭笞声甚厉，群往听之。忽闻负痛疾呼[③]曰："楼下诸公，皆当明理，世有妇挞夫者耶？"适中一人，方为妇挞，面上爪痕犹未愈，众哄然一笑曰："是固有之，不足为怪。"楼上群狐亦哄然一笑，其斗遂解。闻者无不绝倒。仪庵公曰："此狐以一笑霁[④]威，犹可与为善[⑤]。"

注 释

① 质库：当铺。

② 不为人害：不害人。

③ 疾呼：大声呼喊。

④ 霁：缓和，缓解。

⑤ 可与为善：可以好好对待。

译 文

先叔父仪庵公有间当铺在西城中。当铺中的一座小楼为狐精所占据，每到夜里经常会听到它们的说话声，但是它们不害人，时间久了仍然相安无事。

一天夜里，楼上传出很响的责骂、鞭打的声音，大家都过去探听原因。忽然听到有人忍痛高呼道："楼下的诸位都应当明白事理，这个世上有妻子打丈夫的吗？"恰巧其中一人刚被妻子打了，脸上的抓痕还没有痊愈。众人哄笑着说："这本来就是有的，不值得为此感到奇怪。”楼上那群狐精也哄然一笑，它们的打斗于是也停止了。

听说这件事的人无不笑得前仰后合。仪庵公说：“这狐精以一笑收敛威风怒火，可以好好地与其相处。”

不忘旧人

沈观察夫妇并故，幼子寄食亲戚家。贫窭[①]无人状。其妾嫁于史太常家，闻而心恻[②]，时阴使婢媪与以衣物。后太常知之，曰：“此尚在人情天理中。”亦勿禁也。钱塘季沧州因言：有孀妇[③]病卧，不能自炊，哀呼邻媪代炊，亦不能时至。忽一少女排闼[④]入，曰：“吾新来邻家女也。闻姊困苦乏食，意恒不忍。今告于父母，愿为姊具食，且侍疾[⑤]。”自是日来其家，凡三四月，孀妇病愈，将诣门谢其父母。女泫然[⑥]曰：“不敢欺，我实狐也，与郎君在日最相昵。今感念旧情，又悯姊之苦节[⑦]，是以托名而来耳。”置白金数铤[⑧]于床，呜咽而去。二事颇相类。然则琵琶别抱，掉首无情，非惟不及此妾，乃并不及此狐。

注 释

① 贫窭：贫乏，贫穷。

② 恻：悲痛。

③ 孀妇：寡妇。

④ 排闼：推开门。

⑤ 侍疾：侍候、陪伴、护理病人。

⑥ 泫然：流泪的样子。

⑦ 苦节：过分节俭；坚守节操。

⑧ 铤：同“锭”，专门铸成的各种形态的金银块，用以货币流通。

译 文

沈观察夫妇全都离世后，他们的小儿子被寄养在亲戚家，贫困得没有人样。沈观察的妾嫁到了史太常家，听说了这事后，心里感到十分悲痛，常叫婢女、老仆妇给那个孩子送些衣物。后来史太常知道了，说：“这种行为还合乎人性与天理。”也没有禁止她这么做。

钱塘人季沧州因而说起有个寡妇病得躺在床上起不了身，没有办法自己做饭，只能哀求邻居老太太给她做点饭，但老太太也不能常来。

一天，忽然有位少女推门进来，说：“我是新来的隔壁人家的女儿，听说姐姐你困顿辛苦，吃不上饭，心里常常感到不忍，今天我征得父母的同意，愿意来为姐姐做饭，并且侍奉你。”

从此少女天天来，过了三四个月，寡妇的病渐渐好转，打算登门感谢少女的父母。少女流着泪说：“我不敢骗你，其实我是狐狸精。郎君还活着的时候，和我最是亲近。如今我感念旧情，又同情姐姐辛苦守节，因此冒名而来。”说完，她在床上放了几锭银子，呜咽着走了。

这两件事很相似。那些改嫁之后便翻脸不认人的女人，不但不如这个妾，甚至连这个狐狸精也不如。

无心布施

爱堂先生尝饮酒夜归，马忽惊逸。草树翳荟[①]，沟塍[②]凹凸，几蹶[③]者三四。俄有人自道左[④]出，一手挽辔[⑤]，一手掖[⑥]之下，曰："老母昔蒙拯济，今救君断骨之厄[⑦]也。"问其姓名，转瞬已失所在矣。先生自忆生平未有是事，不知鬼何以云然[⑧]，佛经所谓无心布施[⑨]，功德最大者欤。

注 释

① 翳荟：草木茂盛。

② 塍：田间的土埂子。

③ 蹶：摔倒。

④ 道左：路边。

⑤ 挽辔：拉着辔头。

⑥ 掖：搀扶。

⑦ 厄：灾难。

⑧ 云然：这样说。

⑨ 布施：将金钱、物品等布散分享给别人。

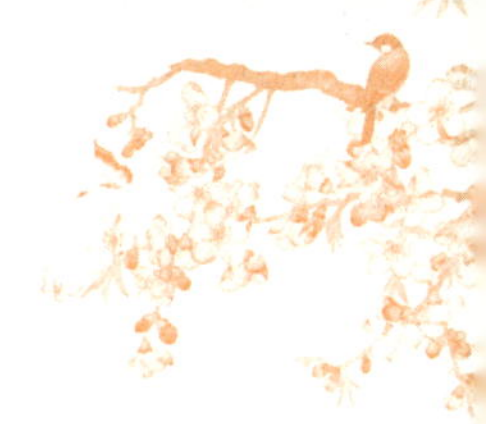

译 文

爱堂先生曾经有一次夜里喝完酒之后回来，他所骑的马忽然受惊狂奔了起来。附近草木茂盛，沟坎凹凸不平，他好几次差点摔下马去。

忽然，有个人从路旁闪出，一手拉住马辔头，一手将爱堂先生搀扶下马，说："我的老母当初承蒙先生救济，今天我来救先生脱离摔断骨头的灾难。"

爱堂先生问他的姓名，可是转瞬之间他已经不见踪影了。先生回忆自己的生平往事，从来没有过救济老妇人的事情，不知这个鬼为什么要这样讲。这大概就是佛经上所谓的"无心布施，功德最大"了吧。

罗占贾宅

罗与贾比屋而居，罗富贾贫。罗欲并贾宅，而勒[①]其值。以售他人，罗又阴挠之。久而益窘，不得已减值售罗。罗经营改造，土木一新。落成之日，盛筵祭神，纸钱甫燃，忽狂风卷起，着梁上，烈焰骤发，烟煤迸散如雨落，弹指间，寸椽不遗，并其旧庐爇焉。方火起时，众手交救。罗拊膺[②]止之，曰："顷火光中，吾恍惚见贾之亡父，是其怨毒之所为，救无益也。吾悔无及矣。"急呼贾子至，以腴田[③]二十亩书券赠之。自是改行从善，竟以寿考[④]终。

注释

① 勒：强制压缩。

② 拊膺：捶胸。

③ 腴田：肥沃的田地。

④ 寿考：长寿，高寿。

译文

罗某和贾某比邻而居，罗某富裕，而贾某贫穷。罗某要吞并贾某的房子，却使劲压价。贾某要把房子卖给别人，罗某又暗中阻挠。时间长了，贾某越发贫穷，不得已将房子降价卖给了罗某。

罗某把这间房子改造了一番，重新换了梁柱和墙壁。房子完工那天，罗某大宴宾客，祭祀鬼神，纸钱刚刚点燃，忽然就被狂风卷到了房梁上。霎时间烈焰骤起，烧得火星迸散，如同下雨一样。弹指之间，新房子就被烧成了一片灰烬，连他原本的住房也被烧了。

火刚着起来的时候，大家一起上前扑救，但是罗某却捶着胸脯制止了众人。后来他说："刚才在火光中，我恍惚看见了贾某的亡父。这是因为他怨恨我而进行的报复，救也没有用。我后悔也来不及了。"

罗某急忙找来贾某的儿子，把二十亩良田送给了他，又写了契

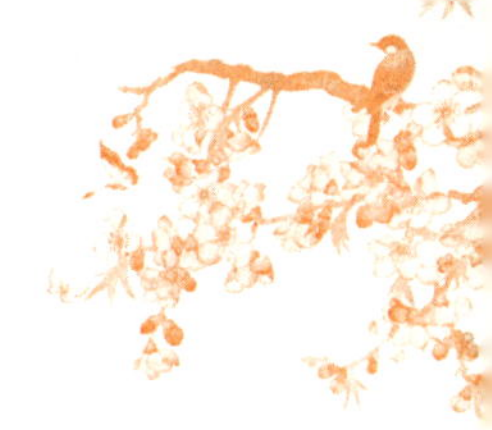

约。从此罗某改过自新，一心向善，竟然得以长寿善终。

代死为神

褚寺农家有妇姑同寝者，夜雨墙圮，泥土簌簌下。妇闻声急起，以背负墙，而疾呼姑醒。姑匍匐堕炕下，妇竟压焉，其尸正当姑卧处。是真孝妇，以微贱[①]无人闻于官，久而并佚其姓氏矣。相传妇死之后，姑哭之恸。一日，邻人告其姑曰："夜梦汝妇冠帔[②]来曰：'传语我姑，无哭我。我以代死之故，今已为神矣。'"乡之父老皆曰："吾夜所梦亦如是。"或曰："妇果为神，何不示梦[③]于其姑？此乡邻欲缓其恸，造是言也。"余谓忠孝节义，殁必为神。天道昭昭，历有证验，此事可以信其有。即曰一人造言，众人附和，"天视自我民视，天听自我民听"。人心以为神，天亦必以为神矣，何必又疑其妄[④]焉。

注 释

① 微贱：卑微，低贱。

② 冠帔：凤冠霞帔。

③ 示梦：指灵魂在梦中以事示人。

④ 妄：荒诞，不合理。

译 文

褚寺那个地方有一户农家，晚上媳妇和她的婆婆在一块儿睡觉，夜晚下起了大雨，把墙壁都冲泡得倒塌了下来，泥土哗啦啦地往下掉。

媳妇听见了声音急忙起来，用脊背顶着墙壁，大声喊叫让她的婆婆醒过来。最后她的婆婆爬着掉到了土炕下面，但是那个媳妇却被压死了，尸体正巧倒在婆婆之前躺着的地方。

这是一个真正孝顺的媳妇，可是由于她的出身低贱，没有人把这件事报告给官府，时间一长，就连她的姓名也被忘记了。

相传，在那个媳妇死了之后，她的婆婆哭得非常伤心。有一天，邻居告诉她的婆婆说："我昨天夜里做梦见你的媳妇穿戴着凤冠霞帔而来，说道：'请转告我的婆婆，不要再为我的死而哭泣了。我因为代替婆婆死去，如今已经被封为神灵了。'"同乡的父老们也都说道："我昨天夜里做的梦也是这个样子。"

有的人便说："这个媳妇如果真的成了神灵，她为什么不托梦给她的婆婆呢？这是那些乡邻为了安慰老人家，让她不要再悲痛，才编造出来的这么一段故事。"

我认为，忠孝节义的人死后必定会被封为神灵。天道光明公正，有很多事情都是可以证实这一点的。所以对这件事情来说，可以相信它是有的。即使这是由一个人编造出来的谎话，大家却都同声附和，"天所看到的就是老百姓所看到的，天所听到的就是老百姓所听到的"。人们都从心里认为这个媳妇做了神灵，那么上天也必定会将她封为神灵，又有什么必要去怀疑这个传言不是真实的呢。

蛇角吸毒

《左传》言："深山大泽，实生龙蛇。"小奴玉保，乌鲁木齐流人子也。初隶[1]特纳格尔军屯。尝入谷追亡羊，见大蛇巨如柱，盘于高岗之顶，向日晒鳞。周身五色烂然，如堆锦绣。顶一角，长尺许。有群雉[2]飞过，张口吸之，相距四五丈，皆翩然而落，如矢投壶[3]。心知羊为所吞矣，乘其未见，循涧逃归，恐怖几失魂魄。军吏邬图麟因言，此蛇至毒，而其角能解毒，即所谓吸毒石也。见此蛇者，携雄黄数斤，于上风烧之，即委顿不能动。取其角，锯为块，痈疽[4]初起时，以一块着疮顶，即如磁吸铁，相粘不可脱。待毒气吸出，乃自落。置人乳中，浸出其毒，仍可再用。毒轻者乳变绿，稍重者变青黯[5]，极重者变黑紫。乳变黑紫者，吸四五次乃可尽，馀一二次愈矣。余记从兄懋园家有吸毒石，治痈疽颇验，其质非木非石，至是乃知为蛇角矣。

注释

① 隶：隶属于。

② 雉：野鸡。

③ 如矢投壶：像把箭投到箭壶里一样。

④ 痈疽：一种毒疮，代指所有的毒疮。

⑤ 青黯：青黑色。

译文

《左传》里面记载道："深山老林之内，江河湖海之中，都有蛟龙和长蛇在那里生存。”小奴才玉保是乌鲁木齐被流放关外的犯人的儿子，起初隶属于特纳格尔军屯。他曾经进到一个山谷里追寻跑丢了的羊，却看见了一条像房间的柱子那么粗的蛇，盘踞在高高的山冈顶上，向着太阳晒着身上的鳞片。那蛇全身五颜六色，灿烂耀眼，就像在身上堆满了锦绣一样。那条蛇的头顶上长了一个角，有一尺多长。

忽然，一群野鸡从大蛇头顶上方飞过，大蛇张嘴一吸，虽然相距四五丈远，那群野鸡却都轻飘飘落了下来，就像把箭投到箭壶中一样准确无误地进了蛇的嘴里。

小奴才玉保看到这一幕，心里已经明白丢的羊肯定是被这条大蛇吞了，趁着还没被那条蛇发现，他赶紧沿着山涧逃了回来，吓得差点丢了魂。

军吏邬图麟听说之后说，这种蛇最毒，但它头上的角能解毒，就是所谓的吸毒石。见到了这种蛇，可以用几斤雄黄在蛇的上风处烧，蛇一闻到气味就浑身酥软不能动弹了。此时趁机砍下它的角，锯成一块块的，在痈疮刚发时，贴一块在疮顶上，它就像磁铁吸铁一样粘住不掉。等把毒气吸出来，它自己便掉下来了，然后把它放在人奶中，浸出里面的毒，还可以再用。毒轻一点的，奶便变成绿色，重一点的便变成青黑色，最重的则变为黑紫色。奶变成黑紫色的，吸四五次才能把毒吸干净，其他的吸一两次就可以痊愈了。

我记得堂兄懋园家里有吸毒石，治疗痈疽很有效。它的质地既非木头，也非石头，直到听他这么一说，我才恍然大悟，原来那就是蛇角。

张氏之妇

宁津苏子庚言：丁卯夏，张氏姑妇同刈麦，甫收拾成聚，有大旋风从西来，吹之四散。妇怒，以镰掷之，洒血数滴渍[①]地上。方共检寻[②]所失，妇倚树忽似昏醉，魂为人缚至一神祠。神怒叱曰：“悍妇乃敢伤我吏！速受杖。”妇性素刚，抗声曰：“贫家种麦数亩，资以活命。烈日中妇姑辛苦，刈甫毕，乃为怪风吹散。谓是邪祟[③]，故以镰掷之，不虞[④]伤大王使者。且使者来往，自有官路，何以横经民田，败[⑤]人麦？以此受杖，实所不甘。”神俯首曰：“其词直，可遣去。”妇苏而旋风复至，仍卷其麦为一处。说是事时，吴桥王仁趾曰：“此不知为何神，不曲庇[⑥]其私昵[⑦]，谓之正直可矣。先听肤受[⑧]之诉，使妇几受刑，谓之聪明，则未也。”景州戈荔田曰：“妇诉其冤，神即能鉴，是亦聪明矣。傥诉者哀哀，听者愦愦，君更谓之何。”子庚曰：“仁趾之责人无已时，荔田言是。”

注 释

① 渍：浸，沤。

② 检寻：检查，寻找。

③ 邪祟：旧指作祟害人的鬼怪。

④ 不虞：不防备。虞：防备。

⑤ 败：毁坏。

⑥ 曲庇：曲意包庇。

⑦ 私昵：指亲近、宠爱的人。

⑧ 肤受：比喻浅薄、浮华。

译 文

宁津苏子庚说：丁卯年夏天，张氏婆媳一起割麦子。刚收拾好了聚成一堆，就有大旋风从西面刮来，把麦子吹得四处飘散。那个媳妇十分生气，就把镰刀掷了过去，从大旋风中洒落了几滴血，滴在了地上，浸到泥土中。

两人正在一起寻找拾取所散失的麦子，媳妇忽然靠在树上，昏昏沉沉地像是喝醉了酒一样，她觉得自己的魂魄被人绑着，押到了一个神祠里。

那神愤怒地呵斥说："泼妇竟敢打伤我的官吏，赶紧来领受杖责。"这个媳妇向来性格刚强，大声反抗道："穷人家种了几亩麦子，赖以活命。烈日之中婆媳辛苦劳碌，刚刚收割完毕，就被一阵怪风吹得四处飘散。我以为是作祟害人的鬼怪，所以用镰刀掷它，没有想到竟然伤到了大王的使者。而且使者来往，自有官路可走，为什么偏偏要经过百姓家的田地，糟蹋人家的麦子？因为这件事而让我接受杖责，我实在是心有不甘。"

神低着头说："她说的是对的，可以把她送回去了。"媳妇刚苏醒，旋风又吹过来了，仍旧把她们的麦子聚到一起。

谈起这件事，吴桥王仁趾说："这位不知道是什么神，他不曲意庇护他所亲近的人，可以说他是正直的了；但他先听取了不实的言辞，使那个媳妇差一点受刑，就未必聪明了。"景州戈荔田说："那个媳妇诉说了她的冤情，这位神明就能够鉴察，这也算聪明了。倘若诉说的人一味哀求，听的人昏愦糊涂，您又要说他什么呢？"子庚说："仁趾对人的苛求没完没了，荔田的话是对的。"

役鬼之术

先姚安公曰：里[①]有白以忠者，偶买得役鬼符咒一册，冀借此演[②]搬运法[③]，或可谋生。乃依书置诸法物[④]，月明之夜，作道士装，至墟墓间试之。据案对书诵咒，果闻四面啾啾声，俄暴风突起，卷其书落草间，为一鬼跃出攫[⑤]去。众鬼哗然并出，曰："尔恃符咒拘遣[⑥]我，今符咒已失，不畏尔矣。"聚而攒击[⑦]，以忠踉跄奔逃，背后瓦砾如骤雨，仅得至家。是夜疟疾大作，困卧月馀，疑亦鬼为祟也。一日诉于姚安公，且惭且愤[⑧]。姚安公曰："幸哉！尔术不成，不过成一笑柄耳。傥不幸术成，安知不以术贾[⑨]祸？此尔福也，尔又何尤[⑩]焉！"

注释

① 里：街坊，乡邻。

② 演：依照程式练习。

③ 搬运法：即"五鬼搬运术"，又称五鬼运财术，即驱使五鬼将别人家的钱财运到自己家。

④ 法物：施展法术所用的物品。

⑤ 攫：抓取。

⑥ 拘遣：拘唤遣使。

⑦ 攒击：围攻，聚殴。

⑧ 且惭且愤：又羞惭又生气。

⑨ 贾：买，此处指招引。

⑩ 尤：怨恨。

译 文

先父姚安公说：我家的乡邻里有个叫白以忠的，偶尔买到了一册役使鬼物的符咒，他希望凭借这个学会搬运法，或许可以以此谋生。于是他按照书上所写的置办了各种作法所要用到的器物，在一个月光明亮的夜晚，把自己打扮成道士的样子，到墓地里去试验。

他按着桌子对着书念诵咒语，果然听到四面传来啾啾的鬼叫声。过了一会儿，突然刮起了一阵大风，他的书被卷起来，落到了草丛里，被一个鬼跳出来抢了去。

众鬼吵嚷着一起出来说："你仗着符咒来拘禁差遣我们，现在你的符咒已经失去，我们不怕你了。"于是都围拢过来殴打他，白以忠跌跌撞撞地奔逃，背后的瓦片碎石就像急骤的雨点一样，他只能勉强地逃回家中。这天夜里，他疟疾大发，困顿得在床上躺了一个多月，怀疑也是鬼在作祟。

一天，他把这件事诉说给姚安公听，感到既羞惭又气愤。姚安公说："你真幸运啊！你的法术没有练成，不过是给大家添了一个笑话罢了。如果你不幸把法术练成了，又怎么知道不会因为这个法术而招致祸患呢？这是你的福气，你还有什么好抱怨的呢！"

南金降怪

南皮许南金先生，最有胆。在僧寺读书，与一友共榻。夜半，见北壁燃双炬。谛视，乃一人面出壁中，大如箕[①]，双炬其目光也。友股栗欲死。先生披衣徐起曰："正欲读书，苦烛尽，君来甚善。"乃携一册背之坐，诵声琅琅。未数页目光渐隐，拊[②]壁呼之，不出矣。又一夕如厕，一小童持烛随。此面突自地涌出，对之而笑。童掷烛扑地，先生即拾置怪顶，曰："烛正无台，君来又甚善。"怪仰视不动。先生曰："君何处不可往，乃在此间，海上有逐臭之夫[③]，君其是乎？不可辜君来意。"即以秽纸拭其口，怪大呕吐，狂吼数声，灭烛而没。自是不复见。先生尝曰："鬼魅皆真有之，亦时或见之。惟检点生平，无不可对鬼魅者，则此心自不动耳。"

注 释

① 箕：畚箕。

② 拊：拍。

③ 逐臭之夫：典故出自《吕氏春秋·遇合》，是说有个人身上很臭，他的父母兄弟都受不了，于是他一个人躲到了海边。没想到海边有个人特别喜欢他身上的臭味，每天跟着他，赶都赶不走。

译 文

南皮人许南金先生平生最有胆量。有一次，他在寺院里读书，与一位友人同睡在一张床上。半夜，他们看见北墙壁上燃起了两支火把，仔细一看，原来是一张人的面孔从墙壁里出来，像簸箕那样大，两支火把就是他的双目发出的光芒。

那位朋友两腿颤抖，几乎要被吓死。许南金先生却披上衣服，慢吞吞地坐起来说："我正想读书，但苦于蜡烛已经点完了。你来得正好。"于是就拿起一册书背向墙壁坐着，大声吟诵起来，还没有读完几页，那两道目光就渐渐消失了。他拍着墙壁呼唤，那张巨大的面孔再也没有出来。

还有一天晚上，许先生要上厕所，一个小童拿着蜡烛陪着他。那张巨大的人脸又突然从地上冒出来，对着他们笑，小童吓得扔掉了蜡烛，趴在地上。许先生就拾起蜡烛放在巨面怪的头顶，说："蜡烛正没有烛台，你来得又很及时。"巨面怪仰视着许先生，一动也没有动。许先生说："你哪里不可以去，却要在这里？海上有逐臭之夫，大概你也是吧？不能辜负了你的来意。"说罢，就拿起一团厕所的秽纸朝巨面怪的嘴里放去。巨面怪剧烈地呕吐起来，狂吼了几声，蜡烛熄灭了，它也消失了。从此就再也没有出现。

许南金先生曾经说："鬼魅都是确实存在的，也时常能够亲眼看到，但回想自己生平所做的事，没有什么不可以面对鬼魅的，那么这颗心自然就不会感到害怕了。"

于某二牛

护持寺在河间东四十里。有农夫于某，家小康。一夕，于外出，劫盗数人从屋檐跃下，挥巨斧破扉，声丁丁然。家惟妇女弱小，伏枕战栗，听所为而已。忽所畜二牛，怒吼跃入，奋[①]角与贼斗。梃[②]刃交下，斗愈力。盗竟受伤，狼狈去。盖乾隆癸亥，河间大饥，畜牛者不能刍秣[③]，多鬻于屠市。是二牛至屠者门，哀鸣伏地，不肯前。于见而心恻，解衣质[④]钱赎之，忍冻而归。牛之效死固宜。惟盗在内室，牛在外厩，牛何以知有警？且牛非矫捷之物，外扉坚闭，何以能一跃逾墙？此必有使之者矣，非鬼神之为而谁为之？此乙丑冬在河间岁试，刘东堂为余言。东堂即护持寺人，云亲见二牛，各身被[⑤]数刃也。

注释

① 奋：提起，举起。

② 梃：棍棒。

③ 刍秣：草料，牛马的饲料，引申为喂饲料、喂养。

④ 质：典当，抵押。

⑤ 被：遭遇，遭受。

译文

护持寺在河间城东四十里，那里有位姓于的农夫，家境还算殷实。一天晚上，于某出门去了，几个打家劫舍的强盗从屋檐上跳下来，挥着大斧砍破了房门，叮当乱响。家中只有妇女和小孩，趴在枕头上瑟瑟发抖，只能任凭强盗行事。

忽然，于某家中所养的两头牛怒吼着跳进院内，用双角与强盗搏斗起来。强盗们棍棒和钢刀交错而下，这两头牛却更加勇猛。强盗终于受了伤，狼狈地逃走了。

原来，在乾隆朝癸亥年间，河间发生大饥荒，人们没有草料养牛，大多把牛卖到了屠宰场。这两头牛当初也被人卖给了屠户，它们走到屠户门前时，伏在地上哀叫起来，不肯再向前走。于某看到后，动了恻隐之心，当即脱下衣服典当了一些钱，将这两头牛赎了出来，自己忍着寒冷将它们牵回家来。

这么看来，这两头牛为于家效死是应该的。只是强盗在内院，牛在外面的牛棚中，牛是怎么知道内院有了强盗的呢？而且牛并不是灵巧敏捷的动物，外面的门又紧紧关着，牛为什么能跳过墙？这必定是有什么在驱使它，不是鬼神又能是谁呢？

这件事情是乙丑年冬天我在河间主持岁试时，刘东堂对我讲的。刘东堂就是护持寺人，他说他亲眼见过那两头牛，它们身上分别留下了几处刀伤。

果报之速

先四叔父栗甫公，一日往河城探友。见一骑飞驰向东北，突挂柳枝而堕。众趋视之，气绝矣。食顷，一妇号泣来，曰："姑病无药饵[①]，步行一昼夜，向母家借得衣饰数事，不料为骑马贼所夺。"众引视堕马者，时已复苏。妇呼曰："正是人也。"其袱掷于道旁，问袱中衣饰之数，堕马者不能答；妇所言，启视一一合。堕马者乃伏罪。众以白昼劫夺，罪当缳首[②]，将执[③]送官。堕马者叩首乞

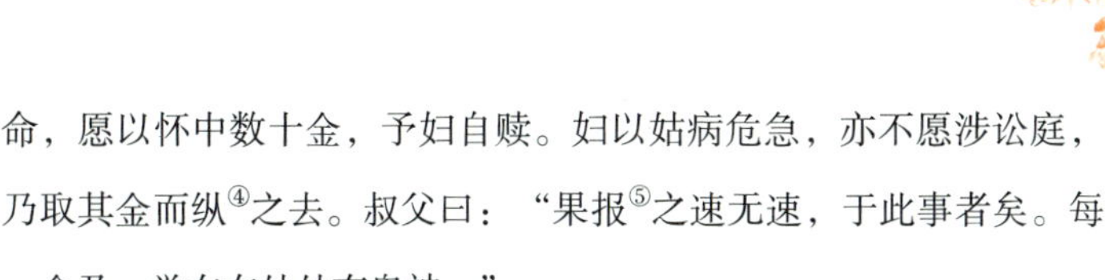

命，愿以怀中数十金，予妇自赎。妇以姑病危急，亦不愿涉讼庭，乃取其金而纵④之去。叔父曰："果报⑤之速无速，于此事者矣。每一念及，觉在在处处有鬼神。"

注释

① 药饵：药物。

② 缳首：绞刑。

③ 执：捕捉，逮捕。

④ 纵：释放。

⑤ 果报：因果报应。

译文

我已去世的四叔父栗甫公有一天前往河城去拜访朋友。途中，他看见一人骑马向东北方向奔驰，突然被柳枝挂住，摔下马来。众人跑过去观看时，那个人已经没有气息了。

过了大概一顿饭的时间，一个妇人哭喊着走来，说："我的婆婆生病了，没钱买药，我徒步走了一天一夜，向娘家借了一点衣服首饰，打算换钱为婆婆买药，不想却被一个骑马的贼人夺走了。"

众人领她来看坠马的人，当时那个人已经苏醒过来了。妇人呼喊道："正是这个人。"那个包袱就丢在路边，人们问骑马人包袱中衣物首饰的数目，骑马人不能回答；而妇人所说的数目与打开包袱检查后的数目完全一致。那个坠马的人不得不承认了抢劫的罪行。

大家认为，大白天抢劫财物，罪该绞死，要将那人捆起来送往官府。那个人磕头求饶，并表示愿意把怀中的几十两银子送给妇人，用来赎罪。那个妇人因为婆婆病情危急，也不愿意到公堂上去打官司，于是就拿了骑马人的银子，将他放走了。

我的叔父说：“因果报应的快慢，从这件事情中就能够看出来了。每当想到这事，我就觉得随时随地都有鬼神。”

厌胜之术

伯祖湛元公、从伯君章公、从兄旭升，三世皆以心悸不寐卒。旭升子汝允，亦患是疾。一日治宅，匠睨楼角而笑曰：“此中有物。”破之，则甃砖[①]如小龛[②]，一故灯檠[③]在焉。云此物能使人不寐，当时圬者[④]之魇术[⑤]也。汝允自是遂愈。丁未春，从侄汝伦为余言之。此何理哉？然观此一物藏壁中，即能操主人之生死，则宅有吉凶，其说当信矣。

注 释

① 甃砖：砖。

② 龛：供奉佛像、神位等的小阁子。

③ 灯檠：灯架。

④ 圬者：粉刷墙壁的人。

⑤ 魇术：魇镇之术，一种非常恶毒的诅咒。

译文

我的伯祖父湛元公、堂伯父君章公、堂兄旭升三代都是因为心慌失眠的毛病而去世的。旭升的儿子汝允，也患了这种病。

一天在修葺房屋的时候，一个工匠眯着眼睛看着楼的角落处，笑着说：“这里面有东西。”拆开一看发现里面有一个用砖砌成的小龛，有一个旧灯架放在里面。有人说这个东西能叫人睡不着觉，是当时的泥瓦匠施下的魇术。

汝允从此以后病就好了。丁未年的春天，我的堂侄汝伦对我说了这件事。这是什么原理呢？既然把这样一件物品放在墙壁里，就能掌握并操纵主人的生死，那么住宅有吉有凶的说法应当是可以相信的了。

鬼神护佑

福建曹藩司[①]绳柱言：一岁，司道会议臬署[②]，上食未毕，一仆携小儿过堂下。小儿惊怖不前，曰：“有无数奇鬼，皆身长丈馀，肩承梁柱。”众闻号叫，方出问，则承尘[③]上落土簌簌，声如撒豆。急跃而出，已栋摧[④]仆地矣。咸额手[⑤]谓鬼神护持也。湖广定制府[⑥]长，时为巡抚，闻话是事，喟然[⑦]曰：“既在在处处有鬼神护持，自必在在处处有鬼神鉴察。”

注 释

① 藩司：官名，明清时布政使的别称。

② 臬署：臬台衙门，即按察使司。

③ 承尘：天花板。

④ 摧：破坏，折断。

⑤ 额手：把手放在额上表示庆幸。

⑥ 制府：即制置司衙门，掌军务。

⑦ 喟然：叹息的样子。

译 文

福建布政使曹绳柱说：有一年，司道官员在按察使衙署里召开会议，饭菜还没有上完，一个仆人带着一个小孩儿经过堂下，小孩儿惊恐地不肯再向前走，说：“有无数形象奇特的鬼，都身长一丈多，用肩膀托着屋梁柱子。”众人听到喊叫的声音，刚出来想要询问，天花板上就开始簌簌地掉落泥土，声音好像撒豆子一样。众人急忙跑了出来，那间屋子的栋梁已经折断、倒塌在地了。众人都庆幸说是鬼神的护佑。湖广总督定长当时任巡抚，听到有人讲起这件事，叹息着说：“既然到处都有鬼神护佑，自然必定到处都有鬼神在鉴察。”

狐传仙方

先兄晴湖曰："饮卤汁[1]者，血凝而死，无药可医。里有妇人饮此者，方张皇莫措[2]，忽一媪排闼入，曰：'可急取隔壁卖腐[3]家所磨豆浆灌之，卤得豆浆，则凝浆为腐而不凝血。我是前村老狐，曾闻仙人言此方[4]矣。'语讫不见，试之，果得苏。刘涓子有鬼遗方[5]，此可称狐遗方矣。"

注 释

①卤汁：即卤水，矿化很强的水，有毒。

②张皇莫措：惊慌得不知怎么办才好。

③腐：豆腐。

④方：药方。

⑤"刘涓子"句：传说晋朝末年的刘涓子在丹阳郊外曾经巧遇"黄父鬼"，遗留下来一部外科方面的专著，称作《鬼遗方》，又称《神仙遗论》。

译 文

我已去世的哥哥晴湖曾经说："喝了卤汁的人，会血液凝结而死，根本没有药可以医治。乡邻里有一个妇人喝了卤汁，正当她的家人惊慌失措的时候，一位老妇人忽然推门而入，说：'赶快从隔壁卖豆腐的那里取来豆浆给她灌下去。卤水遇到豆浆，就会将豆浆凝结成豆腐，而不会使血液凝结。我是邻村的老狐狸，以前曾经听一位仙人说过此药方。'说完她就不见了。那家人用这个方法一试，那个妇人果然苏醒了过来。晋朝末年的刘涓子有‘鬼遗方’，这个药方可以称作‘狐遗方’。”

善鬼求食

客作[①]秦尔严，尝御车自李家洼往淮镇。遇持铳[②]击鹊者，马皆惊逸。尔严仓皇堕车下，横卧辙中，自分[③]无生理，而马忽不行。抵暮归家，沽酒[④]自庆。灯下与侪辈[⑤]话其异。闻窗外人语曰："尔谓马自不行耶？是我二人掣其辔也。"开户出视，寂无人迹。明日，因赍[⑥]酒脯[⑦]，至堕处祭之。先姚安公闻之曰："鬼如此求食，亦何恶于鬼？"

注 释

① 客作：雇工，佣工。

② 铳：火铳，老式的火枪。

③ 分：料想。

④ 沽酒：买酒。

⑤ 侪辈：同辈，朋友一类的人。

⑥ 赍：带着。

⑦ 酒脯：酒和肉脯。

译文

我家的雇工秦尔严，曾经驾车从李家洼前往淮镇。在路上，他碰到了拿火铳打鸟鹊的人，马受惊奔逃，秦尔严慌张中坠落车下，横躺在车辙中间，正当他觉得自己没有活下去的机会了的时候，马忽然不走了。

到了晚上他回到家，买了酒为自己庆贺，并在灯下和同伴说起这件事的奇异之处。忽然，他听到窗外有人说道："你认为是马自己不走的吗？其实是我们两个人拉住了它的辔头。"他开门出去观看，四周静悄悄的，不像有人的样子。第二天，他就带着酒肉，到坠落下马的地方祭祀那两个鬼。

先父姚安公听到这件事，说："如果鬼像这样求食，又有什么可厌恶的呢？"

狐戏陈忠

先叔仪南公，有质库在西城。客作陈忠，主[①]买菜蔬，侪辈皆谓其近多余润[②]，宜飨[③]众。忠讳[④]无有。次日，箧钥不启，而所蓄钱数千，惟存九百。楼上故有狐，恒隔窗与人语，疑所为。试往叩[⑤]之，果朗然应曰："九百钱是汝雇值，分所应得，吾不敢取。其馀皆日日所干没[⑥]，原非汝物。今日端阳，已为汝买粽若干，买酒若干，买肉若干，买鸡、鱼及瓜菜、果实各若干，并泛酒[⑦]雄黄，亦为买得，皆在楼下空屋中。汝宜早烹炮，迟则天暑，恐腐败。"启户视之，累累具在。无可消纳，竟与众共餐。此狐可谓恶作剧，然亦颇快人意也。

注释

① 主：负责。

② 余润：比喻涉及的德泽、利益。

③ 飨：用酒食招待客人，泛指请人享用。

④ 讳：避讳。

⑤ 叩：叩问；打听，询问。

⑥ 干没：侵吞他人财物。

⑦ 泛酒：古人用于重阳或端午宴饮的酒，多以菖蒲或菊花等浸泡，因而称作“泛酒”。

译文

先叔父仪南公在西城开有一个当铺。雇工陈忠负责购买蔬菜，他的同伴们说他最近得了不少好处，应该请客，而陈忠却说并没有这种事。第二天，陈忠发现钱箱并没有打开，而他积蓄的数千钱却仅剩下九百钱。

这栋楼上原本就有狐仙居住，还经常隔着窗子和人说话，陈忠怀疑这事是它做的。于是陈忠就试探着前去询问它，狐仙果然高声回答道：“这是我干的。箱中的那九百钱是你的工钱，是你应得的，我不敢拿，而其余的钱都是你每天采购时私吞的，原本就不属于你。今天是端午节，我已替你买了若干粽子，若干酒、肉、鸡、鱼及瓜果蔬菜，另外还买了雄黄酒，都放在楼下那间空房里。你还

是早点把它们烹煮了吧，迟了恐怕会因天气热而腐坏变质。”

陈忠打开空房间的门一看，果然如狐仙说的，那些东西全都放在屋里。他一个人没有办法消受，最后只得和大家一起分食了。这个狐仙真会搞恶作剧，不过倒也大快人心。

养子须教

故城贾汉恒言：张二酉、张三辰，兄弟也。二酉先卒，三辰抚侄如己出，理田产，谋婚娶，皆殚竭心力。侄病瘵①，经营医药，殆废寝食。侄殁后，恒忽忽如有失。人皆称其友爱。越数岁，病革②，昏瞀③中自语曰：“咄咄怪事！顷到冥司，二兄诉我杀其子，斩④其祀，岂不冤哉！”自是口中时喃喃，不甚可辨。一日稍苏，曰：“吾知过矣。兄对阎罗数我曰：‘此子非不可化诲⑤者，汝为叔父，去父一间⑥耳。乃知养而不知教，纵所欲为，恐拂⑦其意。使恣情花柳，得恶疾以终。非汝杀之而谁乎？’吾茫然无以应也，吾悔晚矣！”反手自椎⑧而殁。三辰所为，亦末俗之所难。坐以杀侄，《春秋》责备贤者耳；然要不得谓二酉苛也。平定王执信，余己卯所取士也。乞余志⑨其继母墓，称母生一弟，曰执蒲；庶出一弟，曰执璧。平时饮食衣服，三子无所异；遇有过，责詈箠楚，亦三子无所异也。贤哉！数语尽之矣。

注释

① 瘵：痨病。

② 病革：病势危急。

③ 昏瞀：昏沉，神志混乱。

④ 斩：砍断，断绝。

⑤ 化诲：感化教诲。

⑥ 一间：指相距极近。

⑦ 拂：违背。

⑧ 椎：敲打。

⑨ 志：记。

译文

故城贾汉恒说：张二酉、张三辰是兄弟俩。张二酉去世了，张三辰抚育侄儿就如同是自己所生的孩子一样，替他管理田产、谋划婚娶，都是尽心竭力。侄儿生了痨病，他料理医药，几乎到了废寝忘食的地步。侄儿死后，他经常恍恍惚惚，好像失了魂魄一样，人们都称道他的慈爱。

过了几年，张三辰也病危，他在昏昏沉沉中自言自语道："这真是怪事！刚才我到了阴司，二哥竟然控告我杀了他的儿子、断绝了他的后代，岂不是冤枉吗！"从此，他经常喃喃自语，别人也不太能听得清楚。

一天，他稍稍清醒，说："我知道我错在哪里了。兄长对阎罗王数落我说：'这孩子不是不可以感化教诲的，你做叔父的，离父亲只差一点罢了，你却只知道养育他，而不知道教育他，放任他为

所欲为，总怕违背他的意愿。最终使得他恣意寻花问柳，染上了恶病而死，这不是你杀了他又是谁呢？’我茫然而无从回答，现在后悔也晚了！”他反手捶打着自己，不一会儿就死去了。

三辰所做的，是低下的风气下所难以做到的；判他杀害侄儿的罪，这是《春秋》责备贤者罢了。然而终不能说二酉苛刻。

平定的王执信是我己卯年录取的进士，他求我为他的继母写墓志铭。他说自己的母亲生了一个弟弟，名字叫执蒲；继母生了一个弟弟，名字叫执璧。平时的吃穿用度，这三个孩子毫无区别；遇到他们犯了错，训斥责打，这三个孩子也是毫无区别。贤德啊！对于教养孩子的道理，这几句话就全都说尽了。

狐怜女奴

陈竹吟尝馆[①]一富室。有小女奴，闻其母行乞于道，饿垂[②]毙，阴盗钱三千与之。为侪辈所发，鞭箠甚苦[③]。富室一楼，有狐借居，数十年未尝为祟[④]。是日女奴受鞭时，忽楼上哭声鼎沸。怪而仰问，同声应曰：“吾辈虽异类，亦具人心。悲此女年未十岁，而为母受箠，不觉失声。非敢相扰也。”主人投鞭于地，面无人色者数日。

注释

① 馆：名词作动词，设馆教学。

② 垂：接近，将要。

③ 苦：难受。

④ 祟：迷信说法指鬼神给人带来的灾祸。

译文

陈竹吟曾经在一个富人家里教书。那人家里有一个小女奴，听说她的母亲在路边行乞，就快要饿死了，于是她暗地里偷了三千钱给母亲。但是这件事被她的同伴们揭发，富人十分残忍地鞭打她。

这个富人家的一间楼房有狐狸在里面借住，几十年来从来没有为祸作祟。那天那个小女奴被鞭打时，忽然楼上哭声嘈杂，就像开了锅一样。这家的主人感到奇怪，于是抬头询问，只听楼上齐声回答道：“我们虽然不是人类，但也具有人心。哀怜这个女孩还不到十岁，就为了母亲遭受鞭打，不觉痛哭失声，不是故意要打扰您。”主人听了这话，把鞭子扔在地上，一连好几天脸上都没有一点血色。

鬼导夜路

乌鲁木齐巡检所驻，曰呼图壁。呼图译言鬼，呼图壁译言有鬼也。尝有商人夜行，暗中见树下有人影，疑为鬼，呼问之。曰："吾日暮抵此，畏鬼不敢前，待结伴耳。"因相趁①共行，渐相款洽②，其人问："有何急事，冒冻夜行？"商人曰："吾夙③负一友钱四千，闻其夫妇俱病，饮食药饵恐不给，故往送还。"是人却立树背，曰："本欲祟公，求小祭祀。今闻公言，乃真长者，吾不敢犯公，愿为公前导，可乎？"不得已，姑随之。凡道路险阻，皆预告④。俄缺月微升，稍能辨物。谛视乃一无首人，栗然却立，鬼亦奄然而灭。

注 释

① 相趁：跟随，相伴。

② 款洽：亲密，亲切。

③ 夙：以前，之前。

④ 预告：预先告知。

译 文

乌鲁木齐巡检的驻地名叫呼图壁。"呼图"翻译过来的意思是鬼，"呼图壁"翻译过来的意思就是有鬼。

一次，有个商人夜间在呼图壁行走，昏暗中看见树下有个人影，怀疑是鬼，就大声问人影是谁。树下的人说："我傍晚的时候到达了这里，因为害怕鬼而不敢向前走，在等着有人结伴一起走。”

于是他们就互相陪伴着一起向前走去，相互间也渐渐亲密起来。那个人问道：“你有什么急事，要冒着严寒在夜间赶路？”商人说：“我以前欠了一位朋友四千钱，现在听说他们夫妇全都病了，恐怕他们在饮食医药的花费上有困难，所以要赶着去把钱送还给他们。”

这人一听，退到了树背后站住，说：“我本想加害于你，以求能够得到一点小祭祀。现在听了你这番话，才知道你是一位真正仁厚的人。我不敢冒犯你，希望能为你做向导引路，可以吗？”

商人迫不得已，只好跟着他向前走。一路上，凡是有险阻的地方，他都会一一提前向商人说明。过了一会儿，弯弯的月亮慢慢升了起来，稍微能分辨清楚身边的景物了。商人仔细一看，给他带路的原来是个没头的人，他顿时毛骨悚然，停步不再走了，而那个带路的鬼也一下子消失不见了。

鬼狐之斗

老儒刘挺生言：东城有猎者，夜半睡醒，闻窗纸淅淅作响，俄又闻窗下窸窣声，披衣叱问。忽答曰：“我鬼也，有事求君，君勿怖。”问其何事。曰：“狐与鬼自古不并居，狐所窟穴[①]之墓，皆无鬼之墓也。我墓在村北三里许，狐乘我他往，聚族据之，反驱我不得入。欲与斗，则我本文士，必不胜。欲讼诸土神，即幸而得申[②]，彼终亦报复，又必不胜。惟得君等行猎时，或绕道半里，数过其地，则彼必恐怖而他徙矣。然傥有所遇，勿遽殪获[③]，恐事机[④]或泄，彼又修怨[⑤]于我也。”猎者如其言。后梦其来谢。夫鹊巢鸠据，事理本直。然力不足以胜之，则避而不争；力足以胜之，又长虑深思而不尽其力。不求幸胜，不求过胜，此其所以终胜欤？孱弱者遇强暴，如此鬼可矣。

注 释

① 窟穴：做窠，盘踞。

② 申：伸张。

③ 殪获：杀死，捕获。

④ 事机：犹机要、机密。

⑤ 修怨：报宿怨。

译 文

老儒刘挺生说，东城有个猎户，有一天半夜睡醒，忽然听见窗纸发出淅淅的响声，不一会儿，又听到窗下有窸窸窣窣的声音，他便披衣起来喝问。外面忽然有个声音答道：“我是鬼，有事情要向您求助，请您不要害怕。”

他问鬼有什么事。鬼说：“狐狸与鬼自古以来就不会住在一起，有狐狸住的墓穴，都是没有鬼的墓穴。我的坟墓在村子北面三里多地之外，狐狸趁我外出，就伙同同族占据了我的墓穴，反而把我驱赶了出来，不能回去。我想要与它们争斗，可我本是个儒生，一定无法打赢。我想要告到土地神那里去，但即便我幸运地得以申冤，它们终究还是会报复，我最终还是赢不了它们。现在只有希望您在打猎时能绕道半里，从那里经过几次，它们就必定惊恐而搬到别的地方去。但是，倘若您遇到它们，请不要将它们捕杀掉，否则恐怕泄露了消息，它们又要怨恨我。”猎户按他的话做了。后来又梦见他来道谢。

像“鹊巢鸠占”这类事情，是非曲直本来很明显。然而，气力若不足以取胜，就退避不与之争斗；气力若足以取胜，又能够深思熟虑而不出尽全力。不求侥幸获胜，不求过度取胜，这就是那个鬼最终能够得胜的原因吧？弱者遇到凶横的暴徒时，像这个鬼这样做就可以了。

狐赏牡丹

外祖雪峰张公家，牡丹盛开。家奴李桂，夜见二女凭阑立。其一曰：“月色殊佳。”其一曰：“此间绝少此花，惟佟氏园与此数株耳。”桂知是狐，掷片瓦击之，忽不见。俄而砖石乱飞，窗棂皆损。雪峰公自往视之，拱手曰：“赏花韵事[①]，步月雅人，奈何与小人较量，致杀[②]风景？”语讫寂然。公叹曰：“此狐不俗。”

注 释

① 韵事：风雅的事。

② 杀：消减。

译 文

我的外祖父张公雪峰家里正值牡丹盛开。家奴李桂有一天夜里看见两个女子靠着栏杆站着。其中一个说："今晚的月色特别好。"另一个说："这里很少有这种花，只有佟家的园里和这里的几株而已。"

李桂知道这两个是狐狸精，就扔了一片瓦打她们，而两个女子却忽然不见了。不一会儿园中砖头石块乱飞，窗格都被砸坏了。张公雪峰亲自前往察看情况，拱手说道："赏花是风雅的事情，在月下散步的是高雅的人，却为什么要同小人较量，以致大煞风景呢？"说完，四下里就安静下来了。张公雪峰叹息道："这狐狸精不俗。"

欲缚鬼卖

姚安公闻先曾祖润生公言，景城有姜三莽者，勇而戆[①]，一日，闻人说宋定伯卖鬼得钱事[②]，大喜曰："吾今乃知鬼可缚。如每夜缚一鬼，唾使变羊，晓而牵卖于屠市，足供一日酒肉赀矣。"于是夜夜荷[③]梃执绳，潜行墟墓间，如猎者之伺狐兔，竟不能遇。即素称[④]有鬼之处，佯醉寝以诱致[⑤]之，亦寂然无睹。一夕，隔林见数磷火，踊跃奔赴，未至间，已星散去。懊恨而返。如是月余，无所得，乃止。盖鬼之侮人，恒乘人之畏。三莽确信鬼可缚，意中已视鬼蔑如矣，其气焰[6]足以慑鬼，故鬼反避之也。

注释

① 戆：傻，愣。

② 宋定伯卖鬼得钱事：典出干宝《搜神记》。宋定伯有一次走夜路遇到了一个鬼，跟他一起走，通过斗智较量，宋定伯知道了鬼害怕人的唾液，于是就用唾液唾鬼，鬼变成了一只羊，宋定伯就把它卖到屠宰场去了。

③ 荷：扛着。

④ 素称：一直都说。

⑤ 诱致：引诱过来。

⑥ 气焰：威风，气势。

译文

姚安公听已故曾祖父润生公说：景城有个叫姜三莽的，勇敢而戆直。一天他听人说了宋定伯卖鬼得钱的故事，大喜，说："我到今天才知道鬼可以捆绑。如果我每天夜里能捉到一个鬼，用唾沫吐它使它变成羊，清早再牵到屠宰市场去卖掉，这就足够供给我一天喝酒吃肉的费用了。"

于是他夜夜背着木棒、拿着绳子，偷偷地在墓地之间潜伏着，如同猎人窥伺狐

狸和兔子一样，却始终也没有碰到一个鬼。即便他去到向来传说有鬼的地方，假装喝醉酒而引诱鬼过来，也还是什么都没有看到。

一天夜里，他隔着树林看见几点磷火，于是就跳跃着奔上前去，但他还没有走到那里，磷火已经四散而去，他只好又懊恼又愤恨地回来了。像这样过了一个多月，他什么也没有得到，这才停了下来。

鬼欺侮人，经常是趁人害怕畏惧的时候才能得手。姜三莽确信鬼可以捆缚，心中已经对鬼十分轻视了，他的威风和气势足以使鬼慑服，所以鬼反而躲避着他了。

刀笔之诫

余某者，老①于幕府②，司刑名③四十馀年。后卧病濒危，灯前月下，恍惚似有鬼为厉④者。余某慨然曰："吾存心忠厚，誓不敢妄杀一人，此鬼胡为乎来耶？"夜梦数人浴血立，曰："君知刻酷⑤之积怨⑥，不知忠厚亦能积怨也。夫茕茕⑦孱弱，惨被人戕⑧，就死之时，楚毒⑨万状；孤魂饮泣，衔恨九泉，惟望强暴就诛，一申积愤。而君但见生者之可悯，不见死者之可悲，刀笔舞文，曲相开脱，遂使凶残漏网，白骨沉冤。君试设身处地，如君无罪无辜⑩，受人屠割，营魄有知，旁观谳⑪是狱者，改重伤为轻，改多伤为少，改理曲为理直，改有心为无心，使君切齿之仇，从容脱械⑫，仍纵横于人世，君感乎？怨乎？不是之思，而诩诩以纵恶为阴功，彼枉死者，不仇君而仇谁乎？”余某惶怖而寤，以所梦备告其子，回手自挝曰：“吾所见左[13]矣！吾所见左矣！”就枕未安而殁。

注释

① 老：有经验的。

② 幕府：衙署。

③ 刑名：古时指刑律。

④ 为厉：做猛鬼。

⑤ 刻酷：苛刻，严酷。

⑥ 积怨：积累怨恨。

⑦ 茕茕：形容孤独无依靠。

⑧ 戕：杀害。

⑨ 楚毒：痛苦。

⑩ 辜：罪过。

⑪ 谳：审判定罪。

⑫ 脱械：去掉刑具，指免罪获释。

⑬ 左：差错。

译文

余某在衙门中资历很老，掌管刑律四十多年。后来他患了病，在濒临死亡的时候，恍惚中好像看到有厉鬼作怪。余某感慨地说：“我一生心存忠厚，不敢胡乱杀一个人，这鬼为什么来呢？”

这天夜里，他梦到好几个浑身是血的人站在床边，说道：“你只知道刻毒严酷能积怨，却不知道忠厚也能积怨。那些势单力孤、

身体孱弱的人惨遭别人的杀害，死的时候痛苦不堪。孤魂饮泪，含恨九泉，只希望凶手能够被处死，才能够申述一直以来的积恨。而你只见到活着的人值得怜悯，没看到死了的人也值得悲痛，反而舞文弄墨，想方设法为其开脱，于是使凶手漏网、死者含冤。你设身处地想一下，如果你没有什么过错，却无缘无故地被人屠杀，魂魄有知，在旁边看到判这个案子的人改重伤为轻伤，改多伤为少伤，改理曲为理直，改有心杀人为无心杀人，使被你切齿痛恨的仇人轻易地逃脱法律的制裁，仍然横行于世上，你是感激还是怨恨呢？你不这么想，反而欣欣然把放纵恶人当作是积了阴德。那些冤死的人，不仇恨你又仇恨谁呢？”余某惊恐地醒了过来，把梦中的事详细地告诉了他的儿子，还反手打自己的耳光说：“我的想法错了！我的想法错了！”随后便躺了下去，还没躺稳便死了。

太史遗狐

沧州刘太史果实，襟怀夷旷[①]，有晋人风。与饴山老人、莲洋山人皆友善[②]，而意趣[③]各殊[④]。晚岁家居，以授徒自给。然必孤贫之士，乃容执贽[⑤]。脩脯[⑥]皆无几，箪瓢[⑦]屡空，晏如[⑧]也。尝买米斗馀，贮罂中，食月馀不尽，意甚怪之。忽闻檐际语曰：“仆是天狐，慕公雅操，日日私益之耳，勿讶也。”刘诘曰：“君意诚善。然君必不能耕，此粟何来？吾不能饮盗泉[⑨]也，后勿复尔。”狐叹息而去。

注 释

① 夷旷：平和旷达。

② 友善：好朋友。

③ 意趣：思想与旨趣。

④ 殊：不同。

⑤ 执贽：指做弟子。

⑥ 脩脯：旧时指送老师的薪金。

⑦ 箪瓢：盛饭食的筐和盛水的瓢，亦借指饮食。

⑧ 晏如：指安然自若的样子。

⑨ 盗泉：泉水的名字，孔子因为讨厌它的名字而不喝它的水。

译 文

沧州太史刘果实胸怀平和旷达，有晋代高士的风度。他和饴山老人、莲洋山人都是好朋友，但他们的思想与旨趣却各不相同。他晚年隐居在家里，靠教授学生养活自己。但是一定要是孤苦贫穷的人，刘果实才肯收他做学生。学生送来的学费、礼物都不多，家里盛粮食的器皿常常是空的，他却安然自若。

他曾经买了一斗多米，放在坛子里，结果吃了一个多月也还没有吃光，他觉得非常奇怪，忽然听到屋檐上有声音说道："我是天狐，仰慕您高尚的品德，就每天偷偷地让这些米增加了一些，您不必感到惊讶。"刘果实反问道："你的用意是好的。但你肯定不会耕作，这些米是从哪里来的呢？我不愿饮盗泉之水，以后不要再这样做了。"那狐狸叹息着离开了。

东光某狐

李又聃先生言：东光某氏宅有狐，一日，忽掷砖瓦，伤盆盎[①]。某氏詈[②]之。夜闻人叩窗语曰："君睡否？我有一言：邻里乡党，比户而居，小儿女或相触犯，事理之常，可恕则恕之，必不可恕，告其父兄，自当处置。遽[③]加以恶声[④]，于理毋乃[⑤]不可。且我辈出入无形，往来不测，皆君闻见所不及，提防所不到，而君攘臂[⑥]与为难，庸[⑦]有幸乎？于势亦必不敌，幸[⑧]熟计[⑨]之。"某氏披衣起谢[⑩]，自是遂相安。会亲串[⑪]中有以僮仆微衅，酿为争斗，几成大狱者。又聃先生叹曰："殊令人忆某氏狐。"

注 释

① 盆盎：盆。盎：腹大口小的盆。

② 詈：骂。

③ 遽：遂，就。

④ 恶声：凶恶愤怒之声。

⑤ 毋乃：岂不是。

⑥ 攘臂：捋起袖子，露出胳膊。

⑦ 庸：怎么。

⑧ 幸：希望。

⑨ 熟计：周密地思考。

⑩ 谢：道歉。

⑪ 亲串：关系密切的人。

译 文

李又聃先生说，东光县某户人家的宅子里有狐狸精。一天，狐狸精忽然扔砖瓦砸坏了盆子，这家主人便骂了起来。当天夜里，这个人听到有人敲着窗户说："您睡了吗？我有些话要说。邻里乡亲住在一起，小孩子们有时冒犯了您，这是常有的事情，如果能够宽恕的就宽恕他，一定不能宽恕的，告诉他的父兄，他们自然会处置这件事。您张口就骂，从道理上岂不是说不过去了？况且我们平常出入没有行踪，往来无法预测，都是您所听不到、看不见的，也是无法提防的，您硬要捋袖子、伸胳膊地与我们为难，又有什么好处呢？从形势上来看，您肯定胜不过我们。希望您仔细考虑一下。"那家主人披上衣服起来道歉，从此彼此便又相安无事了。

恰好这时李又聃先生的亲戚中有两家人因为僮仆间的一点小事，最终酿成争斗，差点弄成了重大案件。李又聃先生叹息道："这件事特别让人想起那家的狐狸精啊。"

鬼护醉人

及孺爱先生言：其仆自邻村饮酒归，醉卧于路。醒则草露沾衣，月向午矣。欠伸[①]之顷，见一人瑟缩立树后，呼问"为谁"。曰："君勿怖，身乃鬼也。此间群鬼喜嬲[②]醉人，来为君防守耳。"问："素昧生平，何以见护[③]？"曰："君忘之耶？我殁之后，有人为我妇造蜚语，君不平而白其诬[④]。故九泉衔感[⑤]也。"言讫而灭，

竟不及问其为谁，亦不自记有此事。盖无心一语，黄壤[6]已闻；然则有意造言者，冥冥之中宁[7]免握拳啮齿[8]耶！

注释

① 欠伸：伸懒腰。

② 嬲：纠缠，搅扰，戏弄。

③ 见护：守护我。

④ 白其诬：辩白那是诬陷。

⑤ 衔感：心怀感激。

⑥ 黄壤：即黄土，指九泉之下。

⑦ 宁：难道，怎么。

⑧ 啮齿：咬牙。

译文

及孺爱先生说：他的仆人从邻村喝完酒回来，醉倒在半路上。等他醒来时露水已经沾湿了衣服，而月亮已经到了正南。在他伸懒腰的时候，看见一个人瑟缩着站在树后，便喊了一声，问他是谁。那人说："请您不要害怕，我是个鬼。这一带的一群鬼喜欢捉弄喝醉的人，我是前来为您防卫守护的。"那个仆人问："我们素不相

识，您为何要来守护我呢？”鬼说：“难道您忘了吗？我死以后，有人给我的妻子编造流言蜚语，您因为看不过去，就为她辨白，说那是诬陷，因此我在九泉之下都很感激您。”

那个鬼说完就消失了。仆人都没来得及问他的姓名，也不记得曾经发生过这样一件事。大概是无意中的一句话，埋在黄土之下的人就听到了。然而对于故意造谣的人，冥冥之中怎么能够免除有人对他握拳切齿的痛恨呢？

狐之为狐

长山聂松岩言：安邱张卯君先生家，有书楼为狐所据，每与人对语。媪婢僮仆，凡有隐匿[①]，必对众暴[②]之。一家畏若神明，惕惕然[③]不敢作过[④]。斯亦能语之绳规，无形之监史矣。然奸黠[⑤]者或敬事之，则讳[⑥]其所短，不肯质[⑦]言。盖聪明有馀，正直则不足也。斯狐之所以为狐欤。

注释

① 隐匿：隐瞒藏匿的事。

② 暴：曝光。

③ 惕惕然：畏惧、不安的样子。

④ 作过：犯错。

⑤ 奸黠：奸猾。

⑥ 讳：隐瞒。

⑦ 质：本体，本性。

译 文

长山的聂松岩说：安邱的张卯君先生家有个书楼被狐仙占据了，这狐仙经常和人说话。他家的奴婢下人，只要有什么隐瞒藏匿的事情，狐仙一定会当众揭发他。张家的人对它敬畏得好像对神明一样，都小心翼翼地不敢犯过失。

这个狐仙也称得上是能说话的戒律、无形的监察官了。但奸猾的人如果奉承它，它就会为他隐瞒过失而不直说。这是因为这个狐仙聪明有余，而正直不足，这也大概是狐之所以为狐的道理吧！

义犬护主

舅氏张公梦征言：所居吴家庄西，一丐者死于路，所畜犬守之不去。夜有狼来啖其尸，犬奋啮[①]不使前；俄诸狼大集，犬力尽踣[②]，遂并为所啖。惟存其首，尚双目怒张，眦[③]如欲裂。有佃户守瓜田者亲见之。又，程易门在乌鲁木齐，一夕，有盗入室，已逾垣将出。所畜犬追啮其足，盗抽刃斫[④]之，至死啮终不释。因就擒。时易门有仆，曰龚起龙，方负心反噬[⑤]。皆曰：程太守家有二异，一人面兽心，一兽面人心。

注 释

① 奋啮：奋力撕咬。

② 踣：倒毙。

③ 眦：眼角。

④ 斫：砍。

⑤ 反噬：比喻背叛。

译 文

我的舅舅张梦征先生讲，他居住的吴家庄西有一个乞丐死在了路上，乞丐养的狗守着他的尸体不肯离开。夜晚，有狼来吃乞丐的尸体，狗奋力撕咬不让狼靠近。过了一会儿，群狼聚集而至，狗筋疲力尽，倒在了地上，也被狼吃掉了，只剩下一个头，仍然双眼怒睁，眼角好像要崩裂一样。有个看守瓜田的佃户亲眼看见了。

还有，程易门在乌鲁木齐的时候，一天晚上，有个盗贼进了他的住所，已经要越过院墙出去时，被程家养的狗追上去咬住了脚。强盗抽刀砍狗，狗直到被砍死也没松口。强盗因此被捉住了。当时，程易门家有个叫龚起龙的仆人，正忘恩负义地反过来对付主人。人们都说，程太守家有两怪：一个人面兽心，一个兽面人心。

盗多侠气

新城王符九言：其友人某，选[①]贵州一令。贷于西商，抑勒[②]

剥削，机械[3]百出。某迫于程限，委曲迁就，而西商枝节[4]益多。争论至夜分，始茹痛[5]书券。计券上百金，实得不及三十金耳。西商去后，持金贮箧。方独坐太息，忽闻檐上人语曰："世间无此不平事！公太柔懦[6]，使人愤填胸臆。吾本意来盗公，今且一惩西商，为天下穷官吐气也。"某悸不敢答。俄屋角窸窣有声，已越垣径去。次日，闻西商被盗，并箧中新旧借券，皆席卷去矣。此盗殊多侠气，然亦西商所为太甚，干[7]造物[8]之忌[9]，故鬼神巧使相值也。

注 释

① 选：被选中。

② 抑勒：勒索，克扣。

③ 机械：机巧。

④ 枝节：比喻有关的，但次要、琐碎的事情。

⑤ 茹痛：忍受痛苦。

⑥ 柔懦：优柔懦弱。

⑦ 干：触犯，冒犯。

⑧ 造物：指创造万物的神力。

⑨ 忌：禁戒。

译 文

新城王符九说：他的一个朋友被任命为贵州的一个县令，向一个西商（古称山西和陕西一带的商人为西商）借债。商人趁机盘剥勒索，机巧百出。朋友迫于路程和时间的限制，委曲迁就，而商人愈发节外生枝，两人一直争论到深夜，那个朋友只得忍痛写了借据。借据上写的是一百两银子，实际上拿到手的却不足三十两银子。

商人离去后，朋友将银两收进了箱子里，正在独自叹息，忽然听到房檐上有人说道："世上竟然有这么不公平的事！您太优柔懦弱了，让人义愤填膺。我本来打算来偷您的财物，今天就惩戒一下那个商人，为天下的穷官出口气。"那个朋友很害怕，没敢答话，随即屋角传出了一阵窸窣的声音，那个盗贼已经越墙而去。

第二天，这个朋友听说那商人被盗了，箱子里新旧借据全都被席卷而去。这个盗贼可以说非常义气，然而那个商人做事也太过分了，他犯了造物主的忌讳，所以鬼神巧妙地让他付出代价。

鬼善解怨

庭和又言：有兄死而吞噬[①]其孤侄者，迫胁侵蚀，殆无以自存。一夕，夫妇方酣眠，忽梦兄仓皇呼曰："起起！火已至。"醒而烟焰迷漫，无路可脱，仅破窗得出。喘息未定，室已崩摧，缓须臾，则灰烬[②]矣。次日，急召其侄，尽还所夺。人怪其数朝之内，忽跖[③]忽夷[④]。其人流涕自责，始知其故。此鬼善全[⑤]骨肉，胜于为厉多多矣。

注 释

① 吞噬：侵吞。

② 灰烬：烧成灰烬。

③ 跖：垫高。

④ 夷：弄平。

⑤ 全：保全。

译 文

庭和又说：有一个在哥哥死后侵吞侄儿的财产的人，通过逼迫、威胁、蚕食等种种手段，几乎让侄儿无法活下去了。一天夜里，这个弟弟夫妻俩睡得正香，忽然梦见哥哥急急地呼喊道："快起来！快起来！火烧来了！"等到他们从梦中惊醒，屋里已经是烟火迷漫，没有路可以逃脱了，只得破窗而出。喘息声还没有平息下来，房子就已经倒塌了，哪怕稍微晚上一小会儿，人就要被烧成灰烬了。

第二天，他马上叫来了侄儿，把侵吞的财产全部退还给他。人们对他在几天之内忽高忽低的变化觉得很奇怪，那人流着眼泪自责，人们这才知道其中的原因。这位哥哥的鬼魂善于保全骨肉之情，比变作厉鬼要好得太多了。

一念之善

汪御史香泉言：布商韩某，昵一狐女，日渐尪羸[①]。其侣[②]求符箓劾禁[③]，暂去仍来。一夕，与韩共寝，忽披衣起坐曰："君有异念耶？何忽觉刚气砭[④]人，刺促[⑤]不宁也？"韩曰："吾无他念。惟邻人吴某，迫于债负，鬻[6]其子为歌童。吾不忍其衣冠之后沦下贱[7]，措[8]四十金欲赎之，故辗转未眠耳。”狐女蹶然[9]推枕曰：“君作是念，即是善人。害善人者有大罚，吾自此逝[10]矣。”以吻相接，嘘气良久，乃挥手而去。韩自是壮健如初。

注释

① 尫羸：指瘦弱或虚弱。

② 侣：同伴。

③ 劾禁：弹压禁止。

④ 砭：刺。

⑤ 刺促：惶恐不安。

⑥ 鬻：卖。

⑦ 下贱：指出身卑贱或地位低下。

⑧ 措：筹集，筹划。

⑨ 蹶然：猛然起来的样子。

⑩ 逝：远离。

译文

御史汪香泉说，布商韩某和一个狐女非常亲近，他的身体也日渐羸弱。他的伙伴求得符箓来加以禁止，那狐女暂时离开后不久就又回来了。

一天夜晚，她与韩某共寝时，忽然披上衣服坐了起来，说：“你有什么奇怪的念头

吗？为什么我觉得刚气逼人，让我惶恐不安呢？”韩某说：“我并没有别的念头。只是想起我的邻居吴某，因为被债务逼迫，将儿子卖去当了歌童。我不忍心他作为读书人的后代却沦为下贱的人，便想筹措四十两银子将他赎回来，因此才辗转未眠。”

狐女猛然推开枕头说：“你有这样的念头，就是善人，祸害善人会受到极大的惩罚，我从此就要远离了。”她把嘴贴在韩某的嘴上，嘘了好一会儿气，才挥手离去。韩某从此又像原先那样健壮了。

生死夫妇

任子田言：其乡有人夜行，月下见墓道松柏间，有两人并坐。一男子年约十六七，韶秀[①]可爱，一妇人白发垂项，佝偻携杖，似七八十以上人。倚肩笑语，意若甚相悦。窃讶何物淫妪，乃与少年儿狎昵。行稍近，冉冉而灭。次日，询是谁家冢，始知某早年夭折，其妇孀守[②]五十馀年，殁而合窆[③]于是也。《诗》曰：“穀[④]则异室，死则同穴。”情之至也。《礼》曰：“殷人之祔[⑤]也离之，周人之祔也合之。善夫！”圣人通幽明[⑥]之礼，故能以人情知鬼神之情也。不近人情，又乌[⑦]知《礼》意哉。

注 释

① 韶秀：美好清秀。

② 孀守：守寡。

③ 合窆：合葬。

④ 縠：活着。

⑤ 祔：合葬。

⑥ 幽明：人与鬼神。

⑦ 乌：怎么。

译 文

据任子田说，他的家乡有一个人走夜路，看到一条墓道的松柏树下有两个人并肩坐着。一个男子年纪大约十六七岁，相貌清秀可爱；一个老妇人白发直垂到脖子边，身形佝偻，拿着拐杖，年纪在七八十岁以上。他们肩并肩地谈笑，看起来好像相互之间十分满意。那人十分奇怪，哪里来的淫荡老太婆，竟然和少年人狎戏。等他走近了些，两人便慢慢消失了。

第二天，他打听昨天经过的是谁家的墓地，这才知道那位少年夭折后，他的妻子守寡五十多年，死后两人被合葬在这里。《诗经》中说："活着的时候不在一起，而死了之后则要葬在同一个墓穴中。"这是至高的感情。《礼》说："商朝人在下葬的时候要分开葬；周朝人在下葬的时候要合葬。好啊。"圣人通晓人与鬼神之间的礼仪，所以能通过人的情感了解鬼神的情感。不近人情，又怎么能知道《礼》的要旨呢？

谦居先生

景州申谦居先生，讳诩，姚安公癸巳同年[①]也。天性和易[②]，平生未尝有忤色，而孤高特立，一介[③]不取，有古狷者[④]风。衣必缊袍[⑤]，食必粗粝，偶门人馈祭肉，持至市中易豆腐，曰："非好苟异[⑥]，实食之不惯也。"尝从河间岁试归，使童子控一驴。童子行倦，则使骑而自控之。薄暮遇雨，投宿破神祠中。祠止一楹，中无一物，而地下芜秽[⑦]不可坐，乃摘板扉一扇，横卧户前。夜半睡醒，闻祠中小声曰："欲出避公，公当户不得出。"先生曰："尔自在户内，我自在户外，两不相害，何必避？"久之又小声曰："男女有别，公宜放我出。"先生曰："户内户外即是别，出反无别。"转身酣睡。至晓，有村民见之，骇曰："此中有狐，尝出媚少年人，入祠辄被瓦砾击。公何晏然[⑧]也？"后偶与姚安公语及，掀髯[⑨]笑曰："乃有狐欲媚申谦居，亦大异事。"姚安公戏曰："狐虽媚尽天下人，亦断[⑩]不到君。当是诡状奇形，狐所未睹，不知是何怪物，故惊怖欲逃耳。"可想见先生之为人矣。

注 释

① 同年：科举时代称同榜或同一年考中者。

② 和易：平易谦和。

③ 一介：指微小的事物。

④ 狷者：独善其身、有所不为的人。

⑤ 缊袍：以乱麻、乱棉絮做成的袍子。

⑥ 苟异：任意地标新立异。

⑦ 芜秽：污浊，污秽。

⑧ 晏然：安宁、安定的样子。

⑨ 掀髯：笑时启口张须的样子。

⑩ 断：断然，绝对。

译文

景州的申谦居先生名字叫作诩，与我父亲姚安公是同在癸巳年考中的举人。申谦居先生生性平易谦和，一生也没有发过脾气，但他孤芳自赏，哪怕一点微小的东西也不妄取，有古代处士的风采。他穿的必定是粗麻袍子，吃的必定是粗茶淡饭。偶尔他的学生把祭祀用过的肉送给他，他却把肉拿到市上去换豆腐。他说："不是我喜欢标新立异，实在是我吃不惯这些东西。"

有一次，他从河间参加岁试归来，叫一个小童牵着驴。小童疲倦了，他就让小童骑在驴上，自己牵着驴走。傍晚的时候下起雨来，他们就投宿在一所破旧的祠堂里。这座破旧的祠堂里只有一间房子，屋里什么也没有，而且地面上污秽不堪，根本不能坐。于是他摘下一扇门板，横躺在门前。半夜醒来，谦居先生听到庙里有人轻声说："我想出去回避您，可您在门口挡着，我出不去。"申谦居说："你在屋里，我在屋外，互不妨碍，何必回避呢？"过了好大一会儿，又听到屋内小声说："男女有别，您应该放我出去。"申先生说："一个在屋里，一个在屋外，这就已经是男女有别了，出来反而不方便。"说完又酣睡起来。

到了天亮，村民看到申先生睡在这儿，吃惊地说："这儿有狐狸精，经常出来迷惑少年，有人进庙就会遭到砖头瓦块的袭击。您

为什么安然无恙呢？”

后来，申先生偶然和姚安公说起这件事，大笑道：“竟然有狐狸精要迷惑我申谦居，也是一件奇闻！”姚安公开玩笑说：“狐狸精即便迷惑了遍天下的人，也轮不到你申谦居。您这副诡状奇形，狐狸精从来没有见过，弄不清你到底是什么怪物，所以害怕得想要逃跑。”由此可见申谦居先生的为人了。

患难之交

明季兵乱[①]，曾伯祖镇番公年甫十一，被掠至临清。遇旧客作李守敬，以独轮车送归。崎岖戈马[②]之间，濒危者数，终不舍去也。时宋太夫人在，酬以金。先顿首谢，然后置金于案曰：“故主流离，心所不忍，岂为求赏来耶？”泣拜而别，自后不复再至矣。守敬性戆直，侪辈有作奸[③]者，辄龂龂[④]与争，故为众口所排[⑤]去。而患难之际，不负其心乃如此。

注 释

① 兵乱：战乱。

② 戈马：兵器和马匹，引申为军队。

③ 作奸：做坏事。

④ 龂龂：争辩的样子。

⑤ 排：排挤。

译文

明朝末年发生了战乱，当时我的曾伯祖镇番公才刚刚十一岁，被劫掠到了临清。在那里，他遇到了家中以前的佣工李守敬，被他用独轮车送回家来。一路上兵荒马乱，道路崎岖，好几次面临生命危险，可是李守敬一直没有丢下曾伯祖自己逃命。

当时宋太夫人还在世，给李守敬重金以酬谢。李守敬先叩头表示感谢，然后将钱放在案上说："我眼看着故主颠沛流离，心中不忍，哪里是为求赏才来的呢！"说完流着泪拜别而去，从此再也没有来过。

李守敬性格耿直，一同做工的人中如果有人做坏事，他就会奋起与人争辩，因此受到众人的攻击，被排挤离去。但在患难之际，他对故主不负心竟到了这种地步。

民家之狐

李庆子言：山东民家，有狐居其屋数世矣。不见其形，亦不闻其语；或夜有火烛[①]盗贼，则击扉撼窗，使主人知觉而已。屋或漏损，则有银钱铿然坠几上。即为修葺，计所给恒浮[②]所费十之二，若相酬者。岁时必有小馈遗置窗外，或以食物答之，置其窗下，转瞬即不见矣。从不出嬲人，儿童或反嬲之，戏以瓦砾掷窗内，仍自

窗还掷出。或欲观其掷出，投之不已，亦掷出不已，终不怒也。一日，忽檐际语曰："君虽农家，而子孝弟友[③]，妇姑娣姒[④]皆婉顺[⑤]，恒为善神所护，故久住君家避雷劫。今大劫已过，敬谢主人，吾去矣。"自此遂绝。从来狐居人家，无如是之谨饬[⑥]者。其有得于老氏"和光"之旨欤？卒以谨饬自全，不遭劾治[⑦]之祸，其所见加人一等矣。

注释

① 火烛：代指失火。

② 浮：超过，超出。

③ 友：友爱。

④ 娣姒：妯娌。

⑤ 婉顺：温婉和顺。

⑥ 谨饬：谨慎小心。

⑦ 劾治：审查治罪。

译文

李庆子说，山东有一户百姓家，狐仙居住在他家已经有几代了。人们看不见狐仙的样子，也听不见它说话的声音；有时夜间如果失火或有盗贼，狐仙就敲门摇窗，让主人知道才停下来。

如果屋子有了漏洞或破损，就会有银钱当啷一声落到几案上，主人家即用以修缮房屋，计算它所给的钱，总要比所花费的多出两成，好像是对主人的酬谢。到了过年时，狐仙必定会赠送主人家一些小礼品，放在窗外。主人有时以食物答谢，放在狐仙所住屋子的窗外，转眼就不见了。

狐仙从来不骚扰人，有时候小孩子反而去骚扰狐仙，往狐仙住的屋里抛掷砖头瓦块，狐仙也只是再从窗户里扔出来。有时小孩子要看里面怎么往外扔，便不停地往里投，狐仙只是不停地往外扔，始终都不发怒。有一天，忽然听到房檐上有人说道："您家虽说是农家，但是儿女孝敬，兄弟友爱，婆媳、妯娌和睦，常被善神保护着，所以我长期居住在您家里，以躲避雷劫。如今我大劫已过，敬谢主人，我去了。"

此后，这户人家里再也没有狐仙了。而狐仙居住在人家，从来也没有这么小心地自我约束的，大概它体会到了老子"和光同尘"的要旨了吧。它终于因小心地自我约束保全了自己，避开了劾治之祸，它的见识也可以说高人一等了。

张四喜妇

冯平宇言：有张四喜者，家贫佣作。流转至万全山中，遇翁妪留治圃。爱其勤苦，以女赘之。越数岁，翁妪言往塞外省长女，四喜亦挈妇他适[①]。久而渐觉其为狐，耻与异类偶[②]，伺其独立，潜弯弧[3]射之，中左股。狐女以手拔矢，一跃直至四喜前，持矢数[4]之曰："君太负心，殊使人恨！虽然，他狐媚人，苟且野合耳。我则父母所命，以礼结婚，有夫妇之义焉。三纲所系，不敢仇君；君既见弃，亦不敢强住聒[5]君。"握四喜之手痛哭，逾数刻，乃蹶然逝。四喜归，越数载，病死，无棺以敛[6]。狐女忽自外哭入，拜谒姑舅，具述始末。且曰："儿未嫁，故敢来也。"其母感之，詈[7]四喜无良。狐女俯不语。邻妇不平，亦助之詈。狐女瞋视曰："父母詈儿，无不可者。汝奈何对人之妇，詈人之夫！"振衣竟出，莫知所往。去后，于四喜尸旁得白金五两，因得成葬。后四喜父母贫困，往往于盎中箧内无意得钱米，盖亦狐女所致也。皆谓此狐非惟形化人，心亦化人矣。或又谓狐虽知礼，不至此，殆平宇故撰此事，以愧人之不如者。姚安公曰："平宇虽村叟，而立心笃实，平生无一字虚妄。与之谈，讷讷不出口，非能造作语言者也。"

注 释

① 他适：到别的地方去。

② 偶：为配偶。

③ 弧：弓箭。

④ 数：责备。

⑤ 聒：聒噪，打扰。

⑥ 敛：通"殓"，收殓。

⑦ 詈：骂。

译文

冯平宇说：有个叫张四喜的人，因为家里贫穷，靠给人打工为生。他漂泊到万全山中，被一对老夫妇收留，为他们打理菜园。老夫妇喜欢张四喜的勤劳刻苦，将女儿嫁给他，招赘他为女婿。过了几年，老夫妇说要去塞外看望长女，四喜也带着他的妻子离开了。

时间久了，张四喜逐渐发现他妻子原来是狐狸精变的，他感到与异类成为夫妻很羞耻，于是趁她单独站在某处时，偷偷地拿出弓箭射她，射中了她的左腿。狐女用手拔出箭，一下子跳到张四喜面前，拿箭指着他，责备说："你太无情了，真让人痛恨。尽管这样，别的狐狸媚人，都是苟且野合的。我则是受父母之命，按照礼仪与你结婚的，有夫妇间的情义在。由于三纲的约束，我不愿向你复仇，你既然嫌弃我，我也不愿意勉强住下去，招你讨厌。"说完，握着四喜的手痛哭，过了一会儿，猛然就消失了。

张四喜回到家中，过了没几年，就得病死了，家里穷得连殓葬的棺材也没有。狐女忽然从外面哭着走了进来，拜见公婆，向他们详细诉说她和张四喜成亲的始末。又说道："媳妇并没有再嫁，所以今天才敢来。"

张四喜的母亲非常感动，痛骂四喜不良。狐女俯首不语。有一个邻妇感到不平，也跟着骂。狐女瞪着她说："父母骂儿子，没什么不可以的。但你怎能当着人家的妻子，骂她的丈夫！"说完怒冲冲地拂衣就走，不知到哪里去了。

狐女离去后，张四喜的父母在他的尸身旁边发现了五两白金，多亏了它才让张四喜得以安葬。后来张四喜的父母很贫穷，但往往能在箱子或盆碗中意外地发现钱米，这大约也是狐女给的。

听者都说这个狐女不但身形化作了人，心灵也化作人了。又有人说，狐精即使知道礼仪，也还到不了这种地步，这很可能是冯平宇编造的一个故事，以使不如狐女的人感到惭愧。姚安公说："冯平宇虽然是个村里的老叟，但他立心诚笃忠实，平生没说过一句虚妄不实的话。与他谈话，他言语很迟钝，不是能够编造故事的人啊。"

鬼报盗警

舅氏安公实斋，一夕就寝，闻室外扣门声。问之不答，视之无所见。越数夕，复然。又数夕，他室亦复然。如是者十馀度，亦无他故。后村中获一盗，自云我曾入某家十馀次，皆以人不睡而返。问其日皆合，始知鬼报盗警也。故瑞[①]不必为祥，妖[②]不必为灾，各视乎其人。

注 释

① 瑞：瑞兆，好兆头。

② 妖：妖异，异常。

译 文

我的舅舅安实斋一天晚上上床睡觉时，忽然听到屋外有敲门声。他询问是谁，也没有人回答，出门去看也没看见人。过了几个晚上，又发生这种事。再过几晚，家中别的居室也发生了这种事。这样的情况发生过十多次，除此之外也没有别的变故。

后来村里擒获了一个盗贼，招供称他曾进入某家十多次，都因为人没有睡空手而归。问他日期，与我舅舅听到叩门声的日期完全符合，这才知道是鬼发出的有盗贼的警报。所以说瑞兆不见得就会带来吉祥，妖异之事也未见得就一定会带来灾祸，这要因人而异。

老医求宿

叶守甫，德州老医也。往来余家，余幼时犹及见之。忆其与先姚安公言：尝从平原诣海丰，夜行失道，仆从皆迷。风雨将至，四无村墟[①]，望有废寺，往投暂避。寺门虚掩，而门扉隐隐有白粉大书字，敲火视之，则“此寺多鬼，行人勿住”二语也。进退无路，乃推门再拜曰：“过客遇雨，求神庇荫；雨止即行，不敢久稽[②]。”闻承尘板上语曰：“感君有礼，但今日大醉，不能见客，奈何？君可就东壁坐，西壁蝎窟，恐遭其螫；渴勿饮檐溜[③]，恐有蛇涎；殿后酸梨已熟，可摘食也。”毛发植立[④]，噤不敢语。雨稍止，即惶遽[⑤]拜谢出，如脱虎口焉。姚安公曰：“题门榜示，必伤人多矣。而君得无恙，且得其委曲告语。盖以礼自处，无不可以礼服者；以诚相感，无不可以诚动者。虽异类无间也。君非惟老于医，抑亦老于涉世矣。”

注释

① 村墟：村庄。

② 稽：停留。

③ 檐溜：屋檐上流下的水。

④ 植立：竖立，挺立。

⑤ 惶遽：惊恐慌张。

译文

叶守甫是德州的老医生，与我家有来往，我年幼时还见过他。

我记得他曾与先父姚安公说过：曾有一次，他从平原县到海丰，夜里迷了路，仆从也都走失了，眼看风雨将至，四周又没有村落，他远远地望见远处有一座荒废的寺庙，就走过去避雨。

寺门虚掩着，门扇上隐隐约约有白粉写成的大字，他打着火一看，上面写着“此寺多鬼，行人勿住”两句话。但他当时进退无路，于是推开门，一边行礼一边祷告道：“路过的人途中遇雨，恳求神灵庇佑，雨一停我就走，绝对不敢久留。”

忽听天花板上有个声音说道：“我很欣赏你的礼数周全。但今天我喝醉了，无法见客，怎么办呢？你可以靠着东墙坐着，西墙上有蝎窟，怕它螫着你；如果你渴了，不要喝屋檐上流下的水，恐怕里面搀有蛇的毒涎；殿后的酸梨已经成熟，你可以摘下来吃。”叶守甫听了吓得毛发直立，连一句话也不敢说。雨稍微小了一点，他就慌忙拜谢后离开了，好像从虎口里逃出来一样。

姚安公说：“既然在门上题字告示，必定是因为已经伤了很多人了。而你能够平安无事，而且得到委婉的忠告，因此以礼来约束自己，那么就没有人不被你的礼节所折服；用真诚去感染别人，就没有人不被你的诚意所打动。即使是异类，这一点也不会有区别。你不仅老于医道，而且也老于处世啊。”

狐不负人

舅氏安公介然言：有柳某者，与一狐友，甚昵。柳故贫，狐恒周其衣食。又负巨室[①]钱，欲质[②]其女。狐为盗其券，事乃已[③]。时来其家，妻子皆与相问答，但惟柳见其形耳。狐媚一富室女，符箓不能遣，募能劾治者予百金。柳夫妇素知其事。妇利多金，怂恿柳伺隙杀狐。柳以负心为歉[④]。妇谇[⑤]曰：“彼能媚某家女，不能媚汝女耶？昨以五金为汝女制冬衣，其意恐有在。此患不可不除也。”柳乃阴市砒霜，沽酒以待。狐已知之。会柳与乡邻数人坐，狐于檐际呼柳名，先叙相契之深，次陈相周之久，次乃一一发其阴谋曰：“吾非不能为尔祸，然周旋[⑥]已久，宁忍便作寇仇[⑦]？”又以布一匹、棉一束自檐掷下，曰：“昨尔幼儿号寒苦，许为作被，不可失信于孺子[⑧]矣。”众意不平，咸诮让[⑨]柳。狐曰：“交不择人，亦吾之过。世情如是，亦何足深尤[⑩]？吾姑使知之耳。”太息而去，柳自是不齿于乡党，亦无肯资济升斗[⑪]者。挈家夜遁，竟莫知所终。

注 释

① 巨室：大户人家。

② 质：抵押。

③ 已：了结。

④ 歉：惭愧，觉得对不住人。

⑤ 谇：责骂。

⑥ 周旋：打交道，应酬。

⑦ 寇仇：仇人，仇敌。

⑧ 孺子：小孩子。

⑨ 诮让：责问。

⑩ 尤：怨恨。

⑪ 升斗：量器单位，代指一点点粮食。

译 文

我的舅舅安介然说，有个姓柳的人和一只狐狸交了朋友，他们之间的关系非常亲密。柳某很穷，那位狐友就常常周济他的吃穿用度。柳某欠了一个大户人家的钱，想要把女儿卖给那家人抵债。狐友替他偷回了借据，才使这件事得以了结。

那位狐友经常到柳家去，柳某的妻子儿女全都能和它说话，但是只有柳某能看得到狐友。后来这位狐友魅惑了一个富贵人家的女儿，用符箓也赶不走。于是这户人家就开出了一百两银子的悬赏，招募能制伏狐友的人。

柳某夫妇一向了解狐友魅惑富家女的情况，柳某的妻子贪图那笔巨额赏金，就怂恿柳某找机会杀死狐友。柳某觉得那样做对不住狐友，内心会很惭愧。他的妻子骂道：“那狐狸能勾引别人家的女儿，就不能勾引你的女儿吗？昨天它还用五两银子为你的女儿做了一身棉衣，恐怕它已经有了这种心思了吧。这个祸害不能不除掉。”

柳某于是暗地里买回砒霜，打了酒等狐友来喝。狐友已经知道了柳家夫妇的歹心，它趁柳某和几个乡邻在一起坐着的时候，就在房檐上叫柳某的名字，先叙说往日交情的深厚，然后又叙说周济柳某的时间之长，随后一一揭发柳某夫妇的阴谋，说：“我并不是不能给你家带来灾祸，只是我们交往的时间已经很长了，我怎么忍心转眼间就和你变成仇人呢？”说完，又把一匹布、一束棉花从房檐上扔下来，说：“昨天你的小儿子哭着喊冷，我答应为他做床被子。我不能对小孩子失信。”

大家听了狐友的话，都愤愤不平，一起谴责柳某。狐友说：“我交朋友没有选对人，这是我的过错。世态人情就是这样，又有什么值得怨恨的呢？我只是让他心里明白就是了。”狐友说完，就叹着气离去了。从那以后，柳某就被乡邻们看不起，也没人肯给他哪怕一点资助、救济了。他只得带着一家老小连夜逃走了，也不知道到哪里去了。

狐畏天狐

骁骑校[①]萨音绰克图与一狐友。一日，狐仓皇来曰："家有妖祟，拟[②]借君坟园栖[③]眷属。"怪问："闻狐祟人，不闻有物更[④]祟狐，是何魅欤？"曰："天狐也，变化通神，不可思议；鬼出电入，不可端倪。其祟人，人不及防；或祟狐，狐亦弗能睹也。"问："同类何不相惜欤？"曰："人与人同类，强凌弱，智绐[⑤]愚，宁相惜乎？"魅复遇魅，此事殊奇。天下之势，辗转相胜；天下之巧，层出不穷。千变万化，岂一端所可尽乎？

注 释

① 校：校尉。

② 拟：打算。

③ 栖：暂住，借住。

④ 更：再，又。

⑤ 绐：欺骗，欺诈。

译 文

骁骑校尉萨音绰克图与一只狐精交了朋友。有一天，狐精慌慌张张地跑来说："我家里有妖精作怪，我想借您家的墓园安顿我的家眷。"萨音绰克图奇怪地问："我只听说过狐精祸害人，却还没听说过有别的妖精可以祸害狐精的，这到底是什么怪物？"狐精说："是天狐，它的变化神妙莫测，不可思议，进出如同鬼怪和闪电般迅疾，没有人可以看出哪怕一点痕迹。如果天狐要祸害人，人一定来不及提防；而它如果为难狐狸，狐狸也无法看见它。”

萨音绰克图说：“天狐与狐狸本是同类，为什么不彼此怜惜呢？”狐精说：“人与人也是同类，可是照样是强大的欺负弱小的，聪明的哄骗愚笨的，难道人类彼此怜惜了吗？”

狐精又碰上了天狐，这事非常稀奇。从大的方面来看，天下的事物都是一物降一物；天下的奇技淫巧，也是层出不穷。世上的万物千变万化，哪里是只从一个方面就能看透所有事物的本质的呢？

狐惩顽童

宋子刚言：一老儒训蒙[①]乡塾，塾侧有积柴，狐所居也。乡人莫敢犯，而学徒顽劣，乃时秽污之。一日，老儒往会葬[②]，约[③]明日返。诸儿因累[④]几为台，涂朱墨演剧。老儒突返，各挞之流血，恨恨复去。众以为诸儿大者十一二，小者七八岁耳，皆怪师太严。次日，老儒返，云昨实未归。乃知狐报怨也。有欲讼诸土神者，有议除积柴者，有欲往诟詈者。中一人曰：“诸儿实无礼，挞不为过，但太毒[⑤]耳。吾闻胜妖当以德，以力相角，终无胜理。冤冤相报，吾虑祸不止此也。”众乃已。此人可谓平心，亦可谓远虑矣。

注 释

① 训蒙：教幼童。

② 会葬：参加葬礼。

③ 约：事先说好。

④ 累：重叠，重积。

⑤ 毒：凶狠，猛烈。

译文

宋子刚说：一位老儒在乡里的学塾里教小孩子读书，学塾的屋子旁边有堆柴草，有狐狸精住在里面。村里人都不敢碰那堆柴草，但学生们顽皮淘气，常常在上面大小便。

有一天，老儒去别的地方参加葬礼，说好了第二天返回。孩子们趁机将桌子拼摆成戏台，在脸上涂上颜料和墨汁演起戏来。这时老儒突然回来了，把孩子们都打了一顿，直打得皮破血流，才又恨恨地走了。

这些孩子大的有十一二岁，小的才七八岁，村里的人都怪老儒过分严厉了。第二天，老儒回来了，但却说昨天确实没有回来过，大家这才知道这件事是狐狸精为了出怨气而做的。

于是有的人提议要向土地神控诉，有的提议把那堆柴草清除掉，有的要去那里痛骂。其中一个人说：“这些孩子确实无礼，打一顿也不为过，只是下手有些太狠了。我听说要想制服妖精必须用德行，以力相搏，永远也不可能得胜。而且如果我们和狐狸精冤冤相报的话，恐怕灾祸还不止这些。”众人这才罢休。

这人可以说是有公平之心，也可以说是有远虑啊。

鬼不昧心

奴子王敬，王连升之子也。余旧有质库在崔庄，从官久，折阅[①]都尽，群从[②]鸠赀[③]复设之，召敬司夜[④]焉。一夕，自经[⑤]于楼上，虽其母其弟莫测何故也。客作胡兴文居于楼侧，其妻病剧，敬魂忽附之语，数其母弟之失，曰："我自以博负[⑥]死，奈何多索主人棺敛费，使我负心！此来明非我志也。"或问："尔怨索负者乎？"曰："不怨也。使彼负我，我能无索乎？"又问："然则怨诱博者乎？"曰："亦不怨也。手本我手，我不博，彼能握我手博乎？我安意[⑦]候代而已。"初附语时，人以为病者瞀乱[⑧]耳；既而序述生平、寒温故旧，语音宛然敬也。皆叹曰："此鬼不昧本心，必不终沦于鬼趣[⑨]。"

注释

① 折阅：损折，亏损。

② 群从：指堂兄弟及子侄们。

③ 鸠赀：筹集资金。

④ 司夜：守夜。

⑤ 自经：自缢。

⑥ 博负：赌博欠债。

⑦ 安意：安心。

⑧ 瞀乱：昏乱，精神错乱。

⑨ 鬼趣：即鬼道。

译文

我的奴仆王敬，是王连升的儿子。过去我在崔庄开过一个当铺，但因为长时间在外做官，所以连本钱都赔光了。我的兄弟、子侄们又筹集资金把当铺重新开了起来，让王敬负责夜里打更守夜。一天夜里，王敬在楼上上吊死了，即使是他的母亲和弟弟也不知道他为什么要上吊自杀。

雇工胡兴文就住在当铺隔壁，他的妻子病得很厉害。王敬的灵魂忽然附在她身上，数落他母亲、弟弟的过错，说："我是因为自己赌博欠了钱才上吊自杀，你们为什么要向主人家要那么多丧葬费，使我心里有愧？我今天特意来声明这不是我的本意。"

有人问："你恨向你要债的人吗？"他说："不恨。假如是他欠了我的钱，我能不要吗？"又问："那么你恨引诱你赌博的人吗？"他说："也不恨。手是我自己的手，如果我不赌，别人能拉着我的手去赌吗？我现在只是安心地等待有人来做我的替身。"

王敬的魂魄刚附体说话时，人们还以为是病人说胡话，但是接下来他一件件说出了活着时候的事以及向自己的亲朋故旧问寒问暖，语调跟声音都是王敬的。人们说："这鬼不昧良心，一定不会永远做鬼的。"

鬼护老儒

交河老儒刘君琢，居于闻家庙，而设帐[①]于崔庄。一日，夜深饮醉，忽自归家。时积雨之后，道途间两河皆暴涨，亦竟忘之。行至河干[②]，忽又欲浴，而稍惮波浪之深。忽旁有一人曰："此间原有可浴处，请导君往。"至则有盘石如渔矶[③]，因共洗濯。君琢酒少解，忽叹曰："此去家不十馀里，水阻迂折，当多行四五里矣。"其人曰："此间亦有可涉[④]处，再请导君。"复摄衣[⑤]径渡。将至家，其人匆匆作别去。叩门入室，家人骇路阻何以归。君琢自忆，亦不知所以也。揣摩其人似高川贺某，或留不住（村名，其取义则未详）赵某。后遣子往谢，两家皆言无此事；寻河中盘石，亦无踪迹。始知遇鬼。鬼多嬲醉人，此鬼独扶导醉人，或君琢一生循谨，有古君子风，醉涉层波，势必危，殆神阴相[⑥]而遣之欤！

注释

① 设帐：指设馆授徒。

② 河干：河边，河岸。

③ 渔矶：可供垂钓的水边岩石。

④ 涉：步行渡河。

⑤ 摄衣：提起衣襟。

⑥ 相：辅助，帮助。

译文

交河县的老儒生刘君琢，家住在闻家庙，但却在崔庄授徒教学。一天夜里，他喝醉了酒，忽然独自回家去了。当时刚下过大雨，路上还积着水，回家的路上要经过的两条河水位都暴涨了上来，而他竟然也都忘了。

他走到河岸边，忽然又想洗澡，又担心河水太深。这时旁边有一个人说："这里原来有可洗澡的地方，请容我带你去。"两人一起走到一个有一块大石头的地方，就一起洗起澡来。

洗完澡，刘君琢的酒醒了一些，又叹息道："从这里到我家不过十来里路，但却被大水阻断了，又要多走四五里路了。"那个人说："这里也有可以蹚到对岸的地方，请容我带你过去。"于是两人提着衣襟涉水过了河。

眼看快要到家的时候，那人就急匆匆地告别离去了。刘君琢敲门进屋，家人都十分惊讶，道路阻隔他是怎么回来的。刘君琢自己回想，也不知道是怎么回事。他回想起，送他回来的那人有些像高川镇的贺某，或是留不住（村名，但不知道它为什么叫这个名字）的赵某。后来他派儿子前往这两家表示感谢，但两家人都说没有这回事。再去寻找河中的那块大石头，也不见了踪迹。刘君琢这才知道自己是遇到了鬼。

鬼大多喜欢戏弄、纠缠喝醉的人，而唯独这个鬼却扶助、引导喝醉的人。大概因为刘君琢一辈子都因循守礼、做事谨慎，有古时君子的风度。而他在喝醉的时候要过河，势必十分危险，这大概是神明在暗地里帮助他吧。

孝悌之鬼

莆田李生裕翀言：有陈至刚者，其妇死，遗二子一女。岁馀，至刚又死。田数亩、屋数间，俱为兄嫂收去。声言以养其子女，而实虐遇之。俄而屋后夜夜闻鬼哭，邻人久不平，心知为至刚魂也，登屋呼曰："何不祟[①]尔兄？哭何益！"魂却退数丈外，呜咽应曰："至亲者兄弟，情不忍祟；父之下，兄为尊矣。礼亦不敢祟。吾乞哀[②]而已。"兄闻之感动，詈其嫂曰："尔使我不得为人也。"亦登屋呼曰："非我也，嫂也。"魂又呜咽曰："嫂者兄之妻，兄不可祟，嫂岂可祟耶！"嫂愧不敢出。自是善视其子女，鬼亦不复哭矣。使遭兄弟之变者，尽如此鬼，宁有阋墙之衅[③]乎？

注释

① 祟：迷信说法指鬼神给人带来的灾祸。

② 乞哀：乞求哀悯。

③ 阋墙之衅：兄弟不和睦而发生争斗。

译文

莆田人李裕翀说：有个叫陈至刚的人，他的妻子死了，留下两个儿子、一个女儿。过了一年多，陈至刚也死了。他的几亩田地、几间房屋全都被他的哥哥嫂子收去了，他们声称用来抚养他的儿子和女儿，但实际上却虐待他们。

过了不久，哥哥嫂子的屋后面每天夜里都能听到鬼哭的声音，哥嫂的邻居早就对这件事心有不平，心里明白这是陈至刚的魂在

哭，就爬上屋顶喊道："你为什么不作祟祸害你的哥哥？在这里哭又有什么用！"

陈至刚的鬼魂听后，退到几丈远之外，呜咽着说："最亲的就是兄弟，从感情上我不忍心祸害他。而且父亲以下兄长为尊，从礼法上我也不敢祸害他。我只能乞求他的怜悯罢了。"他哥哥听后非常感动，骂他的嫂子说："你让我没有脸做人了。"他哥哥也爬上屋顶喊道："不是我要这么做的，是你嫂子要这么做的。"陈至刚的鬼魂又呜咽着说："嫂子是哥哥的妻子，我不能作祟祸害哥哥，又怎么能作祟祸害嫂子呢？"嫂子惭愧得连面都不敢露。

从此以后哥哥嫂子对他的子女很好，陈至刚的鬼魂也不再哭泣了。假如世上那些兄弟不和的人，都能像陈至刚的鬼魂那样，又怎么还会因为兄弟不和而发生争斗呢？

野狐论佛

沈瑞彰寓[①]高庙读书，夏夜就文昌阁廊下睡。人静后，闻阁上语曰："吾曹亦无用钱处，尔积多金何也？"一人答曰："欲以此金铸铜佛，送西山潭柘寺供养，冀仰托[②]福佑[③]，早得解形[④]。"一人作啐声曰："咄咄大错！布施须己财。佛岂不问汝来处，受汝盗来金耶？"再听之寂矣。善哉野狐，檀越[⑤]云集之时，傥闻此语，应如霹雳声也。

注 释

① 寓：寄居，借住。

② 仰托：依赖，仰仗。

③ 福佑：保佑。

④ 解形：犹解脱。

⑤ 檀越：即施主。

译 文

沈瑞彰寄宿在高庙里读书，一个夏天的夜晚，他在文昌阁的廊子底下睡觉。夜深人静后，他听到阁楼上有个声音说道："我们也没有需要用钱的地方，你积攒这么多钱干什么？"另一个声音回答道："我想用这些钱铸一个铜佛，送到西山的潭柘寺供养起来，希望能够得到它的保佑，使我早些解脱狐身。"前一个声音啐道："你真是大错特错，布施必须用自己的钱。佛难道会不问来处就接受你偷来的钱吗？"他再想往下听，就没有声音了。

野狐说得好啊！当施主们聚集在一起的时候，听到这些话，应当也会觉得仿佛霹雳在耳旁炸响吧。

佛心之尼

沧州有一游方[①]尼，即前为某夫人解说因缘者也。不许妇女至其寺，而肯至人家。虽小家以粗粝为供[②]，亦欣然往。不劝妇女布施，惟劝之存善心，作善事。外祖雪峰张公家，一范姓仆妇，施布一匹。尼合掌谢讫，置几上片刻，仍举付此妇曰："檀越功德，佛已鉴照[③]矣。既蒙见施，布即我布。今已九月，顷[④]见尊姑犹单衫。谨以奉赠[⑤]，为尊姑制一絮衣[⑥]，可乎？"仆妇踧踖无一词，惟面赪汗下。姚安公曰："此尼乃深得佛心。"惜闺阁多传其轶事，竟无人能举其名。

注 释

① 游方：指僧人、道士为修行问道或化缘而云游四方。

② 供：供品。

③ 鉴照：鉴识照察，即看到、知道。

④ 顷：刚才。

⑤ 奉赠：送给你。

⑥ 絮衣：棉衣。

译 文

沧州有一个四处云游的尼姑，就是我曾经提过的给某位夫人解说因缘的那位。她不允许妇女们到她的寺庙里去，却愿意到人家里来。即使是小家小户用粗茶淡饭招待她，她也会很高兴地前去。她不劝说妇女们布施财物，只劝她们存善心、做善事。

我的外祖父张雪峰家里有一个姓范的仆妇，捐献了一匹布料。尼姑双掌合十施礼感谢后，把布料在桌上放了一会儿，又拿起来交给这个仆妇，说："施主的功德，佛祖已经看到了。既然承蒙你施舍，那么这匹布料就是我的了。现在已经到了九月，而我刚才看见你的婆婆还穿着单薄的衣服。我把这些布送给你，给你婆婆做一件棉衣，可以吗？”那个仆妇局促得说不出一句话来，只是满脸羞愧的样子，连汗都流下来了。

先父姚安公说：“这个尼姑才是深刻领会了佛家的精髓。”可惜妇人们中间关于她的事迹流传不少，但竟然没有人能说出她的名字。

小僮之魂

窦东皋前辈言：前任浙江学政时，署中一小儿，恒往来供给使[①]。以为役夫之子弟，不为怪也。后遣移一物，对曰：“不能。”异[②]而询之，始自言为前学使之僮，殁而魂留于是也。盖有形无质，故能传语而不能举物。于事理为近。然则古书所载，鬼所能为，与生人无异者，又何说欤？

注 释

① 给使：供人役使。

② 异：感到奇怪。

译 文

窦东皋前辈说：他以前担任浙江学政的时候，官衙中有个小僮，常常跑来跑去地供人差遣。他以为是哪个下人的孩子，也没有

感到奇怪。后来，他让这个小僮去搬一件东西，小僮回答说："我做不到。"窦东皋很奇怪，问他为什么说做不到，这个小僮才告诉他自己本是前任学使的小僮，死后魂魄留在了这里，由于只有形象而没有实体，所以能够跑腿传话，但是却不能搬东西。

这说法倒是合乎情理，但是古书上曾经记载过，鬼所能做的事情，和活着的人没有差别，这又怎么解释呢？

渡河之鬼

外舅周箓马公家，有老仆曰门世荣。自言尝渡吴桥钩盘河，日已暮矣，积雨暴涨，沮洳[①]纵横，不知何处可涉。见二人骑马先行，迂回取道，皆得浅处，似熟悉地形者。因逐之行。将至河干，一人忽勒马立，待世荣至，小语曰："君欲渡河，当左绕半里许，对岸有枯树处可行。吾导此人来此，将有所为。君勿与俱败[②]。"疑为劫盗，悚然返辔[③]，从所指路别行，而时时回顾。见此人策马先行，后一人随至中流，突然灭顶，人马俱没；前一人亦化旋风去。乃知为报冤鬼也。

注 释

① 沮洳：低湿之地。

② 败：损害，损伤。

③ 返辔：调转马头。

译文

我的岳父马周箓先生家，有一个老仆人叫门世荣。他说，有一次他要渡过吴桥县的钩盘河，当时太阳已经要下山了，而且由于刚下了大雨，河水暴涨，水洼纵横交错，不知什么地方可以渡河。他看见两个人骑马走在前面，迂回着选择道路，走的都是水浅的地方，好像是熟悉地形的人，门世荣于是跟着他们向前走。

快要走到河边的时候，一个人忽然勒住了马，站住了，等门世荣到了跟前，小声对他说：“您要是想渡河，应当向左绕行半里多路，看到对岸有一棵枯树的地方，就可以过河。我引这个人来这里，有别的事情要做，您不要跟着他一起倒霉。”

门世荣怀疑他是抢劫的盗贼，惊恐地调转马头，顺着他所指的另一条路走去，却时时回头看。他看见这个人打着马走在前面，后面的那个人跟着他到了河中间，突然河水就没过了头顶，连人带马都沉了下去，前边那个人也化作一股旋风飞走了。门世荣这才知道那是来报仇怨的鬼。

工匠报隙

从弟[①]东白宅，在村西井畔。从前未为宅时，缭以周垣，环筑土屋。其中有屋数间，夜中辄有叩门声。虽无他故，而居者恒病[②]不安。一日，门旁墙圮，出一木人，作张手叩门状，上有符箓。乃知工匠有嗛[③]于主人，作是镇魇[④]也。故小人不可与轻作缘，亦不可与轻作难。

注释

① 从弟：堂弟。

② 病：因……而生病。

③ 有嗛：怀恨。

④ 镇魇：即"魇镇"，一种非常恶毒的诅咒。

译文

我的堂弟东白的住宅在村西的水井旁边。从前还没有建造这所住宅的时候，在这里围了一圈土墙，沿着土墙，又建了一圈土屋。其中有几间屋子，夜里总会有敲门声。虽然没有什么别的变故，但住在里面的人总是感到坐卧不安。

一天，门旁的一堵土墙倒塌了，掉出一个木头刻的小人来，做着抬手敲门的姿势，上面还贴有符箓。这才知道是工匠对主人怀有怨恨，埋下这个木人，用魇镇之术来诅咒他。所以说，不能轻易与小人交好，也不能轻易和小人为难。

鬼托汉鬼

陈瑞庵言，献县城外诸邱阜[①]，相传皆汉冢也。有耕者误犁一冢，归而寒热[②]谵语[③]，责以触犯。时瑞庵偶至，问："汝何人？"曰："汉朝人。"又问："汉朝何处人？"曰："我即汉朝献县人，故冢在此，何必问也？"又问："此地汉即名献县耶？"曰："然。"问："此地汉为河间国，县曰乐成。金始改献州。明乃改献县。汉朝安得有此名？"鬼不语。再问之，则耕者苏矣。盖传为汉冢，鬼亦习[④]闻，故依托以求食，而不虞[⑤]适[⑥]以是败也。

注释

① 邱阜：坟丘，坟包。

② 寒热：中医指怕冷发热的症状，即发烧。

③ 谵语：说胡话。

④ 习：对某事熟悉。

⑤ 虞：防备。

⑥ 适：恰恰。

译文

陈瑞庵说：献县城外的那些坟包，相传都是汉代的坟墓。有一个耕地的农夫不小心犁了一座坟，回家后就开始发烧，而且说胡话，这是坟墓里的鬼在怪他冒犯了自己。当时恰好陈瑞庵先生偶然到来，问鬼道："你是什么人？"鬼回答说："我是汉朝人。"陈瑞庵又问："你是汉朝什么地方的人？"鬼回答说："我就是汉朝

献县人，我的坟墓就在这儿，这又何必问。”陈瑞庵又问道：“这地方在汉朝的时候就叫献县吗？”鬼回答道：“是的。”陈瑞庵问：“这地方汉朝时是河间国封地，县名叫乐成，金朝时才改名为献州，明朝时又改名为献县。汉朝的时候怎么会是现在这个名字呢？”鬼不说话了。陈瑞庵再问时，那个农夫已经苏醒过来。

因为传说那里是汉代的坟墓，鬼也听习惯了，所以就假冒汉代的鬼来寻求祭祀，没想到却恰恰因此而露了馅。

匹夫之孝

河豚惟天津至多，土人食之如园蔬；然亦恒有死者，不必家家皆善烹治也。姨丈惕园牛公言：有一人嗜河豚，卒中毒死。死后见梦[①]于妻子曰：“祀我何不以河豚耶？”此真死而无悔也。又姚安公言：里有人粗[②]温饱，后以博[③]破家。临殁，语其子曰：“必以博具置棺中。如无鬼，与白骨同为土耳，于事何害？如有鬼，荒榛蔓草之间，非此何以消遣耶！”比大殓，佥[④]曰：“死葬之以礼，乱命不可从也。”其子曰：“独不云事死如事生乎？生不能几谏[⑤]，殁乃违之乎？我不讲学，诸公勿干预人家事。”卒从其命。姚安公曰：“非礼也，然亦孝子无已之心也。吾恶夫事事遵古礼，而思亲之心则漠然者也。”

注释

① 见梦：托梦。

② 粗：略微。

③ 博：赌博。

④ 佥：大家。

⑤ 几谏：对长辈委婉而和气地劝告。

译文

河豚只有天津最多，当地人吃它就像吃园中的蔬菜一样，但是也常有因此而中毒死去的人，这是因为不一定家家都善于烹煮这东西。我的姨丈牛惕园先生说：有一个人特别爱吃河豚，最终中毒而死。那人死后托梦给他的妻子说："祭祀我的时候为什么不用河豚呢？"这真可以说是死而无悔。

姚安公也曾经说：有个人的家境勉强能维持温饱，后来因为他赌博而败了家。临死前，他对儿子说："一定要把赌具放进我的棺材里。如果没有鬼魂，也只是让它与白骨一齐朽化为泥土罢了，有什么坏处呢？如果有鬼魂，在荒野蔓草之中，没有它我怎么消遣呢？"

等到装殓的时候，人们都说："人死了要根据礼数来下葬，临终前神志昏乱时留下的遗言是不能遵从的。"他儿子说："你们为什么独独不说侍奉死者应该像伺候活人一样呢？他生前我无法劝阻他，难道他死了我还要违拗他吗？我不信道学，诸位也别来干预别人家的事情。"他最终还是遵从了父亲的遗命。

姚安公说："这种做法不合礼仪，但也体现了孝子无法遏制

的孝心。我讨厌那些事事遵循古礼，而追思亲人的心情却很淡薄的人。”

鬼言难信

同年邹道峰言：有韩生者，丁卯夏读书山中。窗外为悬崖，崖下为涧。涧绝陡，两岸虽近，然可望而不可至也。月明之夕，每见对岸有人影，虽知为鬼，度其不能越，亦不甚怖。久而见惯，试呼与语，亦响应。自言是坠涧鬼，在此待替。戏以馀酒凭窗洒涧内，鬼下就饮，亦极感谢。自此遂为谈友①，诵肄②之暇，颇消岑寂。一日试问：“人言鬼前知，吾今岁应举，汝知我得失否？”鬼曰：“神不检籍，亦不能前知，何况于鬼？鬼但能以阳气之盛衰，知人年运；以神光之明晦，知人邪正耳。若夫禄命，则冥官执役之鬼，或旁窥窃听而知之；城市之鬼，或辗转相传而闻之；山野之鬼弗能也。城市之中，亦必捷巧③之鬼乃闻之，钝鬼亦弗能也。譬君静坐此山，即官府之事不得知，况朝廷之机密乎？”一夕，闻隔涧呼曰：“与君送喜。顷城隍巡山，与社公相语，似言今科解元是君也。”生亦窃自贺。及榜发，解元乃韩作霖，鬼但闻其姓同耳。生太息曰：“乡中人传官里事，果若斯乎？”

注 释

① 谈友：能够交谈的朋友。

② 诵肄：读书修业。

③ 捷巧：敏捷机巧。

译 文

与我同年中举的邹道峰说：有个姓韩的书生，丁卯年夏天住在山里读书。他的窗户外面是悬崖，悬崖下面是山涧。山涧非常陡峭，两边的峭壁虽然相距很近，却是可望而不可即。

在月光明亮的夜晚，常常能看见对面有个人影，韩生虽然知道那一定是鬼，但想到他不能越过山涧，也不怎么害怕。时间长了，韩生渐渐习惯了，就试着喊他，和他说话，对面的鬼也有回应。那个鬼自称是坠入山涧中摔死的，在这里等着找替身。韩生有时候开玩笑，把喝剩下的酒从窗口洒到山涧里，鬼就在山涧下面把酒喝了，并表示非常感谢。从此以后，韩生就和鬼成了能够交谈的朋友，在读书的间隙，也能消愁解闷。

一天，韩生试探地问鬼："人们都说鬼能够预知。我今年要去应举，你知道不知道我能不能考中？"鬼说："神仙不翻查记录，也不能预知，何况是鬼呢？鬼只能通过一个人阳气的盛衰，了解这个人的寿数与命运，根据一个人神光的明暗，了解这个人是正直还是邪恶。至于官场前途之类的事，那些冥官和供差遣的鬼，有的时候会趁着在旁

边观看或者偷听才能够知道；城市里的鬼，能够辗转地听到传闻；而山野里的鬼是做不到的。即使是在城市里面，也只能是那些机灵乖巧的鬼才能够听到这些消息，愚钝的鬼也做不到。就比如说您现在独自住在山里，就连官府的事也还不知道，更何况是朝廷的机密呢！”

一天夜里，韩生听见鬼隔着山涧喊他道："给您报喜了。刚才城隍到这里巡山，和土地聊了会儿天，好像说这次科举的解元正是您。”韩生也暗自庆贺。但等到发榜时，解元却是一个叫韩作霖的人，鬼只听到了相同的姓氏罢了。韩生叹息道："乡里的人传言官府中的事情，也就像这样吧？”

醇厚君子

先师陈白崖先生言：业师[①]某先生（忘其姓字，似是姓周。）笃信洛闽[②]，而不鹜[③]讲学名，故穷老以终，声华[④]阒寂[⑤]。然内行[⑥]醇至[⑦]，粹然古君子也。尝税居[⑧]空屋数楹，一夜，闻窗外语曰："有事奉白[⑨]，虑君恐怖，奈何？”先生曰："第[⑩]入无碍。”入则一人戴首于项，两手扶之；首无巾而身襕衫[⑪]，血渍其半。先生拱之坐，亦谦逊如礼。先生问："何语？”曰："仆不幸，明末戕于盗，魂滞此屋内。向有居者，虽不欲为祟，然阴气阳光，互相激薄[⑫]，人多惊悸，仆亦不安。今有一策：邻家一宅，可容君眷属，仆至彼多作变怪，彼必避去；有来居者，扰之如前，必弃为废宅。君以贱价售之，迁居于彼。仆仍安居于此。不两得乎？”先生曰：“吾平生不作机械事，况役鬼以病[13]人乎？义不忍为。吾读书此室，图少静耳。君既在此，即改以贮杂物，日扃锁[14]之可乎？”鬼愧谢曰：“徒见君案上有性理，故敢以此策进，不知君竟真道学，仆失言矣。既荷[15]见容，即托宇下可也。”后居之四年，寂无他异。盖正气足以慑之矣。

注 释

① 业师：教过自己的老师。

② 洛闽：洛学和闽学的合称，即程朱理学。

③ 骛：争求，追求。

④ 声华：声誉，名声。

⑤ 阒寂：寂静。

⑥ 内行：平日的操行。

⑦ 醇至：通“淳至”，淳朴，至诚。

⑧ 税居：租住。

⑨ 奉白：奉告，告诉你。白，说。

⑩ 第：但，只要。

⑪ 襕衫：古代的公服，读书人也多穿着。

⑫ 激薄：接触，撞击。

⑬ 病：祸害。

⑭ 扃锁：锁闭。

⑮ 荷：承蒙。

译 文

先师陈白崖先生说：他的启蒙老师某先生（忘了他的姓名，好像是姓周。）笃信程朱理学，却并不追求道学家的名声，所以他最终穷困地老死了，毫无声名。但他的操行淳朴至诚，纯粹得像古代的君子。

他曾经租了别人家几间空屋居住，一天夜里，他听见窗外有人说："我有事想要告诉您，可又担心先生您害怕，怎么办呢？"那位先生说："你进来就行，没有关系。"于是那个人就进来了，只见他的头虚放在脖子上，用两只手扶着，头上没有戴头巾，身上穿着读书人的服饰，衣服大半都被血浸透了。

那位先生拱手请他坐下，这个鬼也谦逊有礼。那位先生问："您有什么话要说？"这个鬼说道："我很不幸，在明朝末年被强盗杀死，魂魄滞留在这间屋子里。以前也有人住在这里，我虽不想作祟祸害他们，但是阴阳二气相互冲激，居住的人常常受到惊吓，我也不得安宁。现在我想出了一个办法：邻家有一处宅院，足够容纳您的家眷，我到那里去多制造一些怪异的事件，那家人一定会搬走；如果有别人来住，我也像之前一样惊扰他们，那么这间宅子一定会被弃置在那，成为废宅。您用便宜的价格将它买下来，搬到那里去住，而我还安安心心地住在这里。这不是两全其美吗？"

那位先生说："我平生从来不做机巧的事，更何况是驱使鬼魅去祸害别人呢？我在道义上不忍心这样做。我在这间屋里读书，也是图的稍微能够清静一点。您既然在这里，那我就把这几间屋子用来放置杂物，每天都锁上门可以吗？"

鬼听完了这话，十分惭愧地道歉道："我见到您案头上有关于性理方面的书，所以才敢出这个主意，不想您是个真正的道学家，我刚才的话太冒失了。既然承蒙您能够容得下我，我只要能留在这屋子的房檐下就可以了。”

后来，那位先生在这里住了四年，再没有出现什么变故。这是因为那位先生的一身正气能够威慑住那个鬼。

谅狐得报

梅村又言：有姜挺者，以贩布为业，恒携一花犬自随[①]。一日独行，途遇一叟呼之住。问：“不相识，何见招[②]？”叟遽叩首有声曰：“我狐也。夙生负君命，三日后君当嗾[③]花犬断我喉。冥数已定，不敢逃死。然窃念事隔百馀年，君转生人道，我堕为狐，必追杀一狐，与君何益？且君已不记被杀事，偶杀一狐，亦无所快于心。愿纳女自赎，可乎？”姜曰：“我不敢引狐入室，亦不欲乘危劫人女。贳[④]则贳汝，然何以防犬终不噬也？”曰：“君但手批[⑤]一帖曰：‘某人夙负，自愿销除。’我持以告神，则犬自不噬。冤家债主，解释须在本人，神不违也。”适携记簿纸笔，即批帖予之。叟喜跃去。后七八载，姜贩布渡大江，突遇暴风，帆不能落，舟将覆。见一人直上樯竿杪[⑥]，掣断其索，骑帆俱落，望之似是此叟，转瞬已失所在矣。皆曰：“此狐能报恩。”余曰：“此狐无术自救，能数千里外救人乎？此神以好生延其寿，遣此狐耳。”

注 释

① 自随：跟着自己。

② 见招：召唤我。

③ 嗾：指使，教唆。

④ 贳：宽纵，赦免。

⑤ 批：批写。

⑥ 杪：树枝的细梢。

译 文

梅村又说：有个叫姜挺的人，以贩卖布料为生，他时常带着一只花狗跟着自己。一天，他独自外出，半路上碰到一位老者将他叫住。姜挺问："我与您并不相识，您叫我有什么事吗？"老者忽然对着他磕头，发出"砰砰"的声响，说："我是狐狸，在前生欠了您一条命，三天后，您会指使那条花狗来咬断我的喉咙。我的寿数已定，不敢逃避死亡。然而，我个人认为，事情已经过去了一百多年，况且您已经转生为人，我却沦为狐身，您一定要追杀一只狐狸，于您有什么好处呢？而且您也已经不记得前生被杀的事情，偶然间杀死一只狐狸，您的心里也不会感到快乐。我愿意把女儿奉献给您，用来赎回我自己的这条命，可以吗？"

姜挺说："我不敢引狐入室，也不愿意乘人之危而夺人之女。饶恕是可以饶恕你，但是有什么办法使我的花狗最终不去咬你呢？"老者说："您只要手写一个帖子，在上面写道：'某人前生欠我的，如今我自愿一笔勾销。'我拿这帖子禀告神明，狗就不会再咬我了。像这种报怨讨债的事，需要冤家债主本人来化解这段仇怨，神明是不会违背他的意愿的。”正巧姜挺随身带着记账用的纸笔，就写了一个帖子给了老者。老者高兴地蹦跳着走了。

过了七八年，姜挺出外贩布，需要渡过长江，突然遇上了暴风，船帆不能够降下来，眼看船就要翻了。这时只见一个人飞快地爬上桅杆的顶端，扯断了绳索，然后骑着船帆一同落下来，看上去像是那个老者，但转眼间就不见了踪影。

大家都说："这是狐狸在报恩。"我说："这狐狸都没有办法救自己，又怎么能到几千里外去救人呢？这是神明看到姜挺有放生的功劳，特意延长他的寿命，所以才派这只狐狸前往救援他。"

参将占验

甘肃李参将名璇，精康节[①]观梅之术[②]，占事多验。平定西域时，从大学士温公在军营。有兵士遗火[③]，焚辕前枯草，阔丈许。公使占何祥[④]，曰："此无他，公数日内当有密奏耳。火得枯草，行最速，急递之象也；烟气上升，上达之象也。知为密奏，凡密奏，当焚草也。"公曰："我无当密奏事。"曰："遗火亦无心，非预定也。"既而果然。其占人终身，则使随手拈一物，或同拈一物，而所断又不同。至京师时，一翰林拈烟筒，曰："贮火而其烟呼吸通于内，公非冷局[⑤]官也；然位不甚通显[⑥]，尚待人吹嘘故也。"问："历[⑦]官当几年？"曰："公毋怪直言。火本无多，一熄则为灰烬，热不久也。"问："寿几何？"摇首曰："铜器原可经久，然未见

百年烟筒也。”其人愠去。后岁馀，竟如所言。又一郎官同在座，亦拈此烟筒，观其复何所云。曰：“烟筒火已息，公必冷官也。已置于床，是曾经停顿也；然再拈于手，是又遇提携复起矣。将来尚有热时，但热后又占与前同耳。”后亦如所言。

注 释

① 康节：即邵雍，北宋著名理学家、数学家、诗人，精通占卜之术。

② 观梅之术：梅花占验之术。

③ 遗火：遗落火种。

④ 祥：指有关吉凶的征兆。

⑤ 冷局：冷落的衙门。

⑥ 通显：指官位高、名声大。

⑦ 历：担任。

译 文

甘肃参将李璇精通邵雍的梅花占卜之术，占卜的结果往往很灵验。平定西域的时候，他跟着大学士温公在军营中，有一位士兵不慎弄掉了火种，烧着了辕门前一丈多宽的一片枯草。温公让他占卜这预示着什么。他说：“这没有别的意思，只是您这几天之内会有密折上奏。火遇到了枯草，烧起来最快，所以是紧急传递的象征，烟气向上升，是向上送达的迹象。我因此知道是密奏，而且凡是密奏，都要将草稿烧掉。”温公说：“我没有要密奏的事。”李璇说：“弄掉火种也是无意的，并不是预先定好的。”后来果然如此。

他为别人占卜一生的运势，只需要那人随手拿一样东西就可以。但有时几个人拿同样一件东西，占卜结果却又截然不同。回到京城后，一位翰林学士拿着烟袋请他占卜。他说："烟袋中贮存着火，烟通过呼吸在里边通行，这说明您不是冷落的衙门中的官员。但是您的官运不大通达，是因为还需要别人吹嘘提携。"那位翰林学士又问自己能做几年的官。他说："您不要怪我直说，烟袋中火本来就不多，一旦熄灭之后就化为灰烬，热的时间就不会长了。"翰林问自己的寿命有多长。他摇摇头说："铜制器物本可经历很长时间，但世上从没人见过一百年的烟袋。"翰林不高兴地走了。过了一年多，事情果然和他说的一样。

当时一位郎官一同在座，也拿起这支烟袋请他占卜，看他还会怎么说。他说："烟袋中的火已经熄灭，您必定是一个冷落的衙门里的官员。烟袋已经放在了床上，这是说明您的官运曾经有所停滞。但是它又被拿在手里，说明您又遇到了愿意提携您的人，要被重新起用了，将来还会有热的时候。不过热了之后的结果又和前面一位的占卜结果相同了。"后来果然和他说的一样。

代醯之虫

李又聃先生言：东光毕公（偶忘其名，官贵州通判，征苗时运饷遇寇，血战阵亡者也。）尝奉檄[①]勘苗峒地界，土官盛谳款接。宾主各一磁盖杯置面前，土官手捧启视，则贮一虫如蜈蚣，蠕蠕旋动。译者云，此虫兰开则生，兰谢则死，惟以兰蕊为食，至不易得。今喜值兰时，搜岩剔穴，得其二。故必献生[②]，表至敬也。旋以盐末少许洒杯中，覆之以盖。须臾启视，已化为水，湛然净绿，莹澈如琉璃，兰气扑鼻。用以代醯[③]，香沁齿颊，半日后尚留馀味。惜未问其何名也。

注释

① 檄：檄文，官府用以征召或声讨的文书。

② 献生：活着献上来。

③ 醯：醋。

译文

李又聃先生说：东光的毕公（我忘记了他的名字，就是曾任贵州通判，征讨苗民时负责运送粮饷遇到匪徒袭击、血战阵亡的那位。）曾奉命去勘定苗族人居住的地界，苗族酋长大办酒宴接待他。主客的面前各放着一个杯子，用瓷盖盖着，酋长用手捧起杯子，打开来让毕公看，只见一条样子像蜈蚣的虫在杯里蠕动盘旋。

翻译说：这虫在兰花开时出生，兰花谢时就会死，只以兰花的花蕊为食，非常不容易抓到。值得高兴的是，现在刚好是兰花开放的时节，在岩缝洞穴中到处搜寻，才抓到了这两条。所以一定要把它活着献给您，以表示我们至高的敬意。

接着他们把一点盐末撒在了杯子里，用盖子把它盖上。过了一会儿再打开来看，虫已经化成了水，呈现出清澈透明的绿色，像玻璃一样晶莹，兰花香气扑鼻。用它来代替醋，香味盈满了齿颊间，过了大半天嘴里还残留着香味。可惜的是，当时并没有问这种虫叫什么名字。

驭蝶之女

慎人又言：一日，庭花盛开，闻婢妪惊相呼唤。推窗视之，竞以手指桂树杪，乃一蛱蝶大如掌，背上坐一红衫女子，大如拇指，翩翩翔舞。斯须过墙去，邻家儿女又惊相呼唤矣。此不知为何怪，殆所谓花月之妖欤？说此事时，在刘景南家，景南曰："安知非闺阁游戏，以蓪草[①]花朵中人物，缚于蝶背而纵之耶？"是亦一说。慎人曰："实见小人在蝶背，有磬控[②]驾驭之状，俯仰顾盼，意态生动，殊不类偶人也。"是又不可知矣。

注 释

① 蓪草：又名通脱木、木通树、通草及天麻子等，是一种常绿灌木。

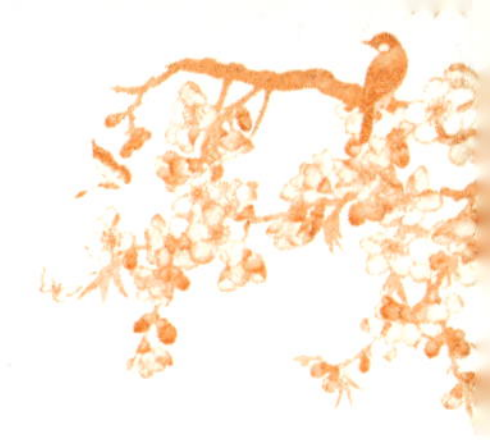

② 磬控：驾驭。

译 文

慎人又说：有一天，庭院里的鲜花都盛开了，忽然听到家里的丫环仆妇们相互呼唤着惊叹起来。他推开窗户，只见她们都争先恐后地用手指着桂树的顶端。原来是一只巴掌大的蝴蝶，背上坐着一个穿红色衣服的女子，像大拇指那么大，翩翩飞舞而来。不一会儿，这只大蝴蝶就飞过墙去了，邻居家的小孩子们又惊叫起来。

不知道这是什么妖怪，大概就是所谓的受花朵和月光的精气而催生的妖怪吧。我们谈论起这件事的时候，正在刘景南的家里，刘景南说："又怎么知道这不是闺房中女孩子们玩的游戏，把草扎成一个小人儿，把它绑在蝴蝶背上，然后把蝴蝶放掉呢？"这也算是一种说法。慎人说："我确实见到那小人在蝴蝶背上，做出驾驭控制的样子，而且俯仰顾盼之间，神情和姿态都特别生动，根本不像是人偶。"这又不知道究竟是怎么回事了。

猛虎之败

三座塔（蒙古名古尔板苏巴尔，汉唐之营州柳城县，辽之兴中府也。今为喀剌沁右翼地。）金巡检（裘文达公之侄婿，偶忘其名。）言：有樵者山行遇虎，避入石穴中，虎亦随入。穴故嵌空[①]而缭曲[②]，辗转内避，渐不容虎。而虎必欲搏樵者，努力强入。樵者窘迫，见旁一小窦[3]，尚足容身，遂蛇行而入；不意蜿蜒数步，忽睹天光，竟反出穴外。乃力运[4]数石，窒[5]虎退路，两穴并聚柴以焚之。虎被薰灼，吼震岩谷，不食顷，死矣。此事亦足为当止不止之戒也。

注 释

① 嵌空：凹陷。

② 缭曲：缭绕曲折。

③ 窦：小洞。

④ 运：搬运。

⑤ 窒：阻塞。

译 文

三座塔（蒙古名叫作古尔板苏巴尔，就是汉代和唐代时隶属营州的柳城县，辽代的兴中府，如今是喀喇沁的右部。）的巡检金某（是裘文达公的侄婿，我忘记了他的名字。）说：有个樵夫在山中行走，碰见了老虎，躲进了石洞里，老虎也跟了进去。那个石洞向内凹陷而蜿蜒曲折，樵夫一点一点地往里面躲，洞渐渐地容不下老虎了，但老虎还是硬往里钻。

樵夫的处境十分窘迫，看见旁边有一个小洞，能够容得下身子，于是便爬了进去。不料刚曲曲折折地爬了几步，忽然看见了光亮，竟从那里爬出了洞外。他努力搬来几块大石头，堵住了老虎的退路，在两头堆积柴草焚烧。老虎被熏得发出足以震动山谷的吼声，不到一顿饭工夫，竟被熏死了。这件事也足以作为那些应当停

止却不停止的人的训诫。

吏役无恩

献县一令，待吏役至有恩。殁后，眷属尚在署，吏役无一存问①者。强②呼数人至，皆狰狞相向，非复曩③时。夫人愤恚④，恸哭柩前，倦而假寐。恍惚见令语曰："此辈无良，是其本分。吾望其感德，已大误，汝责其负德，不又误乎？"霍然忽醒，遂无复怨尤⑤。

注 释

① 存问：慰问。

② 强：勉强。

③ 曩：以往，从前。

④ 愤恚：痛恨，怨恨。

⑤ 怨尤：怨恨。

译 文

献县的一个县令，对手下的小吏与衙役非常有恩义。他死后，他的家属还在衙中，可那些小吏和衙役竟没有一个过来凭吊慰问的，勉强叫了几个人过来，一个个也都是以狰狞的脸色相对，再不是以前的样子。夫人又恨又气，在县令的灵柩前放声痛哭。哭累了，闭上眼睛打了个盹儿，恍惚中看见县令对她说："这些人没有良心，是他们的本性。我指望他们感念我的恩德，已经是大错，你责备他们忘恩负义，不又是大错特错了么？"夫人猛然醒了过来，于是就不再心怀怨恨了。

畏狐之狐

季沧州言：有狐居某氏书楼中数十年矣，为整理卷轴，驱除虫鼠，善藏弆[①]者不及也。能与人语，而终不见其形。宾客宴集，或虚置一席，亦出相酬酢[②]，词气恬雅[③]，而谈言微中[④]，往往倾其座人。一日，酒纠[⑤]宣觞政[⑥]，约各言所畏，无理者罚，非所独畏者亦罚。有云畏讲学者，有云畏名士者，有云畏富人者，有云畏贵官者，有云畏善谀者，有云畏过谦者，有云畏礼法周密者，有云畏缄默慎重、欲言不言者。最后问狐，则曰："吾畏狐。"众哗笑曰："人畏狐可也，君为同类，何所畏，请浮[⑦]大白[⑧]。"狐哂曰："天下惟同类可畏也。夫瓯、越[⑨]之人，与奚、霫[⑩]不争地；江海之人，与车马不争路。类不同也。凡争产者，必同父之子；凡争宠者，必同夫之妻；凡争权者，必同官之士；凡争利者，必同市之贾。势近则相碍，相碍则相轧耳。且射雉者媒[⑪]以雉，不媒以鸡鹜[⑫]；捕鹿者由[⑬]以鹿，不由以羊豕。凡反间[⑭]内应，亦必以同类，非其同类不能投其好而入，伺其隙而抵[⑮]也。由是以思，狐安得不畏狐乎？"座有经历险阻者，多称其中理。独一客酌酒狐前曰："君言诚确，然此天下所

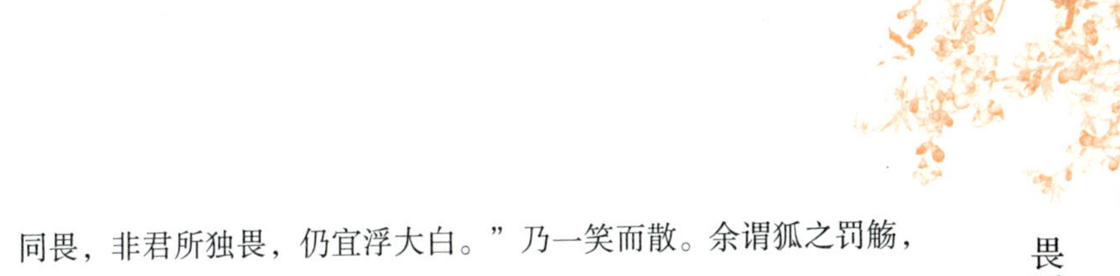

同畏，非君所独畏，仍宜浮大白。”乃一笑而散。余谓狐之罚觞，应减其半，盖相碍相轧，天下皆知之；至伏肘腋之间，而为心腹之大患，托水乳之契，而藏钩距[16]之深谋，则不知者或多矣。

注 释

① 藏弆：收藏，藏贮。

② 酬酢：宾主互相敬酒，泛指交际、应酬。

③ 恬雅：沉静文雅。

④ 微中：微妙而又恰中要害。

⑤ 酒纠：以前人们饮宴时，劝酒监酒令的人。

⑥ 觞政：酒令。

⑦ 浮：漂在水面上，古人宴饮时多以“流觞曲水”的游戏助兴，将酒杯放在水面上，漂到谁的面前谁就喝酒。

⑧ 大白：一大杯酒。

⑨ 瓯、越：古代地名，在海边。

⑩ 奚、霫：古代民族名，在平原地区。

⑪ 媒：媒头，诱捕用的道具。

⑫ 鹜：野鸭。

⑬ 由：以，用。

⑭ 反间：间谍。

⑮ 抵：顶撞，冲突。

⑯ 钩距：犹机谋。

译 文

季沧州说：有个狐仙住在某人的书楼上已经几十年了，为主人整理书卷，驱除虫鼠，即使是善于收藏管理图书的人也比不上它。它能够和人说话，但始终不现出形象来。主人宴请宾客的时候，有时为它设置一个席位，它也出来和人们相互应酬，谈吐文雅，所说的话往往微妙而切中要害，让在座的所有人都为之倾倒。

一天，令官宣布酒令规定：在座之人各说出自己所怕的事物，说得不合道理的要受罚，说出来的事物不是他自己一个人所害怕的也要受罚。于是，有人说怕讲学家，有人说怕名士，有人说怕富人，有人说怕显贵的官员，有人说怕善于拍马屁的人，有人说怕过分谦虚的人，有人说怕礼数太多的人，有人说怕生性缄默、为人慎重、有话想说又不说的人。

最后问狐仙，狐仙说：“我害怕狐仙。”众人哄然大笑道：“要说人怕狐仙还差不多，您跟它们是同类，有什么可怕的呢？讲得没道理，请您喝一大杯。”

狐仙讥笑地说：“天下只有同类是最可怕的。南方瓯、越地区的人，不会与北方奚、霫地区的人争夺土地；生活在江河海边的渔民，不会与在陆上乘着车马的人争夺陆路。这是因为他们不是同类的人。凡是争夺财产的，一定是同一个父亲所生的儿子；凡是相互争宠的，一定是同一个丈夫的妻子；凡是争夺权力的，一定是同朝的官员；凡是争夺利益的，一定是同一个市场上的商人。他们的情况接近，所以就会相互妨碍，相互妨碍就会彼此倾轧。猎人射野鸡时，要以野鸡做诱饵，而不用家鸡和野鸭；捕鹿时以鹿为诱饵，而不用猪羊。凡是那些做间谍、内应的人，也必定与要害的人是同一

类人，不是同一类人就不能投其所好，等待机会而突然发难。由这一点来推想，狐仙怎么能不怕狐仙呢？”

在座的一些经历过生活磨难的人，大都称赞狐仙说的话非常有道理。只有一位客人斟满了一杯酒，端到狐仙的座前说：“您的话确实很正确，不过，这些是天下人都害怕的，并不是您一个人所怕的，您还是应该喝了这一大杯。”众人一笑而散。

我认为罚狐仙的酒，应该减去一半。因为相互妨碍，相互倾轧，天下的人都能够看出来；至于潜伏在身边的心腹大患，表面上感情十分深厚融洽，但是内里却包藏着深远的祸心，看不出来的人可就多了。

尸解之狐

哈密屯军，多牧马西北深山中。屯弁[①]或往考牧[②]，中途恒憩一民家。主翁或具瓜果，意甚恭谨。久渐款洽，然窃怪其无邻无里，不圃不农，寂历空山，作何生计。一日，偶诘其故。翁无词自解，云实蜕形之狐。问：“狐喜近人，何以僻处？狐多聚族，何以独居？”曰：“修道必世外幽栖，始精神坚定。如往来城市，则嗜欲日生，难以炼形服气，不免于媚人采补，摄取外丹。傥所害过多，终干天律。至往来墟墓，种类太繁，则踪迹彰明，易招弋猎[3]，尤非远害之方。故均不为也。”屯弁喜其朴诚，亦不猜惧，约为兄弟，翁亦欣然。因出便旋[4]，循墙环视。翁笑曰：“凡变形之狐，其室皆幻；蜕形之狐，其室皆真。老夫尸解以来，久归人道，此并葺茅伐木，手自经营，公毋疑如海市也。”他日再往，屯军告月明之夕，不睹人形，而石壁时现二人影，高并丈馀，疑为鬼物，欲改牧厂。屯弁以问，此翁曰：“此所谓木石之怪夔罔两[5]也。山川精气，翕合[6]而生，其始如泡露，久而渐如烟雾，久而凝聚成形，尚空虚无质，故月下惟见其影；再百馀年，则气足而有质矣。二物吾亦尝见之，不为人害，无庸避也。”后屯弁泄其事，狐遂徙去。惟二影今尚存焉。此哈密徐守备所说。徐云久拟同屯弁往观，以往返须数日，尚未暇也。

注 释

① 屯弁：管理屯田的小吏。

② 考牧：考察放牧情况。

③ 弋猎：射猎，狩猎。

④ 便旋：小便，解手。

⑤ 夔罔两：山鬼。

⑥ 翕合：协调一致。

译文

哈密的驻军大多在西北的深山中牧马。管理屯田的小吏有时去考察放牧情况，中途常常会住在一户百姓的家里。这家主人常常会端来瓜果款待客人，态度也十分恭谨，时间长了，便渐渐熟悉起来。但是那个小吏却暗自奇怪这个老翁既没有邻居，又不种庄稼，也不种菜，在这深山之中，以什么为生呢？有一天，偶然问起了其中的缘由，老翁回答不上来，便只好说自己其实是蜕去了原形的狐狸。

小吏问道："狐狸喜欢接近人，你为什么住在这偏僻之地？狐狸大多聚族而居，你为什么独自住在这儿呢？"老翁说："修道必须在远离尘世的幽静地方独自居住，这样才能做到精神坚定。如果往来于城市，那么各种欲望就会日益增长，难于炼形补气，这就不免媚惑人来采补精气、摄取外丹。如果害的人太多，最终会违犯天条。至于往来于坟墓之间，那里族类繁多，踪迹就很明显，容易引来猎人，这更加不是远离灾祸的办法，所以这些我都不做。"小吏喜欢老翁的诚实，因此也不猜忌与惧怕，便要和他结为兄弟，老翁也十分高兴。

有一次，小吏出门解手，随即就绕着围墙打量了起来。老翁笑道："凡是变形的狐狸，它的屋子也是假的；蜕去原形的狐狸，屋子都是真的。我自从蜕去狐狸的原形以来，归于人道已经很久了，这座房子就是我割草砍树，亲手盖起来的，你不要怀疑这是像海市蜃楼那样的东西。"

有一天，小吏又到牧场考察，驻军兵士告诉他，在月光明亮的晚上，周围没有人，但是石壁上时常会显出两个人影，都有一丈多高，怀疑是鬼物，因此打算更换牧场。小吏对老翁说了这事，老翁说："这就是所谓的由木石精气催生的山鬼。它们是由山川的精气协调而生成的。刚开始时它们只像泡影和露水那样一出现就隐没，时间长了渐渐就像烟雾一样缥缈隐现，时间再长一些就凝聚成形了。但这个时候它们还是空虚的，没有实体，所以只能在月光下才能看见，再过一百多年，它们精气足了，就有实体了。这两个影子我也曾见过，它们不害人，不用避开它们。"

后来小吏泄露了这件事，老翁便迁走了，只有那两个影子如今还在。这件事是哈密的徐守备告诉我的。徐守备说早就打算跟小吏一起去看看，但因为来回需要好几天时间，还没有抽出空闲来。

妖道惑人

门人葛观察正华，吉州人，言其乡有数商，驱骡纲[①]行山间。见樵径上立一道士，青袍棕笠，以尘尾[②]招其中一人曰："尔何姓名？"具以对。又问籍何县，曰："是尔矣，尔本谪仙，今限满当归紫府[③]。吾是尔本师[④]，故来导尔。尔宜随我行。"此人私念平生不能识一字，鲁钝如是，不应为仙人转生；且父母年已高，亦无弃之求仙理，坚谢不往。道士太息，又招众人曰："彼既堕落，当有一人补其位。诸君相遇，即是有缘，有能随我行者乎？千载一遇，不可失也。"众亦疑骇无应者，道士咈然[⑤]去。众至逆旅[⑥]，以此事告人。或云仙人接引，不去可惜。或云恐或妖物，不去是。有好事

者，次日循樵径探之，甫登一岭，见草间残骸狼藉，乃新被虎食者也。惶遽而返。此道士殆虎伥[7]欤？故无故而致非常之福，贪冒[8]者所喜，明哲[9]者所惧也。无故而作非分之想，侥幸[10]者其偶，颠越[11]者其常也。谓此人之鲁钝，正此人之聪明可矣。

注 释

① 骡纲：结队而行驮载货物的骡群。

② 尘尾：古人闲谈时执以驱虫、掸尘的一种工具。

③ 紫府：仙人居住的宫殿。

④ 本师：所从授业的老师。

⑤ 咈然："咈"通"怫"，不高兴的样子。

⑥ 逆旅：旅馆。

⑦ 虎伥：人被老虎吃掉后，他的鬼魂反而帮助老虎吃人，这样的鬼魂叫作"伥鬼"。

⑧ 贪冒：贪图财利。

⑨ 明哲：明智，通达事理。

⑩ 侥幸：企求非分，意外获得成功或免除灾害。

⑪ 颠越：陨落，坠落，此处指失败。

译 文

我的学生观察御史葛正华是吉州人，他说他的老家有几个商人，赶着驮载着货物的骡队在山中走，看到打柴的小道上站着一个道士，身穿青袍，头戴棕笠，甩动着尘尾招呼其中一个人说："你姓什么？叫什么名字？"那人一一回答了。道士又问他的籍贯是哪个县，接着说：“就是你了。你本来是被贬下凡的仙人，如今期限已满，应该回到仙界去了。我是你的师父，所以特意来引导你，你跟我走吧。”

这人暗想自己这一辈子连字都不认识一个，愚笨到这个地步，不应当是仙人转世。况且父母的年纪已经很大了，也没有丢下他们去追求仙道的道理，于是坚决推辞不去。道士叹了口气，又对大家说：“他既然自愿堕落凡间，那么应当有一个人顶替他的仙位。你们诸位既然与我相遇，那就是有缘分，有愿意跟我走的吗？这种机会千年难遇，不能错过了。”大家又怀疑又害怕，没有人回应他，道士不高兴地走了。

大家回到了旅馆，把这件事告诉了别人。有人说仙人来迎接，不去可惜；有人说可能是妖物，不去是好事。有好事的人第二天沿着山道去寻找，刚登上一道山岭，就看见草丛中散落着人的残骸，是刚刚被老虎吃掉的。于是那个人就惊慌地跑回来了。

这个道士莫非是伥鬼吗？所以说，无缘无故地得到非同一般的福分，是贪婪者所欢喜的，却是明智者所惧怕的。无缘无故地产生非分之想，侥幸成功是偶然的，而失败却是常见的。可以说，这人的蠢笨之处，正是他的聪明之处。

神难决断

天下事，情理而已。然情理有时而互妨[①]。里有姑虐其养媳者，

惨酷无人理，遁归母家。母怜而匿别所[2]，诡云[3]未见，因涉讼[4]。姑以朱老与比邻，当见其来往，引为证。朱私念言女已归，则驱人就死；言女未归，则助人离婚。疑不能决，乞签于神。举筒屡摇，签不出。奋力再摇，签乃全出。是神亦不能决也。辛彤甫先生闻之曰："神殊愦愦！十岁幼女，而日日加炮烙[5]，恩义绝矣。听其逃死不为过。"

注释

① 妨：阻碍，伤害。

② 别所：正宅以外的宅邸。

③ 诡云：撒谎说，谎称。

④ 涉讼：牵涉到诉讼之中，打官司。

⑤ 炮烙：古代一种将人活活烙死的酷刑，这里指用烙铁一类的东西烫。

译文

天下的事，不过是"情""理"二字而已。然而"情"与"理"有的时候也会互相妨碍。我的乡邻中有一户婆婆虐待童养媳的人家，手段残酷，毫无人道，童养媳偷偷跑回了娘家。母亲心疼女儿，就把她藏到了别的地方，而对婆家撒谎说没有见到女儿，于是两家打起了官司。

婆婆认为一个姓朱的老头儿与童养媳的娘

家是邻居，那么一定看见过童养媳回家，所以请他到官府去做证。朱老头私下琢磨：说那个童养媳回来了，就是逼着人去死；说童养媳没回来，又等于帮助别人离婚。他犹豫不决，就去向神明求签。他举着签筒摇了好几次，一根签也没有掉出来。用力再摇，所有的签全都掉了出来。这是神明也难以决断这件事啊。

辛彤甫先生听说了这件事后说："这个神也太糊涂了！一个十来岁的小女孩，终日被酷刑折磨，婆家的恩情早就断了。任凭她逃生也不是过错。"

孝感大盗

余十一二岁时，闻从叔[①]灿若公言：里有齐某者，以罪戍[②]黑龙江，殁数年矣。其子稍长，欲归其骨，而贫不能往，恒蹙然[③]如抱深忧。一日，偶得豆数升，乃屑以为末，水抟成丸；衣[④]以赭土，诈为卖药者以往，姑以给取数文钱供口食耳。乃沿途买其药者，虽危证亦立愈。转相告语，颇得善价，竟借是达戍所，得父骨，以箧负归。归途于窝集遇三盗，急弃其资斧[⑤]，负箧奔。盗追及，开箧见骨，怪问其故。涕泣陈述。共悯而释之，转赠以金。方拜谢间，一盗忽擗踊[⑥]大恸曰："此人孱弱如是，尚数千里外求父骨。我堂堂丈夫，自命豪杰，顾乃不能耶？诸君好住，吾今往肃州矣。"语讫，挥手西行。其徒呼使别妻子，终不反顾，盖所感者深矣。惜人往风微[⑦]，无传于世。余作《滦阳消夏录》诸书，亦竟忘之。癸丑三月三

日，宿海淀直庐，偶然忆及，因录以补志乘[8]之遗。傥亦潜德未彰，幽灵不泯，有以默启余衷乎！

注释

① 从叔：堂叔。

② 戍：发配戍边。

③ 蹙然：皱着眉的样子。

④ 衣：包裹。

⑤ 资斧：旅费，盘缠。

⑥ 擗踊：捶胸顿足，形容极度悲伤。

⑦ 风微：没有传闻。

⑧ 志乘：志书。以地区为主，综合记录该地自然和社会方面有关历史与现状的著作，又称地志或地方志。

译文

我十一二岁的时候，听我的堂叔灿若公说：乡邻中有个姓齐的人，因为犯了罪而被判充军黑龙江，已经死了好几年了。他的儿子刚刚长大，就想把父亲的遗骨迁回老家，但却因为家境贫寒而不能到黑龙江去，因此他常常愁眉不展，好像怀着很深的忧愁一样。

一天，他偶然得到了几升豆子，于是就把豆子研成细末，用水团成丸子，外面用一层红色的泥土包裹着，谎称自己是卖药的，就奔黑龙江而去，他只是想要沿路骗几文钱糊口而已，但是一路上，凡是买了他的药的，即便是再重的病也会立即痊愈。于是人们争相转告，他的药也因此卖出了好价钱，最终竟然靠卖药的钱到达了他父亲被充军的地方，找到了父亲的遗骨，用一个箱子背着踏上了归程。

回来的路上，他在原始森林里碰上了三个强盗，于是他赶紧丢弃了钱财，背着箱子奔逃。强盗追上了他，打开箱子见是一副骨骸，感到十分奇怪，就问他是怎么回事。他哭着把事情的经过说了一遍。

强盗们都很怜悯他，不仅放了他，还送了他一些钱财。他正在拜谢，忽然一个强盗顿足大哭道："这人身体如此孱弱，尚且能历尽艰辛，到千里之外寻找父亲的遗骨。我这个堂堂的男子汉，自命英雄豪杰，反而做不到吗？诸位保重，我要到甘肃去了。"说完，他挥了挥手，奔西方而去。他的同伙呼喊他，让他回家与妻子儿女告别，他却连头也没回，这是因为他受到的触动特别大啊。

可惜当时的人已经不在了，也没有留下传闻，这些人的义行竟未能流传开来。我作《滦阳消夏录》等书的时候，竟然也忘记收录了。癸丑年三月三日，我住在海淀直庐，偶然想起了这件事，便记录了下来，以补充地方志的遗漏。这大概也是这些好人的美德尚未昭明，而他们的幽灵却没有泯灭，所以才会在暗中提醒我吧。

飞天夜叉

文水李秀升言：其乡有少年山行，遇少妇独骑一驴，红裙蓝帔，貌颇娴雅，屡以目侧睨。少年故谨厚[①]，虑或招嫌，恒在其后数

十步，俯首未尝一视。至林谷深处，妇忽按辔不行，待其追及，语之曰：“君秉心[2]端正，大不易得。我不欲害君，此非往某处路，君误随行。可于某树下绕向某方，斜行三四里，即得路矣。”语讫，自驴背一跃，直上木杪，其身渐渐长丈馀，俄风起叶飞，瞥然已逝。再视其驴，乃一狐也。少年悸几失魂。殆飞天野叉[3]之类欤？使稍与狎昵，不知作何变怪矣。

注 释

① 谨厚：谨慎笃厚。

② 秉心：持心。

③ 野叉：即夜叉，佛经中记载的一种鬼怪。

译 文

文水的李秀升说：他的家乡有个少年一次在山里走，遇见一个少妇独自骑着一头驴，穿着红裙子，披着蓝披肩，容貌很娴雅，好几次都斜着眼看他。这少年生性谨慎笃厚，怕招惹是非，便走在她身后几十步外，低着头，一眼也不看少妇。等走到山林深处的时候，少妇忽然停下驴不走了，等这少年跟上来，对他说：“你居心端正，实在是难得，我不想害你。这不是往某处去的路，你跟着我走错了。你可以在某棵树下绕向某方向，斜着走三四里，就能找到正确的路了。”说完，少妇从驴背上纵身一跃，直上树梢，她的身子也渐渐变成了一丈多高。忽然刮起了一阵大风，树叶四处乱飞，那个少妇转眼就不见了。再看那头驴，却是一只狐狸，少年吓得差点丢了魂。莫非这是飞天夜叉之类的精怪？假如那个少年稍稍放荡，还不知道要闹出什么乱子来。

天网恢恢

癸丑会试，陕西一举子，于号舍[①]遇鬼，骤发狂疾。众掖出归寓，鬼亦随出，自以首触壁，皮骨皆破。避至外城，鬼又随至，卒以刃自刺死。未死间，手书片纸付其友，乃“天网恢恢，疏而不漏”八字。虽不知所为何事，其为冤报则凿凿[②]矣。

注 释

① 号舍：指古代州、郡等的学舍。

② 凿凿：确实。

译 文

癸丑年会试的时候，陕西的一位举子在考场的号舍里碰到了鬼，突然就发了狂。大家把他扶出来，送回住处，那鬼也跟了出来。举人用头撞墙壁，把头皮和头骨都撞破了。大家带他躲到外城，那鬼又跟到外城，最终那个举子用刀自杀而死。

在还没死的时候，他写了一张纸条交给了他的朋友，上面是“天网恢恢，疏而不漏”八个字。虽然不知道到底为了什么事，但冤孽报应，则是肯定无疑的。

狐能克己

南皮郝子明言：有士人读书僧寺，偶便旋于空院，忽有飞瓦击其背。俄闻屋中语曰："汝辈能见人，人则不能见汝辈。不自引避，反嗔人耶？"方骇愕间，屋内又语曰："小婢无礼，当即笞之，先生勿介意。然空屋多我辈所居，先生凡遇此等处，宜面墙便旋，勿对门窗，则两无触忤[①]矣。"此狐可谓能克己。余尝谓僮仆吏役与人争角而不胜，其长恒引以为辱，世态类然。夫天下至可耻者，莫过于悖理，不问理之曲直，而务求我所隶属，人不敢犯以为荣，果足为荣也耶？昔有属官私[②]其胥魁[③]，百计袒护。余戏语之曰："吾侪身后，当各有碑志一篇，使盖棺论定，撰文者奋笔书曰：'公秉正不阿，于所属吏役，犯法者一无假借。'人必以为荣，谅君亦以为荣也。又或奋笔书曰：'公平生喜庇吏役，虽受赇[④]骫法[⑤]，亦一一曲为讳匿[⑥]。'人必以为辱，谅君亦以为辱也。何此时乃以辱为荣，以荣为辱耶？"先师董文恪曰："凡事不可载入行状[⑦]，即断断不可为。"斯言谅矣。

注 释

① 触忤：冒犯。

② 私：偏私。

③ 胥魁：差役的头目。

④ 受赇：接受贿赂。

⑤ 骫法：枉法。

⑥ 讳匿：隐匿，躲避，开脱。

⑦ 行状：人死后，叙述死者生平事迹的文章。

译文

南皮郝子明说：有位士人借住在一座寺庙里读书。一次，他在一个空的院子里解手，忽然一块瓦片飞来，打在了他的后背上。接着又听到空屋里有人说："你们能看见人，而人却不能看见你们。你们自己不知道回避，反倒还来嗔怪人家吗？"士人正在惊骇时，又听屋里的人说："这些丫鬟无礼，我马上就惩罚她们，请先生不要介意。但是，空屋子大多是我们这一类的住所，先生以后凡是遇到这种地方，最好脸冲着墙小便，不要对着门窗，这样，双方就不会发生冲突了。"

这个狐仙可以说是能自我克制了。我曾经说过，有些人家因为僮仆吏役与人争斗却不能取胜，他们的主人总是引以为辱，世事人情一向如此。而天下最可耻的，莫过于违背情理，不问是非曲直，而却以别人不敢冒犯自己的下属为追求，还要以此为荣，但这些真的是值得引以为荣的吗？

过去，我手下有位属官十分袒护他手下的差役头目，我开玩笑对他说："我们死了之后，应当各有一篇墓志铭，假如最终盖棺论定，撰写墓志铭的人奋笔疾书道：'这位大人持心公正不阿，对于他属下的差役，只要是犯法的就绝不姑息。'人们必定认为这是您的荣耀，估计您也会以此为荣的。如果撰写墓志铭的人奋笔疾书道：'这位大人平生喜欢包庇差

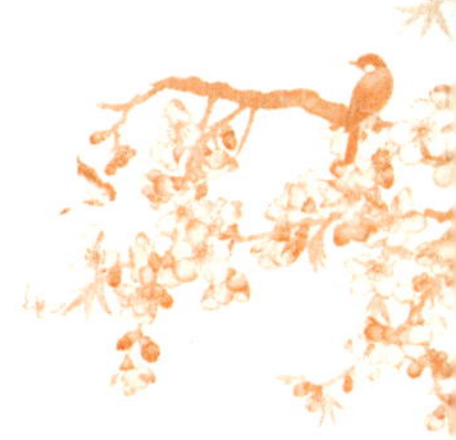

役，即使是贪赃枉法，也一一为他们隐瞒。’人们一定会认为这是您的耻辱，您也会以此为耻的。那么您现在为什么却以耻为荣、以荣为耻呢？”我那去世的老师董文恪说过：“凡是不能载入身后传记的事，那就一定不要去做。”这话说得有道理啊。

论儒之狐

相传魏环极先生尝读书山寺，凡笔墨几榻之类，不待拂拭，自然无尘。初不为意，后稍稍怪之。一日晚归，门尚未启，闻室中窸窣有声；从隙窃觇[①]，见一人方整饬[②]书案。骤入掩之，其人瞥穿后窗去。急呼令返，其人遂拱立窗外，意甚恭谨。问：“汝何怪？”磬折[③]对曰：“某狐之习儒者也。以公正人，不敢近，然私敬公，故日日窃执仆隶役。幸公勿讶。”先生隔窗与语，甚有理致。自是虽不敢入室，然遇先生不甚避，先生亦时时与言。一日，偶问：“汝视我能作圣贤乎？”曰：“公所讲者道学，与圣贤各一事也。圣贤依乎中庸，以实心励实行，以实学求实用。道学则务语精微，先理气，后彝伦，尊性命，薄事功，其用意已稍别。圣贤之于人，有是非心，无彼我心；有诱导心，无苛刻心。道学则各立门户，不能不争，既已相争，不能不巧诋[④]以求胜。以是意见，生种种作用，遂不尽可令孔孟见矣。公刚大之气，正直之情，实可质[⑤]鬼神而不愧，所以敬公者在此。公率其本性，为圣为贤亦在此。若公所讲，则固各自一事，非下愚之所知也。”公默然遣之。后以语门人曰：“是盖因明季党祸[6]，有激而言，非笃论也。然其抉摘[7]情伪，固可警世之讲学者。”

注 释

① 窃觇：偷看。

② 整饬：整理，整顿。

③ 磬折：弯腰。

④ 巧诋：以不实之语进行诋毁。

⑤ 质：诘问，责问。

⑥ 党祸：指因党争而引起的祸端。

⑦ 抉摘：指抉择，择取，挑剔。

译 文

传说魏环极先生曾经在一座山里的寺庙中读书，凡是他的笔墨几榻之类的器具，不用擦拭，也没有灰尘。开始时他不以为意，后来才慢慢感到有些奇怪。一天晚上，他从外面回来，门还没有打开，却听见屋里传出窸窸窣窣的声音。他从门缝偷偷往里看，发现一个人正在整理书桌。

他突然冲进去，那人倏然穿窗而出。魏环极急忙叫他回来，那人便拱手站在窗外，表情十分恭谨。魏环极问他：“你是什么精怪？”那人弯下腰来回答道：“我是学习儒家学说的狐精。因为你是正人君子，我虽然不敢靠近你，但是心中敬重你，所以天天偷着给你做些仆人做的事情。希望你不要吃惊。”

魏环极先生于是隔着窗户和他谈话，对方的谈吐很有义理情

致。从此之后，这只狐精虽然不敢进到屋子里来，但是即使遇到了魏环极先生也不再躲避了，魏环极先生也经常跟他谈天。

有一天，魏环极先生偶尔问道：“你认为我能成为圣贤吗？”狐精回答说：“您所讲习的是道学，和圣贤是两回事。圣贤是依据中庸之道，以实心实意来激励自己的行为实践，以实实在在的学问来求得对学问的实际运用。道学则一定是从精微之处入手，首先重视理、气，其次是人伦道德，重视人的天性与生命，轻视事业和功绩。其宗旨已经和圣贤之道有些差别了。圣贤对于普通人来说，有是非心，但没有彼此之心；有诱导之心，但没有苛刻之心。道学则是各立门派，因此就不能不相互争强斗胜。而一旦开始争强斗胜，就不能不以不实的言语诋毁对方而求取胜。由于这些意见之争，又造成了种种后果，于是有许多东西就见不得孔子和孟子了。先生的刚大之气、正直之性，可以直面鬼神而心中无愧，我敬重您的原因就在这儿。先生您依天性行事，这也是您能够成为圣贤的原因。至于先生所讲习的学说，则是另外一回事，就不是我能够理解的了。”

魏环极先生默然地把狐精打发走了。后来他和门生讲起这事，说：“大概是因为这个狐精见过明代的党祸，心中有所感触才说出了这番话，这个论断并不确切。然而他剔取出世事人情中的虚假之处，也可以让那些讲学的道学家有所警醒。”

上游求兽

沧州南一寺临河干，山门圮于河，二石兽并沉焉。阅[①]十馀岁，僧募金重修，求二石兽于水中，竟不可得。以为顺流下矣，棹[②]数小舟，曳铁钯，寻十馀里，无迹。一讲学家设帐寺中，闻之笑曰："尔辈不能究物理[③]。是非木柹，岂能为暴涨携之去？乃石性坚重，沙性松浮，湮于沙上，渐沉渐深耳。沿河求之，不亦颠乎？"众服为确论。一老河兵闻之，又笑曰："凡河中失石，当求之于上流。盖石性坚重，沙性松浮，水不能冲石，其反激之力，必于石下迎水处，啮[④]沙为坎穴。渐激[⑤]渐深，至石之半，石必倒掷坎穴中。如是再啮，石又再转，转转不已，遂反溯流逆上矣。求之下流，固颠，求之地中，不更颠乎？"如其言，果得于数里外。然则天下之事，但知其一，不知其二者多矣，可据理臆断欤！

注 释

① 阅：经历，经过。

② 棹：划着。

③ 物理：指事物的内在规律或道理。

④ 啮：侵蚀。

⑤ 激：冲刷，冲荡。

译 文

沧州城南有一座寺庙靠近河岸，一次，寺庙被暴涨的河水冲倒，门前的两个石兽也沉入了河中。过了十多年，和尚们募集钱财

重修寺庙，想要从水里把那两个石兽找回来，最终却没有找到。

和尚们以为石兽被水冲到下游去了，便驾着几条小船，拖着铁钯在水中寻找，找出十多里却仍然没有找到石兽的踪迹。

有一个道学家在寺里讲学，听说这件事后笑道："你们不懂事物的原理。那又不是木片，怎么能被暴涨的河水冲走呢？石头的本质又硬又重，沙土的本质松散浮动。石兽沉在沙土上，只会越陷越深。你们却沿着河去下游找，不是傻了么？"大家认为他说的有理。

一个护河的老兵听说后，又笑道："凡是丢在河里的石头，应当到上游去找，因为石头的本质又硬又沉，沙土的本质松散浮动，水如果冲不动石头，它反激的力量就一定会在石头下迎水那一面，将沙土冲出坑来，越冲沙坑越深，等到沙坑有石头的一半大小时，石头必定要翻倒在沙坑中。水流再冲激，石头又会再次翻倒，如此翻倒不已，石头便反倒逆流而上了。到下游去找固然是傻，到地下去找，不就更傻了吗？"

人们按老兵的话到上游找，果然在几里之外的地方找到了石兽。由此可知天下的事情，只知其一而不知其二的多了，又怎么能够一味地根据道理去盲目推断呢？

徒之败师

同年陈半江言：有道士善符箓，驱鬼缚魅，具有灵应。所至惟蔬食茗饮[①]而已，不受铢金寸帛[②]也。久而术渐不验，十每失四五。后竟为群魅所遮[③]，大见窘辱，狼狈遁走。诉于其师。师至，登坛召将，执群魅鞫状[④]。乃知道士虽不取一物，而其徒往往索人财，乃为行法；又窃其符箓，摄狐女媟狎。狐女因窃污其法器，故神怒不降，而仇之者得以逞也。师拊髀[⑤]叹曰："此非魅败尔，尔徒之败尔也；亦非尔徒之败尔，尔不察尔徒，适以自败也。赖尔持戒清苦，得免幸矣；于魅乎何尤！"拂衣竟去。夫天君[⑥]泰然，百体[⑦]从令，此儒者之常谈也。然奸黠之徒，岂能以主人廉介，遂辍贪谋哉？半江此言，盖其官直隶时，与某令相遇于余家，微以相讽[⑧]。此令不悟，故清风两袖，而卒被恶声，其可惜也已。

注 释

① 蔬食茗饮：吃蔬菜、喝茶。

② 铢金寸帛：指很少的钱财。铢，古代重量单位，二十四铢等于旧制一两。

③ 遮：掩蔽。

④ 鞫状：审问情况。

⑤ 拊髀：拍着大腿。

⑥ 天君：指头。

⑦ 百体：身体的各个部位。

⑧ 讽：劝谏。

译 文

与我同年中试的陈半江说：有个道士善于画符、驱除鬼怪、缚捉妖魅，都很灵验。他每到一个地方作法，只是吃点菜蔬、喝杯茶而已，从不接受主人丝毫钱财。但是久而久之，他的法术却渐渐变得不灵验了，十次中有四五次不成功。后来他竟在降妖时被妖怪们围住，受到鬼魅的大肆戏弄侮辱，只得狼狈逃走。

他将这件事告诉了自己的师父。师父赶来，登坛召唤神将，抓那些鬼魅来审问，这才知道那个道士虽没有收取主人家的任何财物，但他的徒弟却总是向人索取钱财，然后才肯施行法术。而且他的徒弟还偷了他的符箓，以此召来狐女淫乐。狐女因而偷偷地玷污了道士的法器，所以神灵发怒，不肯降临，而那些恨他的鬼魅因此得逞。

师父拍着大腿叹息道："这不是鬼魅导致了你的失败，是你的徒弟导致了你的失败；也不是你的徒弟导致了你的失败，而是你不注意监督徒弟，才自取其败。幸亏你能够甘受清苦，持戒谨严，才得以免受伤害，就算幸运的了，有什么理由怪罪妖魅呢！"师父说完，一摆衣襟就走了。

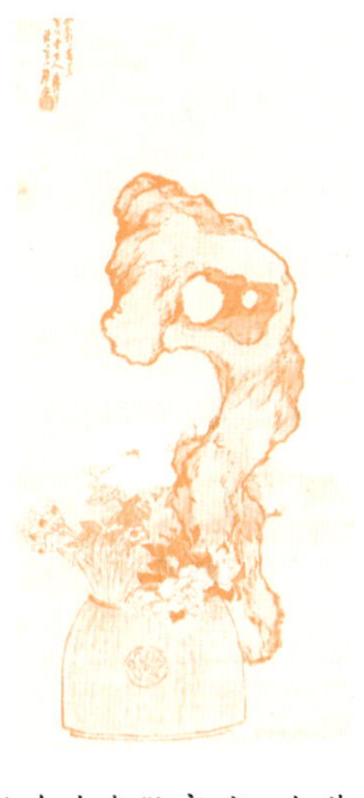

如果人的头脑清明，那么四肢百骸都行动自如，这是儒生们常说的话。然而那些奸诈狡猾的人，难道会因为主人清廉正直，便停止他们的贪心吗？陈半江说这话，是因为他在直隶做官时，与某位县令在我家相遇，所以用这个故事来暗示、劝谏那位县令。而那位县令却没有领悟，所以虽然两袖清风，最终却落了个骂名，真是可惜啊。

渡劫之狐

周密庵言：其族有孀妇，抚一子，十五六矣。偶见老父携幼女，饥寒困惫，踣[①]不能行，言愿与人为养媳。女故端丽，孀妇以千钱聘之。手书婚帖，留一宿而去。女虽孱弱，而善操作，井[②]臼[③]皆能任，又工针黹[④]，家借以小康。事姑先意承志，无所不至，饮食起居，皆经营周至，一夜往往三四起。遇疾病，日侍榻旁，经旬月目不交睫。姑爱之乃过于子。姑病卒，出数十金与其夫，使治棺衾。夫诘所自来，女低回[⑤]良久，曰："实告君，我狐之避雷劫者也。凡狐遇雷劫，惟德重禄重者庇之可免。然猝不易逢，逢之又皆为鬼神所呵护，猝不能近。此外惟早修善业，亦可以免。然善业不易修，修小善业亦不足度大劫，因化身为君妇，黾[⑥]勉事姑。今借姑之庇，得免天刑，故厚营[⑦]葬礼以申报[⑧]，君何疑焉？"子故孱弱，闻之惊怖，竟不敢同居。女乃泣涕别去。后遇祭扫之期，其姑墓上必先有焚楮[⑨]酹酒迹，疑亦女所为也。是特巧于逭死[⑩]，非真有爱于其姑。然有为为之，犹邀[⑪]神福，信孝为德之至矣。

注 释

① 踣：跌倒在地。

② 井：指挑水。

③ 臼：指舂粮食。

④ 针黹：针线活。

⑤ 低回：徘徊，流连。

⑥ 黾：努力，勉力。

⑦ 营：经营。

⑧ 申报：报答。

⑨ 楮：楮帛，纸钱。

⑩ 逭死：偷生，逃命。

⑪ 邀：取得。

译文

周密庵说：他同族中有个寡妇，抚养着一个十五六岁的儿子。一天，她见一个老人带着个小女孩，因为又冷又饿而摔倒在地，再也走不动了，老头说愿意把女儿送给人做童养媳。

那女孩长得十分端正，所以那个寡妇用一千文钱把她娶回家来。那个老人亲手写好婚书，住了一晚便走了。

那个女孩虽然身体瘦弱，但却善于料理家务，打水舂米样样都能干，针线活又好，寡妇家靠她过上了小康生活。她侍候婆婆十分尽心，凡是婆婆想的事情，她总是不待吩咐就做好了，婆婆的饮食起居也照料得十分周到，一夜往往要起来三四次。遇上婆婆生病，她便天天守护在床头，十天半个月都不合眼歇息。婆婆喜欢她更甚于喜欢儿子。

婆婆因病去世，她拿出几十两银子给丈夫，让丈夫用来买棺材、做寿衣。丈夫问她钱是从哪里来的，她低头犹豫了好久，才说：“实话告诉你，我是一只躲避雷劫的狐狸。凡是狐狸遇到雷劫的时候，只有得到品德高尚、地位显赫的人的庇护它们才能幸免，然而仓促之间很难遇到这样的人，即使遇到了，他们也都被鬼神保护着，不能靠近。除此之外，只有早早行善，积下功德，才可以避过雷劫，然而行善积德不容易，积点小小的善和德也不足以度过大的劫难。因此，我才化身为你的妻子，努力勤勤恳恳地侍候婆婆。如今靠着婆婆的庇佑，我得以免遭上天的惩罚，所以隆重地料理婆婆的葬礼，来报答她的恩情，你有什么怀疑的呢？”

那个寡妇的儿子本就是个胆小的人，听了这话，又惊又怕，竟然不敢再与她住在一起。狐女只好哭着离去。以后每逢祭祀扫墓的日期，婆婆的坟上必定就有烧过纸钱、祭过酒水的痕迹，估计也是狐女做的。

这狐女只是取巧偷生，并不是真心敬爱婆婆。然而尽管她是有目的才做这些事，仍然得到了神灵的赐福，可见孝顺确实是最重要的品德。

鬼与人辩

李漱六言，有佃户所居枕[①]旷野。一夕，闻兵仗格斗声，阖家惊骇[②]，登墙视之，无所睹。而战声如故，至鸡鸣乃息。知为鬼也。次日复然，病其聒不已，共谋伏铳击之，果应声啾啾奔散。既而屋上屋下，众声合噪曰："彼劫我妇女，我亦劫彼妇女为质，互控于社公。社公愦愦，劝以互抵息事。俱不肯伏，故在此决胜负，何预[3]汝事，汝以铳击我？今共至汝家，汝举铳则我去，汝置铳则我又来，汝能夜夜自昏至晓，发铳不止耶？"思其言中理，乃跪拜谢过，大具酒食纸钱送之去。然战声亦自此息矣。夫不能不为之事，不出任[4]之，是失几[5]也；不能不除之害，不力争之，是养痈也。鬼不干人，人反干鬼，鬼有词矣，非开门揖盗[6]乎？孟子有言，乡邻有斗者，被发缨冠[7]而往救之，则惑也。虽闭户可也。

注 释

① 枕：靠近，临近。

② 惊骇：恐慌，恐惧。

③ 预：参与。

④ 任：担当。

⑤ 失几：同"失机"，失去机会。

⑥ 开门揖盗：打开门，请强盗进来。

⑦ 被发缨冠：来不及将头发束好，来不及将帽带系上。形容急于去救助别人。

译 文

李漱六说，有个佃户的住处邻近旷野。一天晚上，他忽然听到兵器相撞的声音，全家都十分惊慌恐惧，爬上墙头去看，却什么也没有看到。而厮杀声照旧，一直到鸡叫才停息下来。他知道这是鬼在作怪。

第二天，厮杀声又起，他被吵闹得受不了，于是和家人商量用火铳打鬼。果然随着火铳一响，鬼都啾啾叫着散了。紧接着，他家屋上屋下都有鬼鼓噪道："他们劫持我们的女人，我们也劫持他们的女人。两方都告到土地神那儿，土地神昏庸糊涂，竟然劝我们互相扯平了事。我们双方都不服，所以在这儿决个胜负。这关你什么事，你要用火铳打我们？现在我们都来到你家，你举起火铳我们就跑，你放下火铳我们又来。你能天天从晚上到早上不停地击发火铳么？"佃户觉得鬼说得在理，便跪拜赔罪，准备了许多酒食和纸钱送鬼离开。然而厮杀声也从此停止了。

不能不做的事，不出来做，就是失去了机会；不能不除的害，不力争除掉，就是养虎遗患。鬼不冒犯人，人反去冒犯鬼，鬼就有理了。这不是打开门请强盗进来吗？孟子曾经说过，乡邻有打架的，如果你急急忙忙地跑去劝架，这就是办了糊涂事，关上门不理不睬就可以了。

试院之鬼

福建泉州试院，故海防道署也，室宇宏壮。而明季兵燹[①]，署中多婴杀戮；又三年之中，学使按临[②]仅两次。空闭日久，鬼物遂多。阿雨斋侍郎言：尝于黄昏以后，隐隐见古衣冠人，暗中来往。既而视之，则无睹。余按临是郡，时幕友孙介亭亦曾见纱帽红袍人入奴子室中，奴子即梦魇。介亭故有胆，对窗唾曰："生为贵官，死乃

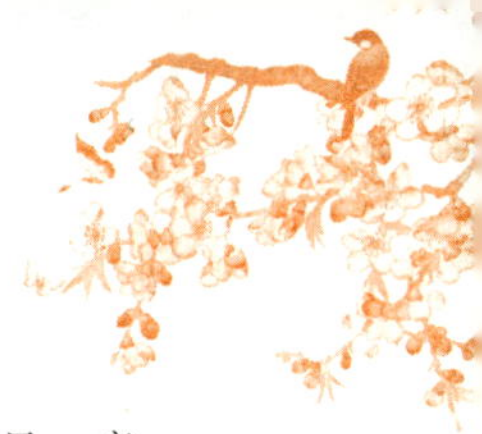

为僮仆辈作祟，何不自重乃尔耶？”奴子忽醒，此后遂不复见。意其魂即栖是室，故欲驱奴子出。一经斥责，自知理屈而止欤？

注 释

① 兵燹：指因战乱而遭受焚烧破坏的灾祸。

② 按临：巡视。

译 文

福建泉州的试院，是原先的海防道衙门，屋宇宏伟宽敞。但明朝末年，这儿遭遇了战祸，官衙中多有杀戮之事发生。而且在三年里，学政只来巡视了两次。由于房屋长期空着，鬼物便多了起来。阿雨斋侍郎说，他曾经在黄昏之后隐约看见有身穿古代衣装的人偷偷地来来往往，等他再看的时候，却又什么也没有了。

我到泉州巡视时，我的幕僚孙介亭也曾看见有个头戴纱帽、身穿红袍的人进入了下人的屋子里，那个下人随即就梦魇了。孙介亭向来胆子大，对着窗户唾骂道：“你活着时当贵官，死了却对下人作祟，你为什么不自重到了这种地步？”那个下人忽然就醒了过来，此后这个戴纱帽、穿红袍的鬼魅再也没有出现过。难道那个鬼魅就住在那间屋子里，想要把下人赶出去，一经斥责，就自知理亏而罢休了吗？

验死之法

里俗遇人病笃[①]时，私剪其着体衣襟一片，炽火焚之，其灰有白文，斑驳如篆籀[②]者，则必死；无字迹者，即生。又或联纸为衾，其缝不以糊粘，但以秤锤就捣衣砧上捶之，其缝缀合者必死，不合者即生。试之，十有八九验。此均不测其何理。

注释

① 病笃：指病情很严重。

② 篆籀：篆文和籀文。

译文

我的老家有个风俗：遇到有人病重时，就偷偷从他贴身穿着的衣服上剪下一片衣襟，用火烧掉。如果烧完的灰上有白色的花纹，斑斑驳驳像篆字和籀文一样的话，这个人就一定会死；如果没有这种带字迹的花纹，那么这人还能活。再有就是用几张纸做成被子，接缝之处不用糨糊粘，只用秤砣在捣衣砧上砸，如果接缝处能够粘在一起，那这个人就一定会死，如果不能粘到一起，那么这人还有救。通过测试，这两个方法十有八九都能灵验。真不知道是因为什么。

影不类形

莆田林生霈言：闻泉州有人，忽灯下自顾其影，觉不类己形，谛审之，运动转侧，虽一一与形相应，而首巨如斗，发蓬鬙[①]如羽葆[②]，手足皆钩曲如鸟爪，宛然一奇鬼也。大骇，呼妻子来视，所见亦同。自是每夕皆然，莫喻其故，惶怖不知所为。邻有塾师闻之，曰："妖不自兴，因人而兴。子其阴有恶念，致罗刹感而现形欤？"其人悚然具服，曰："实与某氏有积仇，拟手刃其一门，使无遗种，而跳身[③]以从鸭母（康熙末，台湾逆寇朱一贵结党煽乱。一贵以养鸭为业，闽人皆呼为'鸭母'云。）。今变怪如是，毋乃神果警我乎？且辍是谋，观子言验否。"是夕鬼影即不见。此真一念转移，立分祸福矣。

注 释

① 蓬鬙：头发散乱的样子。

② 羽葆：帝王仪仗中以鸟羽连缀为饰的华盖。

③ 跳身：轻身逃走。

译 文

莆田林生霈说，他曾经听说在泉州有个人，在灯下看着自己的影子，觉得不像自己的样子。再仔细看，虽然转身等动作与自己一一相应，但影子的头却有斗那么大，头发蓬乱，手脚都弯曲得像鸟爪一样，这分明是一个奇形的鬼。他十分害怕，叫妻子来看，妻子看到的也跟他一样。

从此以后，每天晚上影子都是这个形状，他也弄不明白这是怎么回事，非常恐惧，不知该怎么办才好。

他的邻居是个教书先生，听说了这件事，说：“妖物不会无缘无故地出现，而是因人而出现。你莫非私下里有什么恶念，以致罗刹鬼有所感而现了身形吗？”那个人惶恐地拜服，说：“实在是我和某个人有旧仇，打算要杀了他满门，叫他断子绝孙，然后我去投靠鸭母（康熙朝末年，台湾反贼朱一贵纠结党徒，煽动叛乱。朱一贵以养鸭为业，所以福建人都称他作‘鸭母’。）。如今出现了这种反常的情况，莫不是神在警告我？我暂且放弃这个恶念，看你说的灵不灵。”当天晚上，鬼影就不见了。这真是念头稍一转变，便立即分出了祸福。

峰顶人家

朱子颖运使言：昔官叙永同知时，由成都回署，偶遇茂林，停舆小憩。遥见万峰之顶，似有人家；而削立千仞[①]，实非人迹所到。适携西洋远镜，试以窥之，见草屋三楹，向阳启户，有老翁倚松立，一幼女坐檐下，手有所持，似俯首缝补；屋柱似有对联，望不了了[②]，俄云气滃郁[③]，遂不复睹。后重过其地，林麓依然。再以远镜窥之，空山而已。其仙灵之宅，误为人见，遂更移居欤？

注释

① 仞：古代以七尺为一仞。

② 了了：清楚，明白。

③ 滃郁：云烟弥漫。

译文

转运使朱子颖说，过去任叙永同知的时候，有一次从成都回官衙，偶然路过一片茂密的树林，便停下车子稍作休息。他远远望见山峰顶上好像有一户人家。但这些山峰陡峭，有千仞之高，绝不是人所能上去的。恰好他带着西洋望远镜，便用它来观察。他见到山顶有三间草房，门开在阳面。有个老翁倚着松树站着，一个小女孩坐在房檐下，手里拿着什么，好像在低头缝补。房屋的柱子上好像有对联，但看不太清。不久云气上涌，于是就看不见了。

后来他又路过那个地方，只见峰林依旧。再用望远镜观察，峰顶却已经空空如也了。也许那是仙人的住宅，因误被凡人瞧见，所以便迁走了？

鬼邀人饮

青县王恩溥，先祖母张太夫人乳母孙也。一日，自兴济夜归，月明如昼，见大树下数人聚饮，杯盘狼藉。一少年邀之入座，一老翁嗔语[①]少年曰：“素不相知，勿恶作剧。”又正色谓恩溥曰：“君宜速去，我辈非人，恐小儿等于君不利。”恩溥大怖，狼狈奔走，得至家，殆无气以动。后于亲串家作吊[②]，突见是翁，惊仆欲绝，惟连呼：“鬼！鬼！”老翁笑掖之起，曰：“仆耽曲蘖[③]，日恒不足。前值月夜，荷邻里相邀，酒已无多。遇君适至，恐增一客则不满枯肠，故诡语遣君。君乃竟以为真耶？”宾客满堂，莫不绝倒。中一客目击此事，恒向人说之。偶夜过废祠，见数人轰饮，亦邀入座。觉酒味有异，心方疑讶，乃为群鬼挤入深淖[④]，化磷火荧荧散。东方渐白，有耕者救之，乃出。缘此胆破，翻疑恩溥所见为真鬼。后途遇此翁，竟不敢接谈[⑤]。此表兄张自修所说。戴君恩诏则曰实有此事，而所传殊倒置。乃此客先遇鬼，而恩溥闻之。偶夜过某村，值一多年未晤之友，邀之共饮。疑其已死，绝裾奔逃。后相晤于姻[⑥]家，大遭诟谇也。二说未审孰是。然由张所说，知不可偶经一事，遂谓事事皆然，致失于误信；由戴所说，知亦不可偶经一事，遂谓事事皆然，反败于多疑也。

注释

① 嗔语：责怪。

② 作吊：吊唁。

③ 曲蘖：造酒的原料，代指酒。

④ 淖：泥沼。

⑤ 接谈：相互交谈。

⑥ 姻：姻亲，因婚姻关系而结成的亲戚。

译文

青县的王恩溥是先祖母张太夫人乳母的孙子。一天，他夜间从兴济赶回来，正值月光明亮，照得如白昼，只见一棵大树下几个人正围坐在一起喝酒，桌上杯盘狼藉。一位少年邀他一同入席，一位老者责怪少年说："你与他素不相识，不要搞恶作剧。"又严肃地对王恩溥说："您最好赶紧离开，我们并不是人，恐怕这些后生小辈要对您不利。"恩溥大惊，转身逃走，狼狈不堪，等他跑到家里时，已经上气不接下气了。

后来，他到一位亲戚家去吊唁，突然在吊唁的人群中见到了那位老者，他吓得摔倒在地，连连叫喊："有鬼！有鬼！"老者笑着把他扶了起来，说："我平日贪杯嗜酒，每天总是喝不够。那天恰逢月明之夜，承蒙邻居们邀请我，当时酒已不多了，而恰恰您又来了，我怕再增加一个人，更无法尽兴，所以编了个谎话把您支走，不想您竟信以为真了吗？"

听到这话，满堂的宾客无不笑得前仰后合。其中有一位客人亲眼看见了这件事，每每向别人说起。

一天夜里，这位客人偶然路过一座破旧的祠堂，见到几个人正在里面饮酒取乐，也有人邀他入席。他觉得酒味不对，心中正在疑惑惊讶，却被群鬼推进了泥潭中，群鬼也化作磷火散去了。直到东方渐渐发白，有个下地耕田的农夫救了他，他才得以从泥潭里出来。他因为这件事而吓破了胆，反过来怀疑王恩溥所见的也都是鬼。后来他在路上遇见那位老者，竟然远远就避开了，不敢和他交谈。

这件事是表兄张自修对我说的。戴恩诏也说确实发生过这件事，只不过传言中将事情的前后顺序弄颠倒了，应该是那位客人先遇到了鬼，而王恩溥后来听说了这件事。后来王恩溥夜间路过某村，偶遇一位多年没见的老朋友，邀他同去饮酒。而他怀疑这个人已经死了，于是扯断衣襟逃走了。后来，王恩溥在亲家家里又遇到了这个人，被人家痛骂了一顿。

这两种说法，不知哪一种是真的。如果按照张自修所说，我们应该明白不能因为偶然经历了一件事，就认定事事都是这样，乃至失于误信。如果按照戴恩诏的说法，我们也应该明白不能偶然经历了一件事，就认为事事都是这样，结果失于多疑。

老儒家狐

李秋崖言：一老儒家，有狐居其空仓中，三四十年未尝为祟。恒与人对语，亦颇知书[①]；或邀之饮，亦肯出。但不见其形耳。老儒殁后，其子亦诸生[②]，与狐酬酢[③]如其父。狐不甚答，久乃渐肆扰[④]。生故设帐于家，而兼为人作讼牒[⑤]。凡所批课文，皆不遗失；凡作讼牒，则甫具草[⑥]辄碎裂，或从手中掣其笔。凡脩脯[⑦]所入，毫厘不失；凡刀笔[⑧]所得，虽扃锁严密，辄盗去。凡学子出入，皆无所见；凡讼者至，或瓦石击头面流血，或檐际作人语，对众发其阴谋。生苦之，延道士劾治[⑨]，登坛召将，摄狐至。狐侃侃辩曰："其父不以异类视我，与我交至厚；我亦不以异类自外[⑩]，视其父如弟兄。今其子自堕家声，作种种恶业，不陨身[⑪]不止。我不忍坐视，故挠之使改

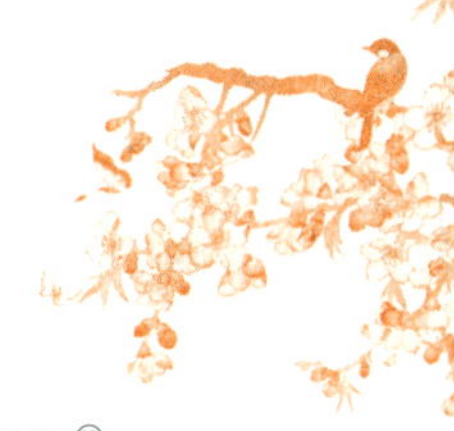

图[12]；所攫金皆埋其父墓中，将待其倾覆，周其妻子，实无他肠[13]。不虞炼师[14]之见谴，生死惟命。”道士蹶然下座，三揖而握手曰：“使我亡友有此子，吾不能也；微我不能，恐能者千百无一二。此举乃出尔曹乎？”不别主人，太息径去。其子愧不自容，誓辍是业，竟得考[15]终。

注释

① 知书：有文化。

② 诸生：指秀才。

③ 酬酢：泛指交际应酬。

④ 肆扰：指肆意扰乱。

⑤ 讼牒：诉状。

⑥ 具草：打草稿。

⑦ 脩脯：干肉，代指教学生。

⑧ 刀笔：写作公文的工具，代指写诉状。

⑨ 劾治：审查治罪。

⑩ 自外：自视为外人，自行疏远。

⑪ 陨身：亡身，死亡。

⑫ 改图：更改意图、意愿。

⑬ 他肠：别的心肠，指别的想法。

⑭ 炼师：旧时因为某些道士懂得“养生”“炼丹”之法，所以尊称其为“炼师”。

⑮ 考：年纪大，老。

译文

李秋崖说，有一个老儒，有只狐狸住在他家的空仓库里，三四十年也从未作过恶。那个狐狸常和人说话，也很有文化。有时请它喝酒，它也肯出来，只是看不见它的样子罢了。

老儒死后，他的儿子也考中了秀才，也像他父亲一样和狐狸交往。但狐狸不怎么理会他，时间长了竟然开始肆意扰乱起来。

老儒之子一直在家中设帐教学，又兼给人写状子。凡是他批改的文章，都不会丢失；凡是他写的状子，则刚开始打草稿，稿纸就碎裂了，或者笔被从手中抢走。凡是他讲学的收入，一点儿都不会丢失；凡是替人写状子得来的钱，即便是严密地锁在箱子里也会被偷去。凡是读书的人出入家中，都无所见闻；凡是打官司的人来，或被瓦块石头打得头破血流，或它在房檐上发声说话，当众揭露来人的阴谋。

老儒的儿子受不了，请道士来镇邪。道士登坛召来神将，把狐狸抓来。狐狸理直气壮地辩解说："他的父亲不把我当成异类，与我交情很深。我也不以自己是异类而见外，把他的父亲当作兄弟。如今他的儿子败坏家族的名声，做出种种坏事来，不到死时他是不会罢休的。我不忍心看着不管，所以就阻挠他以使他改悔。我拿他的钱都埋在他父亲的墓中，以备他将来败了

家，好周济他的妻子儿女，除此之外没有别的目的。不料遭到法师您的责难，我的生死就随您处置了。”

道士急忙离开座位，再三向它作揖行礼之后，握住狐狸的手说：“如果是我的亡友有这样的儿子，我也不能做到像您这样；不仅我不能做到这样，恐怕能做到这样的人，千百个人中也没有一两个。这样的行为竟然会出现在你们的身上吗？”道士也不和老儒的儿子告别，叹息着径自而去。老儒的儿子惭愧得无地自容，发誓不再帮人写状子，后来竟然得以善终。

狐戏狂生

先师裘文达公言，有郭生，刚直负气[①]。偶中秋燕集，与朋友论鬼神，自云不畏。众请宿某凶宅以验之，郭慨然仗剑往。宅约数十间，秋草满庭，荒芜蒙翳[②]。扃[③]户独坐，寂无见闻。二鼓后，有人当户立。郭奋剑欲起，其人挥袖一拂，觉口噤体僵，有如梦魇，然心目仍了了。其人罄折致词曰：“君固豪士，为人所激，因至此。好胜者常情，亦不怪君。既蒙枉顾，本应稍尽宾主意。然今日佳节，眷属皆出赏月，礼别内外，实不欲公见。公又夜深无所归。今筹一策，拟请君入瓮，幸君勿嗔；觞酒豆[④]肉，聊以破闷，亦幸勿见弃。”遂有数人舁[⑤]郭置大荷缸中，上覆方桌，压以巨石。俄隔缸笑语杂遝[⑥]，约男妇数十，呼酒行炙，一一可辨。忽觉酒香触鼻，暗中摸索，有壶一、杯一、小盘四，横阁[⑦]象箸二。方苦饥渴，且姑饮啖。复有数童子绕缸唱艳歌，有人扣缸语曰："主人命娱宾也。"亦靡靡可听。良久，又扣缸语曰："郭君勿罪，大众皆醉，不能举巨石，君且姑耐，贵友行[8]至矣。"语讫，遂寂。次日，众见门不启，疑有变，逾垣而入。郭闻人声，在缸内大号。众竭力移石，乃闯然出，述所见闻，莫不拊掌。视缸中器具，似皆己物。还家讯问，则昨夕家燕，并酒肴失之，方诟谇大索也。此魅可云狡狯矣。然闻之使人笑不使人怒，当出瓮时，虽郭生亦自哑然也。真恶作剧哉。余容若曰："是犹玩弄为戏也。曩客[9]秦陇间，闻有少年随塾师读书山寺。相传寺楼有魅，时出媚人。私念狐女必绝艳，每夕诣楼外，祷以媟[10]词，冀有所遇。一夜，徘徊树下，见小鬟招手。心知狐女至。跃然相就。小鬟悄语曰：'君是解人，不烦絮说。娘子甚悦君，然此何等事，乃公然致祝！主人怒君甚，以君贵人，不敢祟；惟约束娘子颇严。今夜幸他出，娘子使来私招君。君宜速往。'少年随之行，觉深闺曲衖[11]，都非寺内旧门径。至一房，朱槅半开，虽无灯，隐隐见床帐。小鬟曰：'娘子初会，觉靦觍[12]，已卧帐内。君第[13]解衣，径登榻，无出一言，恐他婢闻也。'语讫，径去。少年喜不自禁，遽揭其被，拥于怀而接唇。忽其人惊起大呼。却立愕视，则室庐皆不见，乃塾师睡檐下乘凉也。塾师怒，大施夏楚[14]。不得已吐实，竟遭斥逐。此乃真恶作剧矣。"文达公曰："郭生恃客气，故仅为魅侮；此生怀邪心，故竟为魅陷。二生各自取耳，岂魅有善恶哉！"

注释

① 负气：喜欢赌气。

② 蒙翳：遮蔽，覆盖。

③ 扃：锁。

④ 豆：盛食物的器具。

⑤ 舁：抬。

⑥ 杂遝：众多而杂乱的样子。

⑦ 阁：同“搁”，放着。

⑧ 行：将要。

⑨ 客：外出到，寄居。

⑩ 媟：淫秽。

⑪ 曲衖：弯曲的小巷。

⑫ 靦觍：羞怯的样子。

⑬ 第：但。

⑭ 夏楚：指用棍棒等进行体罚。

译 文

我的老师裘文达先生说：有位姓郭的年轻人性情刚直，喜欢赌气。一次中秋节聚会饮宴的时候，他和朋友们谈论起鬼神之事，他说自己不怕鬼神。朋友们叫他夜里住到某处凶宅里去，以检验他的话，郭某慨然带着剑去了。

那座凶宅有几十间屋子，院子里长满了荒草，显得十分荒芜昏暗。郭某关上了门，独自坐着，四周静悄悄的，什么也没有发现。

二更后，有个人影站在窗外。郭某拔剑就要起身，但是那人用袖子一拂，他就觉得自己张不开嘴，身体也僵直了，好像梦魇一样，但心里还明白，眼睛也能看见。那人躬身对他说道：“你算得上是个豪杰，被人所激，才会到这里来。好胜是人之常情，这也不怪你。既然承蒙你来到这里，我本应略尽地主之谊，但今天是中秋佳节，家眷们都要出来赏月。礼法讲究内外有别，实在不想让你见到她们，而你夜深又无处可去，如今我想到一个办法，想请你到瓮中避一下，希望你不要生气。为你备了些酒肉，让你聊以解闷，希望你不要嫌弃。”

于是就有几人将郭某抬起来，装进大荷花缸里，上面盖上方桌，然后用大石头压上了。不久他听见缸外笑语喧哗，约有几十个男男女女在行酒布菜，都能听得一清二楚。忽然他觉得酒香扑鼻，就在黑暗中摸索，摸到了一只壶、一只杯、四个小盘，上面还放着一双象牙筷子。郭某正觉得又饥又渴，便吃了起来。又有几个童子绕着缸唱艳歌，有个人敲着缸说：“主人命我们来为客人取乐。”那缓缓的歌声倒也好听。

过了好久，又有人敲着缸说：“郭君不要怪罪，大家都喝醉了，抬不动大石头。你忍耐一下，你的朋友马上就来了。”说完便寂然无声了。

第二天清晨，他的朋友们见门没开，怀疑有什么变故，便跳墙进来。郭某听见有人说话，就在缸中大叫。大家竭尽全力掀开了石头，郭某才出了缸。他讲了所见所闻，朋友们无不拍手大笑。郭某看看缸里的器具，好像都是自己家的。回去一问，家人说昨晚举行家宴的时候，器具酒菜都一起丢了，正在到处寻找。

这个妖魅可以说是够狡猾的了。但这事只叫人发笑，而不叫人动怒。当时出缸时，郭某自己也止不住笑。真是恶作剧啊。

余容若说：“这是以玩弄别人为游戏。以前我客居秦陇一带时，听说有个少年跟着老师在山寺中读书。传说寺庙的楼上有妖魅，经常出来媚惑人。这个少年心中暗想，狐女必定都极艳丽，于是每天晚上都到楼外面祝祷些不正经的话，期望能遇见狐女。一天夜里，他正在树下徘徊，看见一个小丫环对他招手。他知道是狐女来了，马上迎了过去。小丫鬟悄声说：‘你是明白人，不必细说。娘子很喜欢你，不过这是什么事，怎么能明目张胆地祝祷？主人对你很愤怒，但因为你是贵人，所以不敢害你，只是严密地约束娘子。今晚幸好主人出去了，娘子叫我私下来找你，你要赶快去。’少年跟着小丫鬟走，觉得深闺曲巷，都不是寺中的旧路。来到一间房屋前，房间朱门半开，虽然没有点灯，但能隐隐看见床榻帷帐。小丫鬟说：‘娘子初次与人相会，觉得很羞怯，已经躺到帐子里去了。你只要脱了衣服上床去就行，不要说话，以免叫别的婢女听见。’说完，小丫鬟便走了。少年喜不自胜，赶紧掀开被子，把被子里的人搂在怀里就亲，被子里的人忽然惊跳大叫起来。少年退后几步，定睛一看，房屋床帐都不见了，那人却是老师，睡在房檐下乘凉。老师十分生气，把他痛打了一顿。他不得已说出了实情，最后被老师赶走了。这才是真的恶作剧。”

裘文达先生说：“郭某凭着一时的意气，所以只是被妖魅耍了一顿。这个年轻人怀着邪心，所以最终被妖魅陷害。这都是他们自找的，并不是妖魅也有善恶之分。”

误入幽冥

朱介如言：尝因中暑眩瞀[①]，觉忽至旷野中，凉风飒然，意甚爽适[②]。然四顾无行迹，莫知所向。遥见数十人前行，姑往随之。至一公署，亦姑随入。见殿阁宏敞，左右皆长廊；吏役奔走，如大官将坐衙状。中一吏突握其手曰："君何到此？"视之，乃亡友张恒照。悟为冥司，因告以失路状，张曰："生魂误至，往往有此，王见之亦不罪，然未免多一诘问。不如且坐我廊屋，俟[③]放衙，送君返，我亦欲略问家事也。"入坐未几，王已升座。自窗隙窃窥，见同来数十人，以次庭讯，语不甚了了。惟一人昂首争辩，似不服罪。王举袂一挥，殿左忽现大圆镜，围约丈馀。镜中现一女子反缚受鞭像。俄似电光一瞥，又现一女子忍泪横陈像。其人叩颡[④]曰："伏矣。"即曳去。良久放衙，张就问子孙近状。朱略道一二，张挥手曰："勿再言，徒乱人意。"因问："顷所见者业镜耶？"曰："是也。"问："影必肖形，今无形而现影，何也？"曰："人镜照形，神镜照心。人作一事，心皆自知；既已自知，即心有此事；心有此事，即心有此事之象，故一照而毕现也。若无心作过，本不自知，则照亦不见，心无是事，即无是象耳。冥司断狱，惟以有心无心别善恶，君其识[⑤]之。"又问："神镜何以能照心？"曰："心不可见，缘物以形。体魄已离，存者性灵。神识不灭，如灯荧荧。外光无翳[⑥]，内光虚明，内外莹澈，故纤芥必呈也。"语讫，遽曳之行。觉此身忽高忽下，如随风败箨[⑦]。倏然惊醒，则已卧榻上矣。此事在甲子七月。怪其乡试后期至，乃具道之。

注 释

① 眩瞀：眼睛昏花，视物不明。

② 爽适：畅快舒服。

③ 俟：等到。

④ 颡：本义指额头，代指头颅。

⑤ 识：记住。

⑥ 翳：原指用羽毛做的华盖，后引申为起障蔽作用的东西，此处意为“遮蔽”。

⑦ 箨：竹笋外层一片一片的皮，笋壳。

译 文

朱介如说，他曾因中暑而昏倒，觉得自己忽然来到一片旷野中，周围凉风习习，感觉极为舒服。然而四周没有路，不知该往哪儿去。他远远望见几十个人在前面走，便暂且跟在后面。走到一个衙门，他也跟着那些人往里走。

只见衙门里殿阁宽敞，左右都是长廊，小吏杂役来回奔走，好像有大官将要升堂的样子。其中一个小吏忽然拉住他的手说：“你怎么到了这儿？”他一看，却是已经去世了的朋友张恒照。他这才明白这里是地府，于是告诉他自己迷路的情况。张恒照说：“活人的灵魂误到这儿来，也是常有的事情，阎王见了也不怪罪，不过也难免要审问几句。不如你暂且坐在我的廊屋里，等退了堂，我送你回去，刚好我也想问问家里的事。”

他坐了不大一会儿，阎王已经升堂了。他从窗缝里偷看，发现和他一起的几十个人都按顺序受审，听不大清说什么。只有一个人抬着头争辩着，好像不服罪。阎王抬起袖子一挥，殿左边忽然出现一个大圆镜，周长有一丈多。镜子里出现了一个女子被反绑着挨鞭打的影像。接着好像电光一闪，镜中又出现了一个女子忍着眼泪被玷污的景象。这人叩头说："我认罪了。"随即便被拖走了。

过了好一会儿，退了堂，张恒照问子孙的近况。朱介如大略说了一下，张恒照挥手道："不要再讲了，只能叫人心烦意乱。"朱介如问："刚才我所看见的镜子就是'业镜'吗？"张恒照说："是的。"朱介如问："影像一定是根据形体而来，如今没有形体却能够出现影像，这是为什么呢？"张恒照回答道："人镜照形，神镜照心。人做了一件事，心里都明白。既然明白，心里就有这件事。心里有这件事，也就有这件事的影像。所以一照就完全显现出来了。如果是无意中做了错事，他自己也不知道，那就照不出来了。心中没有这件事，就没有这件事的影像。地府断案，只根据有心无心来分辨善恶，这一点你要记住。"

朱介如又问："神镜为什么能照心？"张恒照答道："心是不可见的，只有靠事物在心上留下的形象才能见到。身体和灵魂分离之后，只有性灵还存在，神光不灭，如荧荧灯火，外部没有遮挡，内部通明澄澈。内外都晶莹明澈，所以就连极细小的事件也能显现出来。"说完便急急地拉着朱介如走。朱介如觉得身体忽上忽下，如随风飞舞的枯叶。等到忽然惊醒时，他已经躺在卧榻上了。

这件事发生在甲子年七月。我因为他参加乡试来晚了而感到奇

怪，他给我详细讲了这件事。

鬼戏狂生

刘东堂言：狂生某者，性悖妄[①]，诋訾今古，高自位置。有指摘其诗文一字者，衔之次骨[②]，或至相殴。值河间岁试，同寓十数人，或相识，或不相识，夏夜散坐庭院纳凉。狂生纵意高谈，众畏其唇吻[③]，皆缄口不答。惟树后坐一人，抗词与辩，连抵其隙。理屈词穷，怒问："子为谁？"暗中应曰："仆焦玉相也。"（河间之宿儒。）骇问："子不久死耶？"笑应曰："仆如不死，敢捋虎须耶？"狂生跳掷叫号，绕墙寻觅。惟闻笑声吃吃，或在木杪，或在檐端而已。

注 释

① 悖妄：荒谬狂妄。

② 次骨：犹入骨。

③ 唇吻：古汉语中比喻议论、口才。

译 文

刘东堂说：有个轻狂的秀才，他的性情十分荒谬狂妄，对古代和当代的人物乱加贬斥，自以为很了不起。如果有谁对他的诗文提出哪怕一个字的更改意见，他就恨之入骨，甚至要与之殴斗。

有一次，正好赶上河间府的岁试，和他住在同一个旅馆的有十几个人，有认识的，也有不认识的，因为夏夜天热，都散乱地坐在院子里乘凉。那个狂生纵意高谈阔论，众人怕他那张嘴，都闭口不搭理他。只有树后一人开口与他辩论，连连指出他话中的漏洞。

狂生理屈词穷，愤怒地问道："你是谁？"暗中一个声音回答道："我是焦玉相。"（河间的著名儒者。）狂生吃惊地问道："你不是早死了吗？"那个声音笑着回答："我如果不死，又怎么敢捋你的虎须呢？"狂生气得又跳又叫，绕着墙寻找，却只听见"哧哧"的笑声，一会儿在树顶上，一会儿在屋檐边。

狐女成仙

族侄竹汀言：文安有佣工古北口外者，久无音问。其父母值岁荒，亦就食[①]口外，且觅子。亦久无音问。后乃有人见之泰山下。言昔至密云东北，日已暮，风雪并作。遥见山谷有灯光，漫往投止。至则土屋数楹，围以秫篱，有老妪应门，问其里贯[②]，入以告。又遣问姓名年岁，并问："曾有子出口否？子何名？年几何岁？"具以实对。忽有女子整衣出，延入上坐，拜而侍立；促老妪督婢治酒肴，意甚亲昵。莫测其由，起而固诘，则失声伏地曰："儿不敢欺翁姑。儿狐女也，尝与翁姑之子为夫妇，本出相悦，无相媚意。不虞其爱恋过度，竟以瘵亡。心恒愧悔，故誓不别适，依其墓以居。今无意与翁姑遇，幸勿他往，儿尚能养翁姑。"初甚骇怖，既而见

其意真切，相持涕泣，留共居。狐女奉事无不至，转胜于有子。如是六七年，狐女忽遣老妪市一棺，且具锸畚[3]。怪问其故，欣然曰："翁姑宜贺儿。儿奉事翁姑，自追念逝者，聊尽寸心耳。不期感动土神，闻于岳帝。岳帝悯之，许不待丹成，解形证果。今以遗蜕合窆，表同穴意也。"引至侧室，果一黑狐卧榻上，毛光如漆，举之轻如叶，扣之乃作金石声。信其真仙矣。葬事毕，又启曰："今隶碧霞元君[4]为女官，当往泰山，请共往。"故相偕至此，僦屋与土人杂居。狐女惟不使人见形，其供养仍如初也。后不知其所终。此与前所记狐女略相近。然彼有所为而为，故仅得逭诛；此无所为而为，故竟能成道。天上无不忠不孝之神仙，斯言谅哉。

注 释

① 就食：到有粮食吃的地方去。

② 里贯：籍贯。

③ 锸畚：挖掘泥土的工具。

④ 碧霞元君：泰山女神，俗称泰山奶奶。

译 文

我的族侄竹汀说：文安县有一个到古北口外当雇工的人，很久都没有音信。他的父母因为年成不好，也到口外谋生，顺便去寻找儿子，结果也一去很久都没有音信。

后来有人在泰山下见到了老两口。他们说当初到了密云县东北的时候，天色已经晚了，风雪交加。他们远远地看见山谷中有灯光，就尝试着前去投宿。到了跟前，见有几间土房，围着秫秸编成的篱笆。有个老妈子出来开门，问了他们的籍贯，进去回报。屋里的主人又让老妈子出来问他们的姓名年龄，并且问道："你们有没有儿子曾经到口外去，他叫什么，多大了？"老两口都照实说了。

忽然有位女子一边整理衣服一边迎了出来，把老两口请到上座，她拜见之后，侍立一旁，又催促老妈子监督婢女准备酒菜，对老两口的态度极为亲热。老两口不知是怎么回事，站起来再三追问。那个女子失声痛哭，跪伏在地上说："我不敢欺骗公公婆婆，我是狐女，曾经和你们的儿子结为夫妻。我对他本就是出于一片相爱之心，并没有媚惑他的意图，不料他因爱恋过度，竟然得痨病死了。我的心里时常愧疚悔恨，所以发誓不再嫁，在他的墓旁住了下来。如今无意间遇见了公公婆婆，希望你们不要到别处去了，我还有能力赡养公婆。"

老两口开始时十分害怕，随后见她情真意切，便相互拉着手哭了一场，于是就留下来一起居住。狐女侍奉公婆无微不至，胜过他们儿子活着的时候。

就这样过了六七年，狐女忽然打发老妈子去买来一副棺材，并且准备了铁锹畚箕之类挖土的工具。老两口感到很奇怪，问她这是干什么，狐女高兴地说："公公婆婆应该祝贺我。我侍奉公公婆婆，不过是为追念死去的丈夫，以尽我的心意罢了。不料却感动了土地神，把这件事报告给了东岳大帝。东岳大帝同情我，准许我不等内丹修炼完成，就可脱去本形，得成正果。如今把我的遗蜕和我丈夫葬在一起，以表示死则同穴的意思。"

说罢，她把老两口带到侧屋。那儿果然有一只黑色狐狸躺在榻上，毛色如黑漆，抬起来轻得像树叶；一敲则发出金石的声音。老

两口这才相信她是真仙。

安葬完毕，狐女又对公婆说："如今我从属碧霞元君为女官，应该到泰山去，请公公婆婆和我一起走。"于是他们一起到了泰山，租了房子和当地人混住在一块儿。狐女只是不叫别人看见她的样子，但却还像以前那样赡养公婆。不知他们最后怎么样了。

这个故事和前面所记叙的狐女大致相同。不过那个狐女是有目的地供养婆婆，所以仅仅得以免于天诛。而这个狐女不是有所求而赡养公婆，所以最终能修炼成仙。天上没有不忠不孝的神仙，这话一点儿不假。

人定胜天

竹汀又言：有夜宿城隍庙廊者，闻殿中鬼语曰："奉牒拘某妇。某妇恋[①]其病姑，不肯死，念念固结[②]，神不离舍[③]，不能摄取，奈何？"城隍曰："愚忠愚孝，多不计成败，与命数争，徒自苦者，固不少；精诚之至，鬼神所不能夺者，挽回一二，间[④]亦有之。与强魂捍拒[⑤]，其事迥殊[⑥]，此宜申岳帝取进止，毋遽以厉鬼往也。"语讫，遂寂。后不知究竟能摄否。然足知人定胜天，确有是理矣。

注 释

① 恋：留恋，依恋。

② 念念固结：两个人的意念紧密地连接在一起。

③ 舍：居住的房子，这里指身体。

④ 间：中间。

⑤ 捍拒：抗拒，抵抗。

⑥ 迥殊：犹迥别。

译 文

竹汀又说：有一个夜间住在城隍庙走廊里的人，听到城隍庙大殿中的鬼物说道："我奉命去拘捕某妇女。可这个妇女留恋着病中的婆婆，不肯死，她的意念与婆婆紧密连接，神魂不离开肉身，我没法拘捕她，怎么办呢？"城隍说："愚忠愚孝的人，大多不计较成败得失，那些与命运抗争、最终却是自讨苦吃的人，固然是不少；然而由于精诚所至，鬼神也不能夺去他性命的人，能够挽回一两个人的性命，这种情况也偶尔会有。这与强悍的魂魄抗拒捕押是完全不同的，像这种事应该禀报给东岳大帝定夺，千万不要匆匆忙忙地派厉鬼去强行拘捕。"说完，四周就寂静下来了。不知道后来那位妇女是否被拘捕。然而通过这件事情，足以证明"人定胜天"的格言确实是有道理的。

鬼乞诗集

香沚又言：有老儒授徒野寺。寺外多荒冢，暮夜或见鬼形，或闻鬼语。老儒有胆，殊不怖。其僮仆习惯，亦不怖也。一夕，隔墙语曰：“邻[①]君已久，知先生不讶。尝闻吟咏，案上当有温庭筠诗，乞录其《达摩支曲》[②]一首焚之。”又小语曰：“末句‘邺城风雨连天草’，祈[③]写‘连’为‘粘’，则感极矣。顷争此一字，与人赌小酒食也。”老儒适有温集，遂举投墙外，约一食顷，忽木叶乱飞，旋飚[④]怒卷，泥沙洒窗户如急雨。老儒笑且叱曰：“尔辈勿劣相。我筹之已熟，两相角赌，必有一负；负者必怨，事理之常。然因改字以招怨，则吾词曲；因其本书以招怨，则吾词直。听尔辈狡狯，吾不愧也。”语讫而风止。褚鹤汀曰：“究是读书鬼，故虽负气求胜，而能为理屈。然老儒不出此集，不更两全乎？”王穀原曰：“君论，世法[⑤]也。老儒解世法，不老儒矣。”

注 释

① 邻：临近。

② 《达摩支曲》：唐代诗人温庭筠创作的一首七言古诗。这首诗颂扬了蔡文姬、苏武二人的爱国热情，斥责了“无愁天子”高纬的误国行径，对有雄心报国的北齐老臣终抱亡国之恨表示叹惋。

③ 祈：请。

④ 旋飚：旋风。

⑤ 世法：指世事的交际应酬。

译 文

香沚又说：有位老儒在野外的一座寺庙中设帐授徒。庙外有很多荒冢，夜晚有时能看到鬼影，有时能听到鬼的说话声。这位老儒向来有胆量，毫不惧怕。他的僮仆对此也习惯了，也不觉得害怕了。

一天晚上，有个鬼隔着墙对老儒说：“我和您做邻居已经很久了，知道您不会因我们的存在而感到惊讶。我曾经听见您吟咏诗句，您的书桌上应该有温庭筠的诗。我想求您抄录他那首《达摩支曲》，然后烧掉送我。”接着，鬼又小声说：“末句的‘邺城风雨连天草’，请您把‘连’写作‘粘’，我就更感激不尽了。刚才因为争论这个字，我和别人赌了些酒菜。”

老儒恰巧有《温庭筠诗集》，就把它拿起来扔出了墙外。过了大约一顿饭的时间，外面忽然树叶乱飞，狂风怒吼，泥土沙石像急雨一般飞打到窗户上。老儒一边笑一边斥责道：“你们不要摆出这副丑态。我考虑得很清楚，双方打赌，总有一方是输的；输的一方自然会有怨恨，这是常理。然而如果因为我把诗中的字改了而招来怨恨，这是我理亏；因为书中原文如此而受人抱怨，我理直气壮。任凭你们多么狡猾，我都问心无愧。”话音刚落，外面的风就停了。

褚鹤汀说：“这毕竟是些读书人的鬼魂，所以尽管他们赌气求胜，但仍能被道理屈服。然而，如果老儒不把那本诗集扔出墙外，不更是两全其美了吗？”王毅原说：“您所说的，是世人的交际应酬准则，老儒如果懂得这些交际应酬准则，他就不是老儒了。”

不战屈狐

表伯王洪生家，有狐居仓中，不甚为祟。然小儿女或近仓游戏，辄被瓦击。一日，厨下得一小狐，众欲捶杀[1]以泄愤。洪生曰："是挑衅也。人与妖斗，宁[2]有胜乎？"乃引至榻上，哺[3]以果饵[4]，亲送至仓外。自是儿女辈往来其地，不复击矣。此不战而屈人也。

注 释

① 捶杀：打死。

② 宁：难道。

③ 哺：喂养。

④ 果饵：糖果、糕饼等食品。

译 文

我的表伯王洪生家有狐狸，住在仓房中，不大为害，但小孩子有时如果靠近仓房游戏，就会被瓦片击中。一天，在厨房里抓到了一只小狐狸，家里人都提议把它打死，以发泄愤怒。王洪生说："这是在挑起事端。人与妖怪斗，难道有斗赢的吗？"于是他把小狐狸放在床上，用果子点心等喂它，然后亲自把它送到仓房外面。从此以后，小孩们再经过仓房，也没有瓦片击打他们了。这就是不战而使人屈服。

以钱赎狐

又舅氏安公五占，居县东留福庄。其邻家二犬，一夕吠甚急。邻妇出视无一人，惟闻屋上语曰："汝家犬太恶，我不敢下。有逃婢匿汝家灶内，烦以烟薰之，当自出。"妇大骇，入视灶内，果嘤嘤有泣声。问是何物，何以至此？灶内小语曰："我名绿云，狐家婢也，不胜[①]鞭棰，逃匿于此，冀少缓须臾死，惟娘子哀[②]之。"妇故长斋礼佛，意颇怜悯，向屋仰语曰："渠畏怖不出，我亦实不忍火攻，苟无大罪，乞仙家舍之。"（里俗呼狐曰仙家。）屋上应曰："我二千钱新买得，那能即舍？"妇曰："二千钱赎之，可乎？"良久，乃应曰："是或尚可。"妇以钱掷于屋上，遂不闻声。妇扣灶呼曰："绿云可出，我已赎得汝，汝主去矣。"灶内应曰："感[③]活命恩，今便随娘子驱使。"妇曰："人那[④]可蓄狐婢，汝且自去；恐惊骇小儿女，亦慎勿露形。"果似有黑物瞥然逝。后每逢元旦[⑤]，辄闻窗外呼曰："绿云叩头。"

注 释

① 胜：能承受。

② 哀：可怜。

③ 感：感念。

④ 那：怎么。

⑤ 元旦：正月初一。

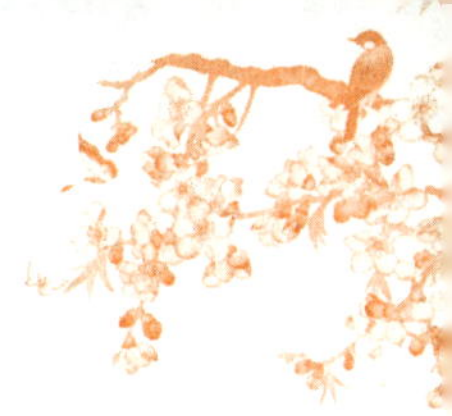

译文

还有，我的舅舅安五占先生住在县城东面的留福庄。他邻居家有两条狗，一天晚上，这两条狗吠叫得特别凶。邻居家的妇人出来查看，外面一个人也没有，只是听见屋顶上有人说道："你家的狗太凶，我不敢下去。我有个丫鬟躲进你们家的灶洞里了，麻烦你用烟熏一熏，她自然会出来的。"

这妇人吓得不得了，回到屋里向灶洞里看，果然听到里面有嘤嘤的哭泣声。她向灶洞内问："你究竟是什么，怎么会落到这个地步？"灶洞里有人小声说："我叫绿云，是狐仙家的丫鬟。因为忍受不了主人的鞭打，才逃到这里，希望能够稍微缓一段时间再死，望娘子可怜可怜我。"

这妇人一向吃斋念佛，心中很怜悯她，于是仰着脸对屋顶上说："她怕得要命，不敢出来，我也实在不忍心用火熏她。如果她没犯什么大罪，求仙家放了她吧。"（当地的风俗，将狐狸称作"仙家"。）屋顶上的狐仙应声道："我刚用了二千钱把她买回来，哪能就这么放她走呢？"妇人问："我用二千钱来赎她，行不行？"过了许久，那狐仙才答道："这样也可以。"妇人把钱扔到了屋顶上，屋顶上就安静下来了。

妇人回到灶边，敲着灶台说："绿云，你可以出来了，我已经替你赎了身，你家主人已经走了。"灶洞里应声道："十分感谢您的救命之恩，从今天开始，我就听您的使唤了。"妇人说："人的家里怎么能养狐婢呢，你自己离去吧，我怕吓到了孩子们，你走时千万不要现出原形。"灶洞里果然钻出了一个黑乎乎的东西，转眼间不见了。

后来，每逢大年初一，这位妇人都会听到窗外有个声音道：“绿云给您叩头了。”

缢鬼报恩

从侄秀山言：奴子吴士俊尝与人斗，不胜，恚[①]而求自尽。欲于村外觅僻地，甫出栅，即有二鬼邀之。一鬼言投井佳，一鬼言自缢更佳，左右牵掣，莫知所适。俄有旧识丁文奎者从北来，挥拳击二鬼遁去，而自送士俊归。士俊惘惘如梦醒，自尽之心顿息。文奎亦先以缢死者。盖二人同役于叔父栗甫公家，文奎殁后，其母婴疾困卧，士俊尝助以钱五百，故以是报之。此余家近岁事，与《新齐谐》所记针工遇鬼略相似，信凿然有之。而文奎之求代而来，报恩而去，尤足以激[②]薄俗[③]矣。

注释

① 恚：愤恨。

② 激：刺激。

③ 薄俗：轻薄、败坏的习俗与风气。

译文

我的堂侄秀山说，仆人吴士俊曾和人斗殴，没打胜，便气得要去自尽。他打算到村外找个僻静的地方，刚出栅栏门，便有两个鬼

迎了上来。一个鬼说投井好，另一个鬼则说上吊更好。

两个鬼一左一右地拉扯着他，他不知听哪一个的好。拉扯了一会儿，有一个他以前认识的叫丁文奎的人从北面而来，挥拳把两个鬼打跑了，然后亲自把吴士俊送了回去。吴士俊迷迷糊糊的，好像做了一场梦一样，自尽的念头也就消失了。

丁文奎也是上吊死的。他们两个以前一起在我叔父栗甫公家干活，丁文奎死后，他母亲得了重病，困顿在床上，吴士俊曾资助她五百钱，所以这次丁文奎才会来报答他。

这是我家近几年发生的事，和《新齐谐》中记载的裁缝遇鬼之事差不多。可见这类事确实有。而丁文奎本来是为找替身而来，最终却报恩而去，这足以刺激现在这轻薄、败坏的社会风气。

游僧之诈

河间有游僧，卖药于市。以一铜佛置案上，而盘贮药丸，佛作引手取物状。有买者，先祷于佛，而捧盘进之。病可治者，则丸跃入佛手；其难治者，则丸不跃。举国信之。后有人于所寓寺内，见其闭户研铁屑。乃悟其盘中之丸，必半有铁屑，半无铁屑；其佛手必磁石为之，而装金于外。验之信然，其术乃败。会有讲学者，阴作讼牒，为人所讦[1]。到官昂然不介意，侃侃而争。取所批《性理大全》核对，笔迹皆相符，乃叩额伏罪。太守徐公，讳景曾，通儒也，闻之笑曰："吾平生信佛不信僧，信圣贤不信道学。今日观之，灼然[2]不谬。”

注释

① 讦：揭发。

② 灼然：确实。

译文

河间府有个云游的和尚，常在集市上卖药。他把一尊铜佛放在桌案上，铜佛面前摆着一个盛药丸的盘子，铜佛的一只手前伸作取物状。有人买药，先要向着佛像祷告，然后捧起药盘靠上前去。如果病可以治好，药丸会自己跳入铜佛手中；如果治不好，药丸就不会跳起来。全国的人都对那个和尚深信不疑。

后来，有人在和尚寄居的寺庙里看见他关着房门在屋里研磨铁屑，这才恍然大悟，盘子里的药丸必定有一半搀上了铁屑，另一半没搀；铜佛的手一定是磁石做成的，只不过在表面镀上了一层金。经过验证，事情果真如此，和尚的奸谋才因此而败露。

还有一位道学家，私下为他人撰写诉状，被人揭露出来。到了官府的大堂上，他昂首挺胸，毫不介意，侃侃而谈，为自己辩解。官府的人取出他所批注的《性理大全》，核对了一番。笔迹与他写的讼词一般无二，他这才磕头伏罪。

河间府太守徐景曾是个很有学问的人，听了这两件事后笑道：“我平生信佛不信僧，信圣贤不信道学。现在看来，我的观念确实没有错。”

雅鬼问路

杨槐亭前辈有族叔，夏日读书山寺中。至夜半，弟子皆睡，独秉烛咿唔[①]。倦极假寐，闻叩窗语曰：“敢敬问先生，此往某村当从何路？”怪问为谁，曰：“吾鬼也，溪谷重复，独行失路。空山中鬼本稀疏，偶一二无赖贱鬼，不欲与言，即问之亦未必肯相告，与君幽明虽隔，气类原同，故闻书声而至也。”具以告之，谢而去。后以语槐亭，槐亭怃然曰：“吾乃知孤介寡合[②]，即作鬼亦难。”

注释

① 咿唔：读书的声音。

② 孤介寡合：耿直方正，不随波逐流。

译文

杨槐亭前辈有位同族的叔叔，夏天在山间的寺庙中读书。到了半夜，弟子们都睡了，他独自点着灯读书。后来他困极了，便打了一个盹。这时忽然听见外面有人敲着窗户说：“敢问先生，从这儿往某村去，该走哪条路？”这位族叔奇怪地问：“你是谁？”外面回答说：“我是鬼。这儿山重水复，我独自行走，结果迷了路。空山之中鬼本来就少，偶尔遇见一两个无赖下贱的鬼，我也不愿意和他们说话，而且即使问了他们

也未必肯告诉我。我与先生虽然是两个世界的人，但气类相同。所以听到读书声便来了。”族叔将路径告诉了鬼，鬼道谢而去。

后来那位族叔把这件事讲给杨槐亭听，杨槐亭怅然地说道：“我今天才知道，孤僻不合群的人，哪怕是做鬼也很困难。”

术士之警

边秋崖前辈言：一宦家夜至书斋，突见案上一人首，大骇，以为咎征[①]。里有道士能符箓，时预[②]人丧葬事，急召占之。亦骇曰：“大凶，然可禳解[③]，斋醮[④]之费，不过百馀金耳。”正拟议间，窗外有人语曰：“身不幸伏法就终，幽魂无首，则不可转生，故恒自提携，累如疣赘。顷见公棐几[⑤]滑净，偶置其上。适公猝至，仓皇忘取，以致相惊。此自仆之粗疏，无关公之祸福。术士妄语，慎不可听。”道士乃丧气而去。又言：一宦家患狐祟，延术士劾治，法不验，反为狐所窘。走投其师，更乞符箓至。方登坛檄将，已闻楼上般移声、呼应声，汹汹然相率而去。术士顾盼有德色，宦家亦深感谢。忽举首见壁上一帖，曰：“公衰运将临，故吾辈得相扰。昨公捐金九百建育婴堂，德感神明，又增福泽，故吾辈举族而去。术士行法，适值其时；据以为功，深为忝窃[⑥]。赐以觞豆，为稍障[⑦]羞颜，庶几或可；若有所酬赠，则小人太徼幸矣。”字径寸馀，墨痕犹湿。术士惭沮，竟噤不敢言。梁简文帝与湘东王书引谚曰：“山川而能语，葬师食无所；肺腑而能语，医师面如土。”此二事者，

可谓鬼魅能语矣。术士其知之。

注释

① 咎征：灾祸的预兆。

② 预：参与。

③ 禳解：指向神祈求解除灾祸。

④ 斋醮：代指做法事。

⑤ 棐几：用棐木做的几桌，亦泛指几桌。

⑥ 忝窃：谦言辱居其位或愧得其名。

⑦ 障：遮挡。

译文

边秋崖前辈说：有个当官的人晚上到书斋去，突然看见桌上有个人头，他极为害怕，以为这是凶兆。附近有个道士善于用驱鬼辟邪的符咒，经常帮人家处理丧葬的事情。那个当官的人急忙把他叫来卜算这件事的吉凶。结果道士也惊恐地说："这是大凶之兆，但是可以通过做法事来解除灾祸，设坛做法事的费用只要一百两银子左右。"

他们正在商议，忽然听见窗外有人说："我不幸伏法而死，但幽魂如果没有头颅，就不能投胎转世，所以我一直自己拎着头颅，累赘得像个瘤子一样。刚才我见您的桌案光滑洁净，便暂且把头放在上面。恰好您突然进来，我仓皇之中忘了把它拿走，所以让您受惊了。这是我的疏忽，同您的祸福并没有什么关系。术士胡说八道，您要小心，不要听信他的话。"道士只好垂头丧气地走了。

边秋崖还说，有一个官宦人家被狐狸搅扰，于是就请来了术士施法镇压，但是术士的法术没有效果，术士自己反而被狐狸弄得狼狈不堪。术士又跑去找他的师父，求了符篆来。这次他刚登坛召唤神将，就听到楼上传来一阵搬东西、相互招呼的声音，闹哄哄地全都走了。

术士环顾左右，满脸得意的神色。那个当官的人更是感激他，猛然抬头，却看到墙上贴着一张纸条，上面写道："您本来要走霉运，所以我们才敢来骚扰您。但是昨天您捐了九百两银子，用来建育婴堂，您的功德感动了神明，又为您增添了福泽。所以我们全族才要搬走。术士作法只不过是恰逢其时而已，但他却把这当成自己的功劳，我都替他感到羞耻。您赏赐给他一杯豆子，让他稍微能够遮挡脸面，倒也还可以。如果您再对他有所酬谢的话，那么这个小人就太侥幸了。"字有一寸多大，墨迹还是湿的。术士十分惭愧丧气，竟然一声都没敢出。

梁代简文帝给湘东王的信中引用谚语说："如果山川能说话，葬师就没有饭可吃了。如果肺腑能说话，医生一定会面如土色。"这两件事情，可以称得上是鬼怪善于说话了。术士们应该记住。

王发救人

奴子王发，夜猎归。月明之下，见一人为二人各捉一臂，东西牵曳，而寂不闻声。疑为昏夜之中，剥夺[1]衣物，乃向空虚鸣一铳。二人奔迸散去，一人返奔归，倏[②]皆不见，方知为鬼。比及村口，则一家灯火出入，人语嘈囋[③]，云："新妇缢死复苏矣。"妇云："姑命晚餐作饼，为犬衔去两三枚。姑疑窃食，痛批其颊。冤抑莫白，痴立树下。俄一妇来劝：'如此负屈，不如死。'犹豫未决，又一妇来怂恿之。恍惚迷瞀，若不自知，遂解带就缢，二妇助之。闷塞痛苦，殆难言状，渐似睡去，不觉身已出门外。一妇曰：'我先劝，当代我。'一妇曰：'非我后至不能决，当代我。'方争夺间，忽霹雳一声，火光四照，二妇惊走，我乃得归也。"后发夜归，辄遥闻哭詈，言破坏我事，誓必相杀。发亦不畏。一夕，又闻哭詈。发诃[④]曰："尔杀人，我救人，即告于神，我亦理直。敢杀即杀，何必虚相恐怖。"自是遂绝。然则救人于死，亦招欲杀者之怨，宜袖手者多欤？此奴亦可云小异矣。

注 释

① 剥夺：剥下，夺取。

② 倏：极快的，忽然。

③ 嘈囋：声音杂乱、喧闹。

④ 诃：斥骂。

译 文

我的奴仆王发，有一次夜里打猎回来。在明亮的月光下，他见一个人被两个人抓着胳膊，向相反的方向拉扯，但却一点声响也没有。他以为是盗贼趁着天黑抢劫别人的衣物，就向空中放了一铳。那两个人逃跑了，另一个人也返身往回跑，转眼就都不见了。他这才知道是遇上了鬼。

等他到了村口，看见有一家人点着灯，人客来往，声音嘈杂，都在说："新媳妇之前上了吊，现在又复活了。"新媳妇说："婆婆叫我晚饭做饼吃，却被狗叼走了两三个，婆婆怀疑是我偷吃了，就狠狠地扇我的耳光。我承受了不白之冤，无处诉说，就痴痴地站在树下。过了一会儿，有一个女人过来劝我说：'受到这样的冤屈，还不如去死。'我正在犹豫不决，又有一个女人来怂恿我。我恍恍惚惚，好像失去了自己的意识，于是就解下带子上吊，那两个女人还帮着我。我慢慢地感到憋闷痛苦，那种感觉真是难以形容，渐渐地，我好像睡过去了一样，身体也不知不觉地走出门外。一个女人说：'我先劝的，她应该代替我。'另一个女人说：'如果不是我在后面赶来，她不会下决心上吊，应该代替我。'她们正在争执，忽然一声响雷，火光四射，那两个女人被吓跑了，我就又回来了。"

后来王发夜里回来，经常听到远远地传来哭骂声，说你坏了我的事，我誓必杀了你。王发却也不怕。一天晚上，王发又听到了哭骂声。于是他呵斥道："你是在杀人，我是在救人，即便你告到神明那儿，我也有理。你敢杀就杀，何必虚张声势地吓唬我？"从此，那两个鬼再也没有出现过。

但是，救了一个人的性命，往往也会招致想要杀人的人的怨恨，所以袖手旁观的人才这么多吗？这个奴才可以说是与这些人不同。

气机相感

蛇能报冤，古记有之，他毒物则不能也。然闻故老之言曰："凡遇毒物，无杀害心，则终不遭螫；或见即杀害，必有一日受其毒。"验之颇信。是非物之知报，气机相感[①]耳。狗见屠狗者群吠，非识其人，亦感其气也。又有生啖毒虫者，云能益力。毒虫中人或至死，全贮其毒于腹中，乃反无恙，此又何理欤？崔庄一无赖少年习此术，尝见其握一赤练蛇，断其首而生啮，如有馀味。殆其刚悍[②]鸷忍[③]之气足以胜之乎？力何必益？即益力方药亦颇多，又何必是也？

注释

① 感：感应，影响。

② 刚悍：强悍。

③ 鸷忍：凶残。

译文

蛇能报冤仇，这在古书上早有记载，其他有毒的动物则没有这种能力。然而，我听老人们说："凡遇上有毒的动物，你不去伤害它，它就绝不会来螫咬你；如果你一见到就杀掉它们，早晚有一天会遭到报复。"实践证明，老人们的话十分可信。

其实，这并不是因为那些毒物懂得报仇，而是气机相互感应的缘故。狗一见到杀狗的人就一齐狂吠不止，并不是认识他这个人，而是因为感应到了他身上的气机。

世上有一种专吃毒虫的人，据他们说，吃了毒虫可以增益气力。毒虫咬伤了人，有时甚至可以致死，而他们把毒全吞到了肚子里，反而平安无事，这又是什么道理呢？崔庄有一个无赖少年会这种吞吃毒虫的功夫，我曾见他手里握着一条赤链蛇，把蛇头砍断后就生吃了起来，好像很有滋味的样子。这是他那强悍残忍的气势足以战胜蛇毒吗？但人的气力为什么非要得到增益呢？即便是需要增益，关于这方面的药物也很多，为什么非要使用这种方法呢？

无用之儒

奴子傅显，喜读书，颇知文义，亦稍知医药。性情迂缓[①]，望之如偃蹇[②]老儒。一日，雅步[③]行市上，逢人辄问："见魏三兄否？"（奴子魏藻，行三也。）或指所在，复雅步以往。比相见，喘息良久。魏问相见何意？曰："适在苦水井前，遇见三嫂在树下作针黹，倦而假寐。小儿嬉戏井旁，相距三五尺耳，似乎可虑。男女有别，不便呼三嫂使醒，故走觅兄。"魏大骇，奔往，则妇已俯井哭子矣。夫僮仆读书，可云佳事。然读书以明理，明理以致用也。食而不化，至昏愦僻谬，贻害无穷，亦何贵此儒者哉！

注 释

① 迂缓：迟缓，不直截了当。

② 偃蹇：形容委曲婉转的样子。

③ 雅步：从容安闲地行走。

译文

我的奴仆傅显，喜欢读书，并且能够很好地体味书中的意思，还稍微懂些医药。他的性情迟缓，看上去像是上了年岁的老儒生。

有一天，他迈着四方步走在集市上，逢人便问：“你看见魏三哥没有？”（我的奴仆魏藻，排行第三。）有人告诉他魏藻在什么地方，他便迈着方步走过去了。

等见了面，他先是喘息了好一会儿。魏三问有什么事，他说：“刚才我在苦水井前，遇见三嫂在树下做针线活，疲乏了在打盹。小孩在井旁玩耍，离井边只有三五尺远，很叫人担心。男女有别，我不便把三嫂叫醒，所以跑来找你。”魏藻大惊，急忙奔向井边，而这时妻子已经趴在井旁哭儿子了。

僮仆能够读书，可以说是好事。但读书是为了明白道理，明白道理是为了实际应用。学了而没有吸收，以致性格变得昏庸怪僻，则贻害无穷。这种儒生有什么值得重视的呢？

浪子回头

瑶泾有好博者，贫至无甑[①]，夫妇寒夜相对泣，悔不可追。夫言：“此时但有钱三五千，即可挑贩给朝夕，虽死不入囊家[②]矣。顾安所从得乎？”忽闻扣窗语曰：“尔果悔，是亦易得，即多于是亦易得，但恐故智复萌耳。”以为同院尊长悯恻相周，遂饮泣设誓，词甚坚苦。随开门出视，月明如昼，寂无一人，惘惘莫测其所以。次夕，又闻扣窗曰：“钱已尽返，可自取。”秉火起视，则数百千钱累累然皆在屋内，计与所负适相当。夫妇狂喜，以为梦寐，彼此掐腕皆觉痛，知灼然是真。（俗传梦中自疑是梦者，但自掐腕觉痛者是真，不痛者是梦也。）以为鬼神佑助，市牲醴[③]祭谢。途遇旧博徒曰：“尔术进耶？运转耶？何数年所负，昨一日尽复也？”罔知所对，唯诺而已。归甫设祭，闻檐上语曰：“尔勿妄祭，致招邪鬼，昨代博者是我也。我居附近尔父墓，以尔父愤尔游荡，夜夜悲啸，我不忍闻，故幻尔形往囊家取钱归。尔父寄语：事可一不可再也。”语讫，遂寂。此人亦自此改行，温饱以终。呜呼，不肖之子，自以为惟所欲为矣。其亦念黄泉之下，有夜夜悲啸者乎？

注释

① 甑：古代蒸饭的一种瓦器。

② 囊家：设局聚赌抽头取利者。

③ 牲醴：指祭祀用的牲口和甜酒。

译文

瑶泾有个喜欢赌博的人，已经穷到了连锅都没有的地步。夫妻俩在寒夜里相对哭泣，后悔不及。丈夫说："现在只要有三五千钱，我就可以挑着东西贩卖，以此来供给早晚的饭食，死也不去赌场了。但这钱又到哪儿去弄呢？"

忽然，他们听到有人敲着窗户说："你如果是真的悔过，这些钱也容易弄来，即使比这更多些也不难。只怕你又犯老毛病。"他以为是住在同院的前辈可怜他，前来救济他，便哭着发誓，誓言十分坚定。随后，他开门出来，只见月光明亮，寂然无人。他惘惘然不知是怎么回事。

第二天晚上，他又听见有人敲着窗户说："钱都回来了，你可以自己拿。"他点了灯起来，发现有几百几千的钱，都摆放在屋里。他算了一下，和输掉的钱数目相当。夫妇俩狂喜，以为是在做梦，彼此掐手腕觉得痛，这才知道这的确是真的。（这里的习俗，怀疑自己是在做梦的人，只要掐自己的手腕，觉得痛就是真的，不觉得痛就是在做梦。）

他以为这是鬼神在保佑他，便去买祭品来祭谢鬼神。路上遇见过去在一起赌博的人，对他说："是你的赌技进步了，还是你时来运转了？为什么你前几年输的钱，昨天一天就都赢回来了？"这人不知怎么回答，只应付了几句。

回到家，他刚要设置祭礼，就听见房檐上有人说道："你不要乱祭祀，以致招来邪鬼。昨天替你去赌场赌钱的人是我。我的住处靠近你父亲的坟墓，你父亲恨你不务正业，夜夜悲哭，我不忍心听，所以我变了你的样子到赌场把钱取了回来。你父亲让我转告你：事情可以发生一次，但不能发生第二次。”说完，就没有声音了。这人从此改了恶行，一辈子得以温饱。

唉，不孝的子孙自以为可以为所欲为了，但他们曾想过在黄泉之下，夜夜都悲哭的人吗？

无首之人

阿公偶问余刑天干戚[①]事，余举《山海经》以对。阿公曰：“君勿谓古记荒唐，是诚有也。昔科尔沁台吉[②]达尔玛达都尝猎于漠北深山，遇一鹿负箭而奔，因引弧殪[③]之。方欲收取，忽一骑驰而至，鞍上人有身无首，其目在两乳，其口在脐，语啁哳自脐出。虽不可辨，然观其手所指画，似言鹿其所射，不应夺之也。从骑皆震慑失次[④]，台吉素有胆，亦指画示以彼射未仆，此射乃获，当剖而均分。其人会意，亦似首肯，竟持半鹿而去。不知其是何部族，居于何地，据其形状，岂非刑天之遗类欤？天地之大，何所不有，儒者自拘于见闻耳。”案[⑤]，《史记》称：《山海经》《禹本纪》所有怪物，余不敢信。是其书本在汉以前。《列子》称大禹行而见之，伯益知而名之，夷坚闻而志之。其言必有所受，特后人不免附益又窜乱之，故往往悠谬太甚，且杂以秦汉之地名。分别观之，可矣。必谓本依附《天问》作《山海经》，不应引《山海经》反注《天问》，则太过也。

注释

① 干戚：斧头和盾牌。干，盾牌；戚，大斧。

② 台吉：清朝对蒙古贵族封的爵位名号。

③ 殪：杀死。

④ 失次：犹失伍，打乱了行列。

⑤ 案：同“按”，据查考、研究。

译文

阿公有一次偶然问起我刑天舞干戚的典故，我就举出《山海经》中的记载来回答他。阿公听后说：“你不要认为古代的记载是荒唐的，这些是确实存在的。以前科尔沁的贵族达尔玛达到漠北的深山里去打猎，遇到一只中箭的鹿正在奔逃，就趁机拉弓射死了那只鹿。他正想把鹿抬走，忽然有一人骑马飞驰而来。马上的人有身子没有头，他的眼睛长在两乳处，嘴长在肚脐处，说话时声音就从肚脐中发出来。虽然听不懂他的话，但看他的手势，好像说鹿是他射的，你们不应该夺走。随从们都吓得不知所措，但那位贵族一向胆大，就也比画着说：你射了但没射死，是我这一箭射出去才捕获了它，我们应该对半分。那人明白了他的意思，好像也赞同，就带着半只鹿走了。不知那人是什么部族的，住在什么地方，看他的模样，难道是刑天的后裔吗？天地广大无比，无所不有，而儒生们则太拘泥于自己的见闻了。”

据查，《史记》中说：《山海经》《禹本纪》中所记载的怪物，我都是不太敢相信的。因为这些书出现在汉代之前。《列子》中说，大禹四处奔走时看到过这些怪物，伯益知道了，就给它们起了名字，夷坚听说后便把它们记录了下来。这种说法肯定是有依据的，只是后人难免会有所附会，又加以篡改，所以往往错得太厉害，而且其中还夹杂着秦汉时代的地名。如果能够把这些书加以甄别来读就好了。如果坚持认为《山海经》是依据《天问》写出来的，就不应当引用《山海经》来解读《天问》，那就有点太过了。

冥使拘人

赵鹿泉前辈言：孙虚船先生未第时，馆于某家。主人之母适病危。馆童具[①]晚餐至。以有他事，尚未食，命置别室几上。倏见一白衣人入室内，方恍惚错愕，又一黑衣短人[②]逡巡[③]入。先生入室寻视，则二人方相对大嚼，厉声叱之。白衣者遁去，黑衣者以先生当门，不得出，匿于墙隅[④]。先生乃坐于户外观其变。俄主人踉跄出，曰："顷病者作鬼语，称冥使奉牒来拘。其一为先生所扼，不得出。恐误程限[⑤]，使亡人获大咎。未审真伪，故出视之。"先生乃移坐他处，仿佛见黑衣短人狼狈去，而内寝哭声如沸矣。先生笃实君子，一生未尝有妄语，此事当实有也。惟是阴律至严，神听至聪，而摄魂吏卒不免攘夺[⑥]病家酒食。然则人世之吏卒，其可不严察乎？

注释

① 具：备好，办好。

② 短人：身材矮小的人。

③ 逡巡：因为有所顾虑而徘徊不前 。

④ 墙隅：墙角。

⑤ 程限：进程的限度。

⑥ 攘夺：掠夺，夺取。

译文

赵鹿泉前辈说：孙虚船先生还没登第时，在一户人家中设帐教书。当时正值主人的母亲病危，学馆里的小童送晚饭来。孙虚船因为还有别的事，就暂时没有吃，让他放在另一间屋的几案上。

忽然，他看见一个白衣人闪进了屋里，正在恍惚惊讶间，又一个穿黑衣的小个子徘徊着也进了屋。孙虚船进屋察看，见这两人正面对面地大吃着，便厉声呵斥。白衣人逃走了，黑衣人因为孙虚船堵住了门，出不去，躲在墙角。孙虚船便坐在门外看还会有什么变故。

不一会儿，主人踉踉跄跄地走了出来，说：“刚才病人说鬼话，说鬼卒奉命来勾人，其中一个被先生堵在门里出不来，恐怕误了期限，叫死者遭受重罚。我也不知道真假，所以出来看看。”孙虚船先生便移到了别的地方坐，似乎看见黑衣矮人狼狈地走了，接着内室里哭声大起。

孙虚船先生是诚实的君子，一生没有说过谎话，因此这件事应该是真的。只是阴间律法极严，神明耳目极灵，而勾人的鬼卒们还不免抢夺病人家的酒饭。那么人间的官吏衙役，怎能不严格监督呢？

慎服仙药

神仙服饵[①]，见于杂书者不一，或亦偶遇其人；然不得其法，则反能为害。戴遂堂先生言：尝见一人服松脂十馀年，肌肤充悦[②]，精神强固，自以为得力[③]。然久而觉腹中小不适，又久而病燥结，润以麻仁之类，不应。攻以硝黄之类，所遗[④]者细仅一线。乃悟松脂粘挂于肠中，积渐凝结愈厚，则其窍愈窄，故束而至是也。无药可医，竟困顿至死。又见一服硫黄者，肤裂如磔[⑤]，置冰上，痛乃稍减。古诗“服药求神仙，多为药所误”，岂不信哉！

注 释

① 服饵：服食丹药。

② 充悦：形容精神焕发。

③ 得力：得益，见效。

④ 遗：排泄。

⑤ 磔：古代的一种酷刑，把肢体寸寸分裂。

译 文

服食丹药而成仙的记载，在杂书中各有不同，有时也能遇见这种人。但是如果服药不得法，反而有害。

戴遂堂先生说，他见过一个人服用松脂十多年，肌肤丰满润泽，精力充沛，那人自认为这方法见效了。但是时间长了，那人便觉得肚子不大舒服，后来又大便干燥，服用麻仁之类的润肠药物，也没有效果。继而又用硝黄一类的药物强攻，大便也只是细得如一

条线。他这才明白是松脂粘挂在了肠子上，逐渐凝结增厚，于是肠道越来越窄，以致被堵塞到了这个地步。因为没有药可以医治，那人最后竟困顿而死。

他还见过一个服食硫黄的人，皮肤裂得像被凌迟了一样，把他放在冰块上，疼痛才能稍微减轻一些。有句古诗说："服药求神仙，多为药所误。"难道不是这样吗！

托神作祟

赵鹿泉前辈言，吕城，吴吕蒙所筑也。夹河两岸，有二土神祠。其一为唐汾阳王郭子仪，已不可解。其一为袁绍部将颜良，更不省[1]其所自来。土人祈祷，颇有灵应。所属境周十五里，不许置一关帝祠，置则为祸。有一县令不信，值颜祠社会[2]，亲往观之，故令伶人演《三国志》杂剧，狂风忽起，卷芦棚苫盖至空中，斗掷而下，伶人有死者；所属十五里内，瘟疫大作，人畜死亡；令亦大病几殆。余谓两军相敌，各为其主，此胜彼败，势不并存。此以公义杀人，非以私恨杀人也。其间以智勇之略，败于意外者，其数在天，不得而尤人。以驽下[3]之才，败于胜己者，其过在己，亦不得而尤人。张睢阳[4]厉鬼杀贼，以社稷安危，争是一郡，是为君国而然，非为一己而然也。使功成事定之后，殁于战阵者皆挟以为仇，则古来名将，无不为鬼所殛[5]矣，有是理乎？且颜良受歼已久，越一二千年，曾无灵响，何忽今日而为神？何忽今日而报怨？揆[6]以天理，殆必不然。是盖庙祝师巫，造为诡语，山妖水怪，因民听荧惑[7]而依托之。刘敬叔[8]《异苑》曰："丹阳县有袁双庙，真第四子也。真为桓宣武诛，便失所在。太元中，形见于丹阳，求立庙。未即就功，大有虎灾。被害之家，辄梦双至，催功甚急。百姓立祠，于是猛暴用息。常以二月晦[9]，鼓舞祈祠，其日恒风雨。至元嘉五年，设奠讫，村人邱都于庙后见一物，人面鼋身，葛巾，七孔端正而有酒气。未知为双之神，为是物凭也。"余谓来必风雨，其为水怪无疑。然则是事古有之矣。

注 释

① 省：知道。

② 社会：庙会。

③ 驽下：资质驽钝，才能低下。

④ 张睢阳：张巡，唐代"安史之乱"中力守睢阳，死战不降。

⑤ 殛：杀死。

⑥ 揆：揣测。

⑦ 荧惑：迷惑。

⑧ 刘敬叔：刘向。

⑨ 晦：农历每月的最后一天。

译文

赵鹿泉前辈说：吕城是吴国大将吕蒙所建。在护城河的两岸有两座庙，一座祭祀的是唐代的汾阳王郭子仪，这已经叫人莫名其妙；另一座祭祀的是袁绍的部将颜良，更不知道这是什么原因。

当地人去颜良庙祈祷，极为灵验。但在庙周围十五里内的地方，不许有关帝庙，若是建了关帝庙，便要生出祸患。有一个县令不信，在颜良庙举办庙会时，亲自去看，故意叫戏子演《三国志》杂剧。霎时狂风骤起，把芦棚上的苫盖卷到空中，然后抛掷下来，有的戏子竟被砸死了。之后，方圆十五里之内流行瘟疫，人畜都有死亡，县令也大病了一场，差点儿死了。

我认为，两军相互攻杀，各自为自己的君主而战，有胜有败，势不两立，这是因公义而杀人，而不是因私恨而杀人。这之中有的人智勇双全，却意外地失败了，这是天意，不能怨恨别人。而有的人才能低下，败在胜过自己的人手下，那么这是错在自己，也不能怨恨别人。张巡声称变成厉鬼杀敌人，因国家的安危而争夺这一个郡，是为了君王和国家，而不是为了自己。假如大功告成、国事平定之后，那些死在战场上的人都挟仇报复，那么自古以来的名将，就没有不被鬼所杀的了，有这种道理吗？而且颜良被杀已经很久了，已经过了一两千年了，他都没有灵应，如今为什么忽然就变成了神仙？为什么今天才来报复？根据天理来揣度，可以说肯定不是这么回事。那么就有可能是庙祝巫师危言耸听，山妖水怪借百姓迷信而假托颜良的名字作怪。刘向在《异苑》中说：“丹阳县里有个袁双庙，袁双是袁真的第四个儿子。袁真被桓温杀了之后，袁双就不知去向。到了晋朝的太元年间，袁双便在丹阳显灵，要求给他立庙。庙还没有建成，县里就闹起虎灾来。被害的人会梦见袁双来了，催促赶紧修建庙宇。百姓们建起了庙之后，各种灾害也就没有了。当地百姓常于阴历二月末，在庙中打鼓跳舞以祭祀祈祷。这天常常刮风下雨。元嘉五年，祭奠完毕之后，村民邱都在庙后看见了一个怪物，人面鼍身，头戴葛巾，七窍端正，却满身酒气。不知这是袁双的神灵，还是假冒袁双的怪物。”我认为这怪物一来必有风雨，那么无疑是水怪。不过这种事古时便曾有过。

真假神仙

谓无神仙，或云遇之；谓有神仙，又不恒遇。刘向、葛洪、陶弘景以来，记神仙之书，不啻[①]百家；所记神仙之名姓，不啻千人，然后世皆不复言及。后世所遇，又自有后世之神仙。岂保固精气，虽得久延，而究亦终归迁化耶？又神仙清静，方士幻化，本各自一途。诸书所记，凡幻化者皆曰神仙，殊为无别。有王媪者，房山人，家在深山。尝告先母张太夫人曰：山有道人，年约六七十，居一小庵，拾山果为粮，掬泉而饮，日夜击木鱼诵经，从未一至人家。有就其庵与语者，不甚酬答，馈遗亦不受。王媪之侄佣于外，一夕，归省母，过其庵前，道人大骇曰：“夜深虎出，尔安得行！须我送尔往。”乃琅琅击木鱼前导。未半里，果一虎突出。道人以身障之，虎自去，道人不别亦自去。后忽失所在。此或似仙欤？从叔梅庵公言：尝见有人使童子登三层明楼上，（北方以覆瓦者为暗楼，上层作雉堞形，以备御寇者为明楼。）以手招之，翩然而下，一无所损。又以铜盂投溪中，呼之，徐徐自浮出。此皆方士禁制之术，非神仙也。舅氏张公健亭言：砖河农家，牧数牛于野，忽一时皆暴死。有道士过之，曰："此非真死，为妖鬼所摄耳。急灌以吾药，使藏府[2]勿坏。吾为尔劾治，召其魂。"因延至家，禹步[3]作法。约半刻，牛果皆蹶然起。留之饭，不顾而去。有知其事者曰："此先以毒草置草中，后以药解之耳。不肯受谢，示不图财，为再来荧惑地也。吾在山东，见此人行此术矣。"此语一传，道士遂不复至。是方士之中，又有真伪，何概曰神仙哉？

注释

① 不啻：不止。

② 藏府：即"脏腑"，内脏。

③ 禹步：道士在祷神仪礼中常用的一种步法动作。传为夏禹所创，故称禹步。

译文

如果说没有神仙，却有人声称自己遇到过；如果说有神仙，却总是遇不上。从刘向、葛洪、陶弘景以来，记述神仙的书不下百部，所记录的有名姓的神仙不下千位。然而对这些神仙后人都不再提及了，后人所遇的自有后世的神仙。这岂不是说，即便神仙可以保固精气，活得很久，但终究也不免一死吗？神仙之道，以清净为本，方士之徒，以幻化为业，二者本来各为一类。然而一些书上的记载，凡是能幻化的都被称作神仙，两者之间毫无区别。

有个姓王的老妇人，是房山人，家住在深山里。她曾对我的母亲张太夫人说：她家住的那座山里有个道士，年纪六七十岁，住在一座小庵里，捡拾野果为食，汲取山泉为饮。他每天都敲着木鱼念经，从来没有到别人家里去过。有人到庵里跟他说话，他也不怎么理睬，别人布施财物，他也不收。

老妇人有个侄儿在外面做工，一天晚上，他回家看望母亲，经过庵前，那道士一见他，便大惊失色道："夜已经深了，老虎即将出山，你怎么敢独自行走！还是我来送你回去吧。"说完，道士就琅琅地敲着木鱼走在了前面。走了不到半里路，果然有一只猛虎蹿了出来。道士用身体挡住他，老虎就转身离开了，道士也不辞而别。后来忽然就不知道他到哪儿去了。这道士或许是神仙吧？

我的堂叔梅庵公说，他曾见到有人让一个小孩儿登上了三层明楼的顶部（北方把上面盖着瓦的叫作暗楼，上层作雉堞形，用来防御贼寇的叫作明楼。），然后站在地下招手，那孩子翩然落地，没有分毫损伤。那人又把一只铜盂投入河中，随后站在河边呼唤，那铜盂便缓缓地浮出水面。这些都是方士们的禁制之术，并非神仙之道。

我的舅舅张健亭说：砖河有一农户，赶着几头牛在野外放牧，一会儿工夫那些牛都突然死了。有位道士路过这里，说："这并不是真死，而是被妖怪摄去了魂魄。赶快把我这药给它们灌下去，保住内脏不受损害。我来为你们劾治恶鬼，替它们招魂。"于是农人将道士请到家中，道士便迈着禹步作起法来。约莫过了半刻钟，

那几头牛果然站了起来。农人留道士用饭，他看也不看，转身就走了。

有知道内情的人说："这是那个道士先将毒草混到其他草中，然后再用药来解毒。他不肯接受酬谢，是为了显示不图钱财的样子，便于将来蛊惑人心。我在山东时，曾见过他用这种方法骗人。"这话一传开，那道士就再也不来了。可见，方士之中，又分真假，怎能把他们一概说成是神仙呢？

发愤改过

郭大椿、郭双桂、郭三槐，兄弟也。三槐屡侮其兄，且诣县讼之。归憩一寺，见缁袍[①]满座，梵呗[②]竞作。主人虽吉服，而容色惨沮[③]，宣疏[④]通诚[⑤]之时，泪随声下。叩之，寺僧曰："某公之兄病危，为叩佛祈福也。"三槐痴立良久，忽发颠狂，顿足捶胸而呼曰："人家兄弟如是耶？"如是一语，反复不已。掖至家，不寝不食，仍顿足捶胸，诵此一语，两三日不止。大椿、双桂故别住，闻信俱来，持其手哭曰："弟何至是？"三槐又痴立良久，突抱两兄曰："兄固如是耶！"长号数声，一踊[⑥]而绝。咸曰神殛之，非也。三槐愧而自咎，此圣贤所谓改过，释氏所谓忏悔也。苟充[⑦]是志，虽田荆、姜被，均所能为。神方许之，安得殛之？其一恸立殒，直由感动于中，天良激发，自觉不可立于世，故一瞑不视，戢[⑧]影黄泉，岂神之褫[⑨]其魄哉？惜知过而不知补过，气质用事，一往莫收；

无学问以济之，无明师益友以导之，无贤妻子以辅之，遂不能恶始美终，以图晚盖⑩，是则其不幸焉耳。昔田氏姊买一小婢，倡⑪家女也，闻人诮⑫邻妇淫乱，瞿然惊曰："是不可为耶？吾以为当如是也。"后嫁为农家妻，终身贞洁。然则三槐悖理，正坐⑬不知。故子弟当先使知礼。

注释

① 缁袍：用黑色棉布做的袍子，即僧衣。

② 梵呗：和尚念经的声音。

③ 惨沮：忧伤沮丧。

④ 宣疏：诵读祝祷文。

⑤ 通诚：表达诚意。

⑥ 踊：往上跳。

⑦ 充：满，足。

⑧ 戢：收敛，收藏。

⑨ 褫：剥夺。

⑩ 晚盖：指以后善掩前恶。

⑪ 倡：同"娼"，妓女。

⑫ 诮：责备。

⑬ 坐：因为。

译文

郭大椿、郭双桂、郭三槐是兄弟。三槐屡次侮辱两位兄长，并且到县衙去控告他们。从县衙回来的路上，他到一座寺里休息，只

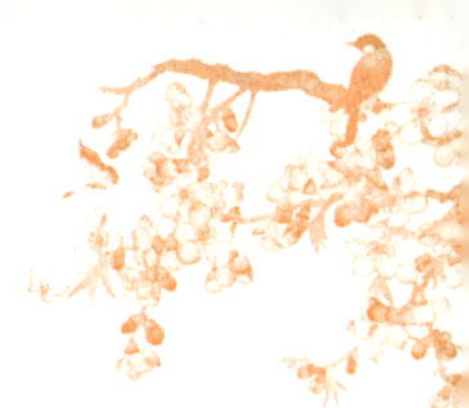

见寺里坐满了穿黑袍的和尚，念经的声音很大。做法事的主人虽然身穿吉服，却面容惨淡沮丧，诵读祈祷文以表达虔诚之时，眼泪也随声而下。

三槐上前询问，寺里的和尚回答道："这位施主的兄长病危，他在叩请神佛为兄长降福呢！"三槐听罢，傻傻地站了好久，忽然发起颠狂，顿足捶胸地喊道："别人家的兄弟竟是这样的吗？"就这一句话，他翻来覆去地重复着。

别人把他扶着送回了家，他不吃不睡，仍是顿足捶胸，不断重复那句话，一连闹了两三天。大椿、双桂一向跟他分开过日子，听到消息后都赶来了，拉着三槐的手哭道："兄弟，你怎么成了这个样子？"三槐又呆立了半晌，突然扑上去抱着两位哥哥说："哥哥，你们总是这样善良啊！"他大哭数声，猛然一跃，便断了气。

别人都说这是神明在惩治三槐，其实不是这样。三槐是因惭愧而自责，这就是圣贤所说的能够改过，佛家所说的能够忏悔。倘若他充满志向，即使是像田荆、姜被那样的人，他也一样能做到。神应该嘉奖他，又怎么会惩戒他呢？他一经伤悲立时殒命，是因为心中感动，天良激发，自觉无颜活在世上，所以一朝闭眼，魂归黄泉，哪里是神要了他的命？可惜的是，他知道有过错却不知将功补过，仅仅是意气用事，一发而不可收拾。他不能依靠学问来自我解脱，也没有明师益友来引导他，又没有贤德的妻子来辅助

他，所以他不能恶始善终、弥补过失，这真是他的不幸啊。

当年，我那嫁给田氏的姐姐买了个丫鬟，原本是个妓女。这丫鬟听见有人讥笑邻家妇人淫乱，惊讶地问："难道这种事不能干吗？我还以为就该如此呢。"后来，她做了农夫的妻子，终身保持贞洁。

然而像郭三槐那样做出违背伦理的事情，就是因为他不明道理。所以，教育子弟应先使他们懂得礼仪。

贪婪致死

槐亭又言：有学茅山法者，劾治鬼魅，多有奇验。有一家为狐所祟，请往驱除。整束法器，克[①]日将行。有素识老翁诣之曰："我久与狐友。狐事急，乞我一言。狐非获罪[②]于先生，先生亦非有憾于狐也。不过得其贽币[③]，故为料理耳。狐闻事定之后，彼许馈廿四金。今愿十倍其数，纳于先生，先生能止不行乎？"因出金置案上。此人故贪惏[④]，当即受之。次日，谢遣请者曰："吾法能治凡狐耳。昨召将检查，君家之祟乃天狐，非所能制也。"得金之后，意殊自喜，因念狐既多金，可以术取。遂考召[⑤]四境之狐，胁以雷斧火狱，俾[⑥]纳贿焉。征索[⑦]既频，狐不胜扰，乃共计[⑧]盗其符印。遂为狐所凭附，颠狂号叫，自投于河。群狐仍摄其金去，铢两不存。人以为如费长房[⑨]、明崇俨[⑩]也。后其徒阴泄之，乃知其致败之故。夫操持符印，役使鬼神，以驱除妖疠[⑪]，此其权与官吏侔[⑫]矣。受赂纵奸，已为不可，又多方以盈其溪壑[13]，天道神明，岂逃鉴察。微[14]群狐杀之，雷霆之诛，当亦终不免也。

注 释

① 克：严格限定。

② 获罪：得罪，遭罪。

③ 贽币：见面礼，泛指各种礼品。

④ 贪惏：贪婪，不知足。

⑤ 考召：召唤。

⑥ 俾：使。

⑦ 征索：征求，索要。

⑧ 计：商量，谋划。

⑨ 费长房：东汉时的方士，有治鬼术。

⑩ 明崇俨：唐高宗时的政治人物，精通巫术、相术和医术。

⑪ 妖疠：妖气。

⑫ 侔：相等。

⑬ 溪壑：溪谷与沟壑，比喻欲望。

⑭ 微：没有。

译 文

槐亭又说：有一个学茅山法术的人，镇治鬼魅，大多十分灵验。有一户人家被狐精祸害，请他前往驱除。

他整理法器，按约定的日期正要出发，有一位一向和他很熟的老翁来拜访他说：“我与狐精交朋友已经很久了。狐精的情况危急，求我来跟你说句话。狐精没有得罪先生，先生与狐精也没有什么仇怨。先生只不过得了那家人的钱财，所以替那家人办事罢了。狐精听说那家人答应等事成之后，给先生二十四两银子。现在狐精愿意付出相当于那家人十倍的数额，送给先生，先生能不管这件事吗？”说着就将银子放到桌上。

这个人本来就很贪婪，于是当场就接受了。第二天，他边道歉，边对前来请他的人说：“我的法术只能惩治普通的狐精。昨天我召来神将察看了一下，发现在你家作祟的是天狐，不是我所能镇治的。”

他获得那些银子之后，扬扬自得，因而想到狐精既然有很多银子，那么就可以用法术去索取。他因此召集四周的狐精，以雷斧火狱威胁它们，以使它们向他缴纳钱财。他索取得太频繁，狐精承受不了，就一起谋划盗走了他的符印。最终他被狐精附身，癫狂号叫，自己投河淹死了。狐精们偷走了他的银子，一点也没有留下。

人们以为他像费长房、明崇俨那样升天去了。后来，他的徒弟私下泄露了事情的原委，人们这才知道导致他失败的原因。

操持符印而役使鬼神，并仗此驱除妖气，这种权力与官吏的权力是相似的。接受贿赂，放纵奸狐，已是不可做的事，还要想方设法来满足自己的贪欲，难道能逃脱天道神明的明鉴暗察吗？如果不是群狐杀死他，他最终也逃脱不了上天的惩罚。

房官趣事

科场为国家取人材，非为试官取门生也。后以诸房额数有定，而分卷之美恶则无定，于是有拨房[①]之例。雍正癸丑会试，杨丈农先房，（杨丈讳椿，先姚安公之同年。）拨入者十之七。杨丈不以介意，曰：“诸卷实胜我房卷，不敢心存畛域[②]，使黑白倒置也。”（此闻之座师介野园先生，先生即拨入杨丈房者也。）乾隆壬戌会试，诸襄七前辈不受拨，一房仅中七卷，总裁[③]亦听之。闻静儒前辈，本房第一，为第二十名。王铭锡竟无魁选[④]，任钧台前辈，乃一房两魁。戊辰会试，朱石君前辈为汤药冈前辈之房首[⑤]，实从金雨叔前辈房拨入，是雨叔亦一房两魁矣。当时均未有异词，所刻同门卷，余皆尝亲见也。庚辰会试，钱箨石前辈以蓝笔画牡丹，遍赠同事，遂递相题咏。时顾晴沙员外拨出卷最多，朱石君拨入卷最多，余题晴沙画曰：“深浇春水细培沙，养出人间富贵花。好是艳阳三四月，馀香风送到邻家。”边秋崖前辈和余韵曰：“一番好雨净尘沙，春色全归上苑[⑥]花。此是沉香亭畔种（上声），莫教移到野人家。”又题石君画曰：“乞得仙园花几茎，嫣红姹紫不知名。何须问是谁家种，到手相看便有情。”石君自和之曰：“春风春雨剩枯茎，倾国何曾一问名。心似维摩老居士[⑦]，天花来去不关情。”张镜壑前辈继和曰：“墨捣青泥砚涴沙，浓蓝写[⑧]出洛阳花。云何不着胭脂染，拟把因缘问画家。”“黛为花片翠为茎，《欧谱》知居第几名？却怪玉盘承露[⑨]冷，香山居士太关情。”盖皆多年密友，脱略形骸[⑩]，互以虐谑为笑乐，初无成见于其间也。蒋文恪公时为总裁，见之曰：“诸君子跌宕风流，自是佳话。然古人嫌隙，多起于俳谐[11]。不如并此无之，更全交之道耳。”皆深佩其言。盖老成之所见远矣。录[12]之以志少年绮语[13]之过，后来英俊，慎勿效焉。

注释

① 拨房：科举时代乡试，试卷分房审阅，由房官推荐给主考决定取舍。因每房中名额各有定数，而每房试卷好坏不一，往往形成各房中卷多寡不均。将中卷超额房内的试卷，拨入中卷少的房内，通过该房推荐录取，谓拨房。

② 畛域：界限，范围。

③ 总裁：总裁定官。

④ 魁选：科举考试中第一名。

⑤ 房首：一房中的第一名。

⑥ 上苑：又称上林苑，是古代汉族园林建筑。

⑦ 维摩老居士：即维摩诘，早期佛教著名居士、在家菩萨。

⑧ 写：画。

⑨ 玉盘承露：指白牡丹。

⑩ 脱略形骸：不拘形迹,无所顾忌,不受世俗礼法的束缚。

⑪ 俳谐：指诙谐或戏谑的言辞。

⑫ 录：记录。

⑬ 绮语：轻浮无礼、不正经的话。

译文

科考的目的是为国家选取人才，而不是为了给考官们选取门生。后来，因为各房考官录取的名额皆有一定的限额，而判定卷子

的优劣却没有一定的标准，于是就有了拨房评卷的例制。雍正朝癸丑年会试，杨老丈农先的试房，（杨老丈的名字叫作椿，是和我父亲姚安公同年考中的。）有十分之七是从其他试房拨入的，杨老丈一点也不介意，他说："这些试卷确实胜过我房的试卷，我不敢心存偏见，致使黑白颠倒。"（这话是从我的座师介野园先生那儿听来的，介野园先生就是试卷被拨入杨老丈房中的其中一个人。）

乾隆朝壬戌年会试，诸襄七先生拒绝接受其他房拨来的试卷，而他自己房中仅选中了七份试卷，总裁定官也听之任之。闻静儒先生房中，有一份试卷名列本房第一等，但总体一比，却落到第二十名。王铭锡房中竟评选不出够得上第一等的试卷，而任钓台先生房中，却出了两个第一等。

戊辰年会试，朱石君前辈的试卷在汤药冈前辈房中列于榜首，实际上，他的试卷是从金雨叔前辈房中拨入的。而金雨叔前辈房中也出了两个第一等。当时，大家对此均无异议。所刻录的同门试卷，我都亲眼见过。

庚辰年会试，钱箨石前辈用蓝笔画了几幅牡丹，赠送给考官同僚，大家都相互在画上题诗。这一次，员外郎顾晴沙房中拨出的试卷最多，朱石君拨入的试卷最多，我在顾晴沙的画上题诗道："深浇春水细培沙，养出人间富贵花。好是艳阳三四月，馀香风送到邻家。"边秋崖前辈和着我的诗韵写道："一番好雨净尘沙，春色全归上苑花。此是沉香亭畔种，莫教移到野人家。"他又在朱石君的画上题诗道："乞得仙园花几茎，嫣红姹紫不知名。何须问是谁家种，到手相看便有情。"朱石君自己和诗道："春风春雨剩枯茎，倾国何曾一问名。心似维摩老居士，天花来去不关情。"张镜壑先生接着和诗道："墨捣青泥砚滚沙，浓蓝写出洛阳花。云何不著胭脂染，拟把因缘问画家。""黛为花片翠为茎，《欧谱》知居第几名？却怪玉盘承露冷，香山居士太关情。"我们都是多年密友，不拘世俗礼法，相互取笑为乐，彼此间却毫无成见。

蒋文恪公当时任总裁定官，看了我们的题诗后说："诸位跌宕风流，笔墨游戏堪称佳话。然而，古人之间的嫌隙与误解，多起于相互戏谑嘲弄。不如免去这些行为，才是保全交情之道。"众人都很佩服他的观点，还是老成之人的见识深远啊。我将这件事记录在这里，以使我们记住青年时期轻浮无礼的过失，希望后来的英才俊杰，千万不要效仿我们。

旅舍斗妖

德州李秋崖言：尝与数友赴济南秋试，宿旅舍中。屋颇敝陋。而旁一院，屋二楹，稍整洁，乃锁闭之。怪主人不以留客，将待富贵者居耶？主人曰："是屋有魅，不知其狐与鬼，久无人居，故稍洁。非敢择客也。"一友强使开之，展襆被[①]独卧，临睡大言[②]曰："是男魅耶？吾与尔角力；是女魅耶？尔与吾荐枕。勿瑟缩不出也。"闭户灭烛，殊无他异。人定后，闻窗外小语曰："荐枕者来矣。"方欲起视，突一巨物压身上，重若磐石，几不可胜。扪[③]之，长毛鬖鬖[4]，喘如牛吼。此友素多力，因抱持搏击。此物亦多力，牵拽起仆，滚室中几遍。诸友闻声往视，门闭不得入，但听其砰訇而已。约二三刻许，魅要害中拳，嗷然[5]遁，此友开户出，见众人环立，指天画地，说顷时状，意殊自得也。时甫交三鼓，仍各归寝，此友将睡未睡，闻窗外又小语曰："荐枕者真来矣。顷欲相就，家兄急欲先角力，因尔唐突。今渠已愧沮[6]不敢出，妾敬来寻盟[7]也。"语讫，已至榻前，探手抚其面，指纤如春葱，滑泽如玉，脂香粉气，馥馥袭人。心知其意不良，爱其柔媚，且共寝以观其变。遂引之入衾，备极缱绻[8]。至欢畅极时，忽觉此女腹中气一吸，即心神恍惚，百脉沸涌，昏昏然竟不知人。比晓，门不启，呼之不应，急与主人破窗入，噀[9]水喷之，乃醒，已儽然[10]如病夫。送归其家，医药半载，乃杖[11]而行。自此豪气都尽，无复轩昂意兴矣。力能胜强暴，而不能不败于妖冶[12]，欧阳公曰："祸患常生于忽微[13]，智勇多困于所溺。"岂不然哉！

注释

① 襆被：衣服、被子打成的包。

② 大言：大声地说。

③ 扪：摸，按。

④ 鬖鬖：头发下垂的样子。

⑤ 嗷然：喊叫。

⑥ 愧沮：惭愧沮丧。

⑦ 寻盟：重温旧盟。

⑧ 缱绻：形容感情深厚、难舍难分。

⑨ 噗：含在口中而喷出。

⑩ 儽然：疲困的样子。

⑪ 杖：拄着拐杖。

⑫ 妖冶：指妖媚而不庄重。

⑬ 忽微：微小的事。

译 文

德州李秋崖说：他曾经和几位朋友到济南参加秋试，住在旅店之中。旅店的房子十分破旧简陋。但是旁边院子里有两间房屋，收拾得比较整洁，但是却被锁上了。他们责怪旅店主人，不把这两间房子给大家住，是要留给富贵的人住吗？店主人说：“这两间屋子里有妖魅，不知道究竟是狐还是鬼，很久都没人住，所以稍稍干净一些。我并不敢挑剔客人。”

有位朋友强迫店主人打开那两间房的房门，铺开床上的被褥独自躺下，临睡的时候说大话道：“是男怪吗？我就和你角力；是女怪吗？你正好给我侍寝。千万不要躲着不出来。”

他关好门，吹灭了蜡烛，也并没有什么怪异的地方。夜深人静后，他听到窗外有人小声说道：“侍寝的人来了。”他正要坐起来查看，突然一个很大的东西压到了他身上，重得像个磨盘一样，几乎使他无法承受。他用手一摸，那东西满身长毛，喘息声像牛吼一样。这位朋友一向很有力气，便和那家伙抱着搏斗起来。那家伙也很有力气，双方牵拉拽扯，扭抱成一团儿，在屋里来回滚了好几遍。众朋友听到声音，连忙跑来探看，只是屋门紧闭，没有办法进去，只听见里面传出“砰砰訇訇”的声音。

约莫过了两三刻钟，那妖物的要害被击中了一拳，“嗷”的一声逃走了。这位朋友开门出来，见众人站在门外，便指手画脚，描述起刚才与妖物搏斗的情况，脸上带着得意的神色。当时刚到三更时分，大家依旧各自回房睡下。

这位朋友将睡未睡的时候，又听见窗外有人说：“这回侍寝的真来了。刚才我本想来，但我哥哥急着先跟你角力，因而有所冒犯。如今他已经惭愧沮丧得不敢出来了，所以我才能前来赴约。”说罢，一位女子已来到床边。她用手抚摸他的脸，那手指纤若春葱，滑泽如玉，一阵阵脂粉的香气扑面而来，沁人心脾。这位朋友明知她居心不良，但爱其温柔妩媚，便想暂且与她同床，再看能有什么变数。于是，他将那女子拉入被窝，十分缠绵亲热。正在极度欢畅时，他忽然觉得那女子腹中猛一吸气，便立即感觉心神恍惚、血液沸腾起来，不一会儿，他便昏昏然不省人事了。

等到第二天早上，他的门却没开，叫他也没人答应。他们急忙和店主人一同破窗而入，用水喷他，他才醒过来，这时他已经疲困得像个得了重病的人了，众人只好将他送回了家。他求医问药治了半年，才能够拄着拐杖走路，从此后他豪气尽失，再没有那种轩昂的神气了。

这个人的力量可以胜过强横凶暴的妖魅，却不能不败于妖艳的女子之手。欧阳修说：“祸患常起于微小的疏忽，而有智谋和勇气的人多败于他所沉溺的事物。”难道不是这样吗！

刻薄待人

表兄安伊在言：县人有与狐女昵者，多以其妇夜合[①]之资，买簪珥脂粉赠狐女。狐女常往来其家，惟此人见之，他人不见也。一日，妇诟其夫曰："汝财自何来，乃如此用？"狐女忽暗中应曰："汝财自何来，乃独责我？"闻者皆绝倒。余谓此自伊在之寓言，然亦足见惟无瑕者可以责人。赛商鞅者，不欲著其名氏里贯，老诸生[②]也，挈家寓京师。天资[③]刻薄，凡善人善事，必推求其疵颣[④]，故得此名。钱敦堂编修殁，其门生为经纪棺衾，赡恤妻子，事事得所。赛商鞅曰："世间无如此好人。必欲博古道之名，使要津[⑤]闻之，易于攀援奔竞耳。"一贫民，母死于路，跪乞钱买棺，形容枯槁，声音酸楚。人竞以钱投之。赛商鞅曰："此指尸敛财，尸亦未必其母，他人可欺，不能欺我也。"过一旌表节妇坊下，仰视微哂曰："是家富贵，从仆如云，岂少秦宫[⑥]、冯子都[⑦]耶？此事须核，不敢遽言非，亦不敢遽言是也。"平生操论皆类此。人皆畏而避之，无敢延以教读者，竟困顿以殁。殁后，妻孥[⑧]流落，不可言状。有人于酒筵遇一妓，举止尚有士风。讶其不类倚门者，问之，即其小女也。亦可哀矣。先姚安公曰："此老生平亦无大过，但务欲其识加人一等，故不觉至是耳。可不戒哉！"

注 释

① 夜合：指夜晚陪人睡觉。

② 诸生：秀才。

③ 天资：天性。

④ 疵颣：缺点，毛病。

⑤ 要津：重要的渡口，泛指水陆交通要道。比喻显要的地位。

⑥ 秦宫：汉大将军梁冀的家奴。

⑦ 冯子都：霍光的家奴。

⑧ 妻孥：妻子和儿女。

译文

表兄安伊在说：他所在的县里有一人和狐女相好，常用妻子夜里陪人睡觉挣来的钱买首饰、脂粉等送给狐女。狐女常到他家来，只有这人能看见，别人看不见。有一天，妻子骂丈夫道："你的钱是怎么来的，竟然这么个花法？"狐女忽然在暗中应声说："你的钱是从哪儿来的，还来责备我？"听说这件事的人无不大笑。

我认为这是安伊在编的寓言，但也足以说明只有自己没有污点的人才能去责备别人。有个叫赛商鞅的人，这里就不写出他的姓名籍贯了，他是个老秀才，带着家眷住在京城。他天性刻薄，凡是好人好事，他都要想方设法从中挑剔出缺点和毛病，所以得了这么个名字。

编修钱敦堂死了，他的门生为他置办棺材、寿衣，抚恤他的妻子，事事都办得周全妥当。赛商鞅说："世上没有这样的好人。他们一定是想借此博得个古道热肠的美名，以让当权者听到，更容易攀附钻营罢了。"

一个穷人的母亲死在路上，穷人跪在地上讨钱买棺材。他面黄肌瘦，声音凄惨，路人纷纷投给他钱。赛商鞅说："这人是借着尸体敛财，这具尸体也未必是他的母亲。别人能被他蒙骗，我绝不会被他蒙骗。”

他走过一个表彰节妇的牌坊下，仰头看了看，微笑着嘲弄道："这家人富贵，仆从众多，难道会少了像秦宫、冯子都那样的人？这事需要核查，不能仓促地说这个节妇不贞洁，也不能仓促地说她贞洁。”

他一生所持的论调大都与这相似。人们都怕他、躲着他，也没人敢请他教书，最后他竟然贫困潦倒而死。他死后，他的妻子儿女四处流落，所受的苦难无法用言语说清。有人在酒宴上看见一个妓女，举止还有些读书人家的风度。正惊讶她不像普通的妓女，一问才知道，她就是赛商鞅的小女儿。这也够可悲的了。先父姚安公说："这个老人平生也没有什么大过错，只是想显示自己的见识高人一等。所以不知不觉到了这个地步。怎能不引以为戒呢！”

狐女求画

董天士先生，前明高士，以画自给，一介[①]不妄取[②]，先高祖厚斋公老友也。厚斋公多与唱和[③]，今载于《花王阁剩稿》者，尚可想见其为人。故老[④]或言其有狐妾，或曰天士孤僻，必无之。伯祖湛元公曰："是有之，而别有说也。吾闻诸董空如曰：天士居老屋两楹，终身不娶；亦无仆婢，井臼皆自操。一日晨兴[⑤]，见衣履之当着者，皆整顿置手下；再视则盥漱俱已陈。天士曰：'是必有异，其妖将媚我乎？'窗外小语应曰：'非敢媚公，欲有求于公。难于自献[6]，故作是以待公问也。’天士素有胆，命之入。入辄跪拜，则娟静[7]好女也。问其名，曰：‘温玉。’问何求，曰：‘狐所畏者五：曰凶暴，避其盛气也；曰术士，避其劾治也；曰神灵，避其稽察也；曰有福，避其旺运也；曰有德，避其正气也。然凶暴不恒有，亦究自败，术士与神灵，吾不为非，皆无如我何。有福者运衰亦复玩之。惟有德者则畏而且敬。得自附[8]于有德者，则族党以为荣，其品格即高出侪类上。公虽贫贱，而非义弗取，非礼弗为。傥准奔则为妾之礼，许侍巾栉[9]，三生之幸也。如不见纳，则乞假以虚名，为画一扇，题曰某年月日为姬人[10]温玉作。亦叨公之末光[11]矣。’即出精扇置几上，濡墨调色，拱立以俟。天士笑从之。女自取天士小印印扇上，曰：‘此姬人事，不敢劳公也。’再拜而去。次日晨兴，觉足下有物，视之，则温玉。笑而起曰：‘诚不敢以贱体玷公，然非共榻一宵，非亲执媵御[12]之役，则姬人字终为假托。’遂捧衣履侍洗漱讫，再拜曰：‘妾从此逝矣。’瞥然不见，遂不再来。岂明季山人声价[13]最重，此狐女亦移于风气乎？然襟怀散朗[14]，有王夫人[15]林下风[16]，宜天士之不拒也。”

注 释

① 一介：一丝一毫。

② 妄取：指没经过认可擅自取用。

③ 唱和：以原韵律答和他人的诗或词。

④ 老：泛指老人。

⑤ 晨兴：早晨起来。

⑥ 自献：献出自己。

⑦ 娟静：娟秀娴静。

⑧ 自附：将自己依托给某个人。

⑨ 巾栉：毛巾和梳篦，代指日常起居。

⑩ 姬人：侍妾。

⑪ 叨公之末光：沾您一点光。

⑫ 媵御：姬妾。

⑬ 声价：指名声和社会地位。

⑭ 散朗：飘逸爽朗。

⑮ 王夫人：指谢道韫。

⑯ 林下风：竹林名士的风采。

译 文

董天士先生是明代高尚的文士，以卖画为生，哪怕一丝一毫也不擅自取用，他是先高祖厚斋公的老朋友。厚斋公常和他唱和诗词。如今从载于《花王阁剩稿》中的诗作中，可以想象出他的为人。

老人们都说董天士有个狐妾，但也有人说他性情孤僻，肯定没有。我的伯祖湛元公说："有是有这么回事，但却另有说法。我听董空如说，天士住着两间老屋，终身不娶，也没有仆人婢女，挑水做饭都是自己做。

"一天早上起来，董天士看见要穿的衣服鞋子，都整齐地放在他手够得着的地方；再一看，连梳洗用具都已摆好了。天士说：'这肯定有怪异，妖物是想来媚惑我。'窗外有个声音小声应道：'我不敢媚惑您，而是有求于您。因难以主动献身，所以做了这些

事等着先生来问。’

“董天士胆大，叫她进来。她刚进来就跪拜在地，原来是一位娟秀娴静的女子。董天士问她叫什么，她回答道：‘温玉。’问她有什么事求自己，她回答道：‘狐狸所怕的事物有五种：一是凶暴的人，以躲避他的盛气；二是术士，以躲避他的镇治；三是神灵，以躲避他的稽察；四是有福的人，以躲避他的旺运；五是有德行的人，以躲避他的正气。不过凶暴的人不常有，而且这种人也往往自取败亡；术士和神灵的话，我不做坏事，他们也不能把我怎么样；有福的人一旦运气衰竭，也就没有什么能耐了；唯有对有德行的人，我们怕他又敬他。如果有谁能够依附有德行的人，那么整个族的人都会引以为荣，其品位也就在同类之上。先生虽然贫贱，但不义之财分文不取，违背礼法的事一点不做，倘若您答应遵照奔则为妾的礼节，允许我侍奉在您身旁，那就是我三生有幸了。如果您不肯收留我，那就请以赠给侍姬的名义，为我画一个扇子，写上某年某月某日，为侍姬温玉作，那么我也能沾一点先生的光。’

“说着，她拿出一把精致的扇子，放在几案上，并研好了墨，调好了色，恭候在一旁。董天士笑着依从了她。温玉自己拿来董天士的小印，盖在扇子上，说：‘这是侍姬应该做的，不敢劳烦先生您的大驾。’然后又拜了两拜，就离去了。

“第二天早上，董天士醒来，觉得脚下有什么东西，一看，原来是温玉。她笑着站起来说：‘我实在不敢以我的身体来玷污您，但是如果不在一个床上睡一夜，不真的做一回侍姬应该做的事，那么侍姬这个名分终究是假的。’于是她捧来衣服鞋子，伺候天士穿衣梳洗完，又拜道：‘我从此就要离开了。’一晃就不见了，后来也没再来过。这难道是因为明朝末年隐居的人声望最高，这个狐狸也为世俗风气所带动吗？不过她的胸怀爽朗，有王夫人的名士风度，董天士不应该拒绝她。”

书痴丧生

先姚安公曰：“子弟读书之馀，亦当使略知家事，略知世事，而后可以治家，可以涉世。明之季年[①]，道学弥尊，科甲弥重。于是黠者坐讲心学，以攀援声气；朴者株守课册，以求取功名。致读书之人，十无二三能解事。崇祯壬午，厚斋公携家居河间，避孟村土寇。厚斋公卒后，闻大兵将至河间，又拟乡居。濒行时，比邻一叟顾门神叹曰：‘使今日有一人如尉迟敬德、秦琼，当不至此。’汝两曾伯祖，一讳景星，一讳景辰，皆名诸生也。方在门外束襆被，闻之，与辩曰：‘此神荼、郁垒像，非尉迟敬德、秦琼也。’叟不服，检邱处机《西游记》为证，二公谓委巷[②]小说不足据，又入室取东方朔《神异经》与争。时已薄暮，检寻既移时，反复讲论又移

时，城门已阖[3]，遂不能出。次日将行，而大兵已合围矣。城破，遂全家遇难。惟汝曾祖光禄公、曾伯祖镇番公及叔祖云台公存耳。死生呼吸，间不容发之时，尚考证古书之真伪，岂非惟知读书不预外事之故哉！”姚安公此论，余初作各种笔记，皆未敢载，为涉及两曾伯祖也。今再思之，书痴尚非不佳事，古来大儒似此者不一，因补书于此。

注 释

① 季年：末年。

② 委巷：指僻陋的小巷。

③ 阖：关闭。

译 文

先父姚安公说：“家中子弟在读书之余，也应该让他们稍微懂一点家务，略微知道些世事，然后他们才可以治理家务，才能够经历世事。明朝末年，道学更加受到尊崇，科考更加受到重视。于是，聪明人便研究心学，以跟随社会潮流，提高名气；淳朴的人则死背经典，以求取功名。致使那些读书人，十个人中间竟没有一两位能懂些家事、世事的。

“崇祯朝壬午年，厚斋公携带着一家老小移居河间，以躲避孟村的土匪。厚斋公去世后，听说朝廷大兵将到河间，全家人又筹划着迁到乡下。临行时，邻家的一位老者望着门神叹道：‘假使现在有一个像尉迟敬德、秦琼那样的人，也不至于落到这般田地。’

“你的两位曾伯祖，一位名叫景星，一位名叫景辰，都是有名的秀才。他们当时正在门外捆扎行李，听了老者的话，跟他争辩道：‘这是神荼、郁垒的画像，并不是尉迟敬德和秦琼。’老者不服，举出邱处机的《西游记》为证。你那两位曾伯祖说那部书是街巷小说，不足为凭，并转身回屋里取出东方朔的《神异经》与他争论。当时已经是日暮时分，他们反复争辩又耽搁了不少时间，城门已经关闭，于是就出不去了。第二天，他们正要上路，河间城已经被大军包围了。城池被攻破后，一家人全部遇难，只有你的曾祖光禄公、曾伯祖镇番公及叔祖云台公得以幸存。在性命攸关、间不容发的时候，他们还在考证古书记载的真伪，这难道不是只知道读书却不识时务所造成的后果吗！”

姚安公的这番议论，最初我撰写各种笔记时，皆未敢收入，因为涉及两位曾伯祖。如今我再三考虑，书呆子也并不是什么见不得人的事，古往今来像这样的大学问家也绝非一个，因此将这件事补录在此。

世态炎凉

门人有作令云南者，家本苦寒，仅携一子一僮，拮据往，需次[①]会城[②]。久之，得补一县，在滇中，尚为膏腴地。然距省窎远[③]，其家又在荒村，书不易寄。偶得鱼雁，亦不免浮沉，故与妻子几断音问。惟于坊本《搢绅》[④]中，检得官某县而已。偶一狡仆舞弊，杖而遣之。此仆衔次骨。其家事故所备知，因伪造其僮书云，主人父子先后卒，二棺今浮厝[5]佛寺，当措赀来迎。并述遗命，处分家事甚悉。初，令赴滇时，亲友以其朴讷，意未必得缺；即得缺，亦必恶。后闻官是县，始稍稍亲近，并有周恤其家者，有时相馈问者。其子或有所称贷[6]，人亦辄应，且有以子女结婚[7]者。乡人有宴会，其子无不与也。及得是书，皆大沮，有来唁者，有不来唁者。渐有索逋[8]者，渐有道途相遇似不相识者。僮奴婢媪皆散，不半载，门可罗雀矣。既而令托入觐官寄千二百金至家迎妻子，始知前书之伪。举家破涕为笑，如在梦中。亲友稍稍复集，避不敢见者，颇亦有焉。后令与所亲书曰："一贵一贱之态，身历者多矣；一贫一富之态，身历者亦多矣。若夫生而忽死，死逾半载而复生，中间情事，能以一身亲历者，仆殆第一人矣。"

注 释

① 次：旅行所居的处所。

② 会城：省城。

③ 窎远：遥远。

④ 《搢绅》：即《搢绅录》，旧时书坊刊印的全国职官录。

⑤ 浮厝：暂时停放。

⑥ 称贷：借贷。

⑦ 结婚：结为亲家。

⑧ 索逋：索要欠款。

译 文

我有个门生在云南当县令。他家境本来贫寒，赴任时只带了一个儿子一个僮子，手头紧紧巴巴地到了省城。等了很久，补了个县令的职位，在云南中部，还算是个富饶的县。但是这个县距离省城较远，他的家又在荒村，信也不好寄。偶然有了捎信的人，信沉沉浮浮地也到不了收信人手中，因此他和妻子几乎断了音信。他的家人只能在坊刻本的《搢绅录》中查得他在某县任官。

这时，他的一个奸狡的仆从舞弊，被他打了一顿赶走了。这个仆人对他恨之入骨，对他的家事又很熟悉，便假冒僮子写信，说主人父子都已先后去世，两口棺材都放在佛庙中，请借钱来迎。同时还写了主人的遗嘱，家事安排得很详细。当初他前往云南时，亲友因为他质朴老实，觉得他未必能补上官；即便补了官，也一定是不好的职位。后来听说他当了这个县的县令，才稍稍和他的家人亲近起来，有的还出钱周济，常常赠送东西、慰问。他的儿子有时向人借贷，对方也很爽快，有的还和他家攀亲事。村里每次宴会，他的儿子都被邀参加。待得到这封信，人们都大失所望，有来吊唁的，有不来的。渐渐地，还有来讨债的，有的在路上相遇，好像不认识似的。他家的僮奴婢媪都散去了，不到半年，门庭冷落得不见人影。不久，这位县令托进京晋见皇帝的官员把一千二百两银子带给家里，拟迎家眷到云南去。全家人这才知道前一封信是假的，破涕为笑，好像在梦中。于是亲友们又渐渐凑上前来，还有一些人则避而不敢再见他的家人。

后来县令给他的一个好友写信道："一贵一贱的情态，亲身经历过的人很多；一穷一富的情态，亲身经历过的人也很多。至于活着忽然死了，死了大半年又复活，这中间的情态，由一个人来亲身经历的，恐怕我是第一个。"

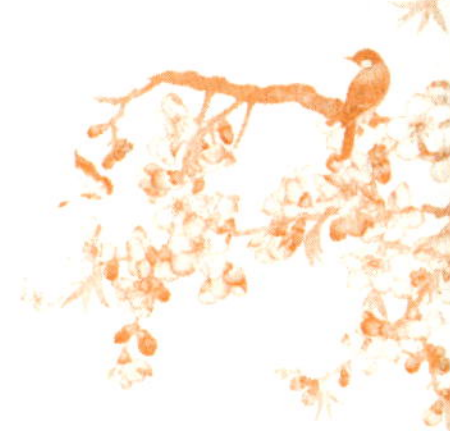

神灵施教化

门人福安陈坊言：闽有人深山夜行，仓卒失路。恐愈迷愈远，遂坐崖下，待天晓。忽闻有人语，时缺月微升，略辨形色[①]，似二三十人坐崖上，又十馀人出没丛薄[②]间。顾视左右皆乱冢，心知为鬼物，伏不敢动。俄闻互语社公来，窃睨之，衣冠文雅，年约三十馀，颇类书生，殊不作剧场白须布袍状。先至崖上，不知作何事。次至丛薄，对十馀鬼太息曰："汝辈何故自取横亡，使众鬼不以为伍？饥寒可念，今有少物哺汝。"遂撮饭撒草间。十馀鬼争取，或笑或泣。社公又太息曰："此邦之俗，大抵胜负之念太盛，恩怨之见太明。其弱者力不能敌，则思自戕以累人。不知自尽之案，律无抵法，徒自陨其生也。其强者妄意[③]两家各杀一命，即足相抵，则械斗以泄愤。不知律凡杀二命，各别以生者抵，不以死者抵。死者方知，悔之已晚；生者不知，为之弥甚[④]，不亦悲乎？"十馀鬼皆哭。俄远寺钟动，一时俱寂。此人尝以告陈生，陈生曰："社公言之，不如令[⑤]长言之也。然神道设教，或挽回其一二，亦未可知耳。"

注释

① 形色：指形体和容貌。

② 丛薄：茂密的草丛。

③ 妄意：妄想。

④ 弥甚：更加厉害。

⑤ 令：县官。

译文

门人福安人陈坊说：福建有个人在深山里夜行，仓促之中迷了路。他担心会越走越远，就坐在山崖下面，等待天亮。忽然听到有人在说话，当时下弦月刚刚升起，借助于月光大致能够分辨出人的身形，好像有二三十人坐在山崖上面，又有十多个人在草木丛中出没。他环顾左右，见都是乱坟堆，内心明白那些人一定是鬼怪，伏在那里不敢动弹。过了一会儿，他听到那些人相互传告说土地神来了，他偷偷地瞄了一眼，只见土地神衣冠文雅，三十多岁，有点像书生，完全不像剧场上白胡子、穿布袍的形象。土地神先走到山崖上，不知要做什么。后来又走到草木丛中，对十多个鬼叹息道："你们为什么选择自杀，死于非命，使众鬼不愿与你们为伍？饥寒交迫确实可怜，现在有一点东西供你们食用。"说着就抓起饭撒向草丛中。十多个鬼争先恐后地去抢，有的笑，有的哭。土地神又叹息道："这个地方的风俗，大约胜败的观念太强，恩怨的成见太分明。那些弱者的力量不敌强者，就想以自杀来拖累别人，却不懂得对于自杀的案子，按法律是没有抵罪这一条的，只不过白白地断送自己的性命而已。那些强者妄想两家各杀对方一条人命，也足以相互抵罪了，就发动了械斗来发泄私愤，却不懂得法律规定凡是杀死两条人命的，要分别用活人来抵罪，而不是以死人来抵消。死了的人才知道悔恨，却为时已晚；活着的人不知道后果，变本加厉地这样做，难道不可悲吗？"十多个

鬼都哭起来。不久，远处的寺钟撞响，周围立刻一片寂静。那个人曾将上述情况告诉陈坊，陈坊说：“土地神讲的那些话，不如县令讲的那些话更有效。”然而，神灵施行教化，或许能够挽回一点损失也未可知。

佛寺之鬼

嘉庆丙辰冬，余以兵部尚书出德胜门监射[①]。营官以十刹海为馆舍，前明古寺也。殿宇门径，与刘侗《帝京景物略》所说全殊，非复僧住一房佛亦住一房之旧矣。寺僧居寺门一小屋，余所居则在寺之后殿，室亦精洁[②]，而封闭者多。验之，有乾隆三十一年封者，知旷废已久。余住东廊室内，气冷如冰，爇[③]数炉不热，数灯皆黯黯作绿色。知非佳处，然业已入居，姑宿一夕，竟安然无恙。奴辈住西廊，皆不敢睡，列炬彻夜坐廊下，亦幸无恙。惟闻封闭室中，喁喁[④]有人语，听之不甚了了耳。轿夫九人，入室酣眠。天晓，已死其一矣。饬[⑤]别觅居停，乃移住真武祠，祠中道士云，闻有十刹海老僧，尝见二鬼相遇，其一曰：“汝何来？”曰：“我转轮期未至，偶此闲游。汝何来？”其一曰：“我缢魂之求代者也。”问：“居此几年？”曰：“十馀年矣。”又问：“何以不得代？”曰：“人见我皆惊走，无如何也。”其一曰：“善攻人者藏其机，匕首将出袖而神色怡然，乃有济[⑥]也。汝以怪状惊之，彼奚为不走耶？汝盍[⑦]脂香粉气以媚之，抱衾荐枕以悦之，必得当矣。”老僧素严正，厉声叱之，欻然入地。数夕后寺果有缢者。此鬼可谓阴险矣。然寺中所封闭，似其鬼尚多，不止此一二也。

注释

① 监射：监察射击演习。

② 精洁：精雅洁净。

③ 爇：烧。

④ 喁喁：小声说话。

⑤ 饬：同“敕”，告诫，命令。

⑥ 有济：有补益，有机会。

⑦ 盍：为什么不。

译文

嘉庆丙辰年冬，我以兵部尚书的身份出德胜门监察射击演习。营官安排我住在什刹海，这是一座前明时的古庙。庙里的殿堂门径，与刘侗在《帝京景物略》中记载的完全不一样，不再遵循僧住一房、佛住一房的老规矩了。和尚们住在庙门内的一间小屋里，我住的是后殿，殿内殿外清洁而雅致。可是，有不少殿堂的门都被封了起来，我查看了一下，有的竟然是乾隆三十一年封的，看来荒废已久了。我住在后殿东廊下的一间屋里，屋内冷得像冰，生了几炉火都不暖和，点燃的几盏灯总是昏黄黯淡地放出绿荧荧的光。我知道这不是什么好地方，可已经住进来了，姑且安歇一夜，最终也没发生意外。我的奴仆们住在西廊下的各屋里，到了晚上都不敢睡觉，点着灯彻夜坐于廊下，也没遇到什么麻烦。不过，他们听到被封闭的殿堂里有说话声，只是听不太清楚。那九名轿夫倒是大胆地到屋内蒙头大睡起来，天亮时，发现其中一人已经死了。为慎重起见，我们另找了住处，移居到真武祠。祠中的道士说，他听说什刹海的老和尚曾亲眼见过二鬼相遇，其中一个说："你干吗来了？"另一个说："我转轮之期未到，偶然间来此闲游，你到此何事？"前一个回答说："我是个吊死鬼，在这儿等着拉替身。"后一个问："来几年了？"前一个答："十几年了。"后一个又问："怎么还没拉到呢？"前一个答："人一见到我就都吓跑了，我实在没办法。"后一个说："善于攻击者总是暗藏杀机，匕首出袖之前仍然神情坦然，这才有成功的把握。你现出怪相吓唬人家，人家哪有不跑的道理？你若是幻化成涂脂抹粉的美女去迷惑他，搂着他上床睡觉，然后乘机行事，必定可以得手。"老和尚一向秉性严正，听完这番对话义愤填膺，厉声将他们斥责了一顿。这两个鬼倏地坠入地下不见了。几天后，老和尚所在的庙里果然有人上吊自尽了。这两个鬼真是太阴险了。在庙中那些封闭的殿堂里，这种鬼恐怕还有很多，绝不止一两个。

僧劝屠夫

汪阁学[①]晓园言：有一老僧过屠市，泫然流涕。或讶之。曰："其说长矣[②]，吾能记两世事：吾初世为屠人，年三十馀死，魂为数人执缚去。冥官责以杀业至重，押赴转轮受恶报。觉恍惚迷离，如醉如梦，惟热恼[3]不可忍。忽似清凉，则已在豕栏矣。断乳后，见食不洁，心知其秽；然饥火燔烧[4]，五脏皆如焦裂，不得已食之。后渐通猪语，时与同类相问讯，能记前身者颇多，特不能与人言耳。大抵皆自知当屠割，其时作呻吟声者，愁也；目睫往往有湿痕者，自悲也。躯干痴重，夏极苦热，惟汨没泥水中少可，然不常得。毛疏而劲，冬极苦寒，视犬羊软毳厚氄[5]，有如仙兽。遇捕执[6]时，自知不免，姑跳踉奔避，冀缓须臾。追得后，蹴踏头项，拗捩[7]蹄肘，绳勒四足深至骨，痛若刀劙[8]。或载以舟车，则重叠相压，肋如欲折，百脉涌塞，腹如欲裂，或贯以竿而扛之，更痛甚三木[9]矣。至屠市，提掷于地，心脾皆震动欲碎。或即日死，或缚至数日，弥难忍受。时见刀俎在左，汤镬[10]在右，不知着我身时，作何痛楚，辄簌簌战栗不止。又时自顾己身，念将来不知磔裂分散，作谁家杯中羹，又凄惨欲绝。比受戮时，屠人一牵拽，即惶怖昏瞀，四体皆软，觉心如左右震荡，魂如自顶飞出，又复落下。见刀光晃耀，不敢正视，惟瞑目以待刲剔[11]。屠人先剚刃[12]于喉，摇撼摆拨，泻血盆盎中。其苦非口所能道，求死不得，惟有长号。血尽始刺心，大痛，遂不能作声，渐恍惚迷离，如醉如梦，如初转生时。良久稍醒，自视已为人形矣。冥官以夙生尚有善业，仍许为人，是为今身。顷见此猪，哀其荼毒，因念昔受此荼毒时，又惜此持刀人将来亦必受此荼毒。三念交萦，故不知涕泪之何从也。”屠人闻之，遽掷刀于地，竟改业为卖菜佣。

注 释

① 阁学：内阁学士。

② 其说长矣：说起来话长了。

③ 热恼：焦灼苦恼。

④ 燔烧：焚烧。

⑤ 软毳厚毦：又软又厚的毛。

⑥ 捕执：捕捉。

⑦ 拗捩：歪曲。

⑧ 劙：割。

⑨ 三木：古代的刑具，可以枷在犯人颈、手、足三处。

⑩ 汤镬：汤锅。

⑪ 封剔：指屠杀、剖解。

⑫ 剚刃：指用刀剑刺杀。

译文

内阁学士汪晓园说，有一个老和尚路过屠宰场，泪流满面。有人感到奇怪，老僧说："说来话长，我记得两辈子的事。第一辈子我是屠户，三十多岁时死了，魂被数人绑了去。冥官责备我杀孽太重，把我押到转轮王那儿受恶报。我恍恍惚惚，如醉如梦，只觉得酷热难熬，忽然觉得清凉了，却已在猪栏里了。我断了奶后，看见猪食，心里明白肮脏，但是饥肠辘辘的感觉侵蚀着我，五脏焦灼得像要裂开似的，只好吃下去。后来懂了猪语，经常和同类相互询问，其中很多都能记得自己的前世，只是不能和人说话。一般都知道自己要被屠宰，经常发出呻吟声的是发愁，眼睛经常潮湿的是自悲。身躯笨重，夏天很炎热，只有泡在泥水里才稍好些，但经常找不到这样的地方。身上的毛稀而硬，冬天又冷得受不了，看着羊和狗身上柔软厚实的毛，简直像神兽。等到被捕捉时，自知免不了一死，但仍跳跃逃避，期望再缓一会儿。被捉住后，被人踩着头顶，硬把腿肘别过去，用绳子勒着四脚，疼痛深入骨髓像刀剜。有时用车船载着，就会互相重叠相压，肋骨都像要断了一样，百脉涌塞，肚子像要裂开。有时会用一根杠子抬着，更是比受三木刑还疼。到了屠宰场，被扔到地上，心脾都被震得要碎裂了。或者当天被杀死，或者被绑着放几天，这样更难以忍受，经常看见刀俎放在左边，热锅放在右边，心想不知道我被宰时该是怎样的疼痛，就簌簌地发抖不已。又时常回头看自己的身体，想到要被分解剁碎，不知将来要被谁家做成碗里的肉羹就悲伤欲绝。等到要挨刀时，屠户一牵拉，就恐惧得昏了过去，身体也瘫软了，心在胸腔里左右震荡，魂魄好像从头顶上飞出去，又落了下来。看见刀光闪闪，不敢正视，只好闭眼等着挨屠割。屠户先把刀插进喉部，摇晃着，让血流到盆子里，这种苦楚真是难以形容，求死不得，只能长号。等到血流尽了才刺心脏，因太疼而不能出声，渐渐恍惚迷离，如醉如梦，好像当初投生时一样。过了好久才渐渐醒来，一看自己已成为人形。冥官念在我前生做过善事，仍然让我投生为人，这就是现在的我。刚才看见这头猪，可怜它遭的罪，因而想起我受这种罪的时候，又替这位屠夫将来肯定也得受这种罪而感到惋惜。这几种想法纠结在一起，所以不知不觉就涕泪横流。”屠夫听了这话，把刀扔在地上，从此改行卖菜去了。

解梦之论

汪编修守和为诸生时，梦其外祖史主事珥携一人同至其家，指示之曰："此我同年纪晓岚，将来汝师也。"因窃记其衣冠形貌。后以己酉拔贡应廷试，值余阅卷，擢高等。授官来谒时，具述其事。且云衣冠形貌，与今毫发不差，以为应梦。迨[①]嘉庆丙辰会试，余为总裁，其卷适送余先阅，（凡房官荐卷，皆由监试御史先送一主考阅定，而复转轮公阅。）复得中式，殿试以第二人及第。乃知梦为是作也。按，人之有梦，其故难明。《世说》载卫玠问乐令梦，乐云是想，又云是因，而未深明其所以然。戊午夏，扈从[②]滦阳，与伊子墨卿以理推求[③]。有念所专注，凝神生象，是为意识所造之梦，孔子梦周公是也；有祸福将至，朕兆[④]先萌，与见乎蓍龟[⑤]，动乎四体相同，是为气机所感之梦，孔子梦奠两楹是也。其或心绪瞀乱，精神恍惚，心无定主，遂现种种幻形，如病者之见鬼，眩者之生花，此意想之岐出[⑥]者也；或吉凶未著，鬼神前知，以象显示，以言微寓[⑦]，此气机之旁召者也。虽变化杳冥[⑧]，千态万状，其大端似不外此。至占梦之说，见于《周礼》，事近祈禳，礼参巫觋[⑨]，颇为攻《周礼》者所疑。然其文亦见于《小雅》"大人占之"，固凿然古经载籍所传，虽不免多所附会，要亦实有此术也。惟是男女之爱，骨肉之情，有凝思结念，终不一梦者，则意识有时不能造；仓卒之患，意外之福，有忽至而不知者，则气机有时不必感。且天下之人，如恒河沙数，鬼神何独示梦于此人？此人一生得失，亦必不一，何独示梦于此事？且事不可泄，何必示之？既示之矣，而又隐以不可知之象，疑以不可解之语，（如《酉阳杂俎》载梦得枣者，谓“棗”字似两“来”字，重来者，呼魄之象，其人果死。《朝野佥载》崔湜梦座下听讲而照镜，谓座下听讲，法从上来，“镜”字，金旁竟也。小说所记梦事如此迂曲者不一。）是鬼神日日造谜语，不已劳乎？事关重大，示以梦可也，而猥琐小事，亦相告语（如《敦煌实录》载宋补梦人坐桶中，以两杖极打之，占桶中人为肉食，两杖象两箸，果得饱肉食之类。）不亦亵乎？大抵通其所可通，其不可通者，置而不论可矣。至于《谢小娥传》，其父兄之魂既告以为人劫杀矣，自应告以申春、申兰，乃以“田中走，一日夫”隐申春，以“车中猴，东门草”隐申兰，使寻索数年而后解，不又颠乎？此类由于记录者欲神其说，不必实有是事。凡诸家所占梦事，皆可以是观之，其法非大人之旧也。

注释

① 迨：等到。

② 扈从：随侍皇帝出巡。

③ 推求：推演寻求。

④ 朕兆：征兆。

⑤ 蓍龟：蓍草和龟甲，占卜的工具。

⑥ 岐出：旁出。

⑦ 寓：寄托。

⑧ 杳冥：奥秘莫测。

⑨ 巫觋：巫师和巫婆的合称。

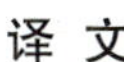

译 文

汪守和编修做秀才时，梦见他的外祖父史珥主事带着一个人一起来到他家，指着那个人说："这是与我同年登榜的纪晓岚，将来是你的老师。"因而私下记住了这个人的衣冠和形貌。后来，汪守和以己酉年拔贡身份应礼部试，正值我阅卷，选拔他为优等。他被授官后，来拜谒我时，详尽地叙述了那个梦，并说梦中人衣冠和形貌与现在的我分毫不差，认为是印证了梦境，等到嘉庆元年会试，我为总裁，他的考卷正好送给我先阅。（凡是房官推荐的试卷，都由监试御史先送给一位主考官阅定，然后再轮流评阅。）他又被录取，以殿试第二名及第。这才知道那梦是为这件事做的。按，人会做梦，其中的原因难以说清楚。《世说新语》记载卫玠问乐令做梦是什么，乐令说是"想"，又说是"因"，却没深入阐明其所以然。戊午年夏天，我随从护驾到滦阳，与伊墨卿先生以理推求梦境。有的因意念专注于某个人，聚精会神而产生那人的形象，这是由意识观照而形成的梦境，像孔子梦见周公就属于此类。有的因祸福即将降临，征兆已先表现出来，与见于蓍草和龟甲占卜、身体有所感应的情况相同，这是由气息感应而形成的梦境，像孔子梦见自己安坐在殿堂前面的楹柱之间就属于此类。有的因心绪混乱，精神恍惚，心神不宁，脑海中就会产生种种变幻的形象，如病人看见鬼，眼睛昏黑发花，这是由意想而旁生出来的梦境。有的因吉凶还未显露出来，鬼神却已先知，用形象显示出来，用语言暗示，这是由气息而旁生来的梦境。尽管梦境变化无穷，千姿万态，但大体上不外乎这几种。至于占梦之说，从《周礼》的记载来看，这件事像是祈求福祥，祛除灾难，祭神的过程也像是巫觋的行为，研究《周礼》的人十分怀疑这些。然而，这些文字记载也出现在《诗经·小雅》“大人占之”中，确实是古典经籍所记载，尽管不免多所附会，总之也实有占梦之术。只是男女之爱、骨肉之情，有的人虽然聚精会神地思念，却终究没有出现在梦中，那是因为意识有时不能观照。突然的祸患，意外的福分，有忽然降临而人却不晓得的情况，那是因为气息有时未必产生感应。况且天下人多如恒河的沙粒，鬼神为什么只将梦显示给这个人？这个人一生的得失也一定不止一件，鬼神为什么只将这件事显示在梦中？况且如果此事不可泄密，何必显示给他呢？既然已经显示给他了，却又用不可知的形象暗示他，用不可解的语言迷惑他。（如《酉阳杂俎》记载有人梦见得枣，解梦者认为“枣”字像两个“来”字重叠。重“来”就是呼叫魂魄归来的迹象，那人果真死去了。《朝野佥载》记载崔湜梦见在座下听讲而照镜，解梦者认为座下听讲是“法从上来”的意思，“镜”字，拆开是“金旁竟”。小说所载有关梦的事，像这样迂回曲折的，不一而足。）鬼神这样天天在制造谜语，不也太劳累了吗？事情重大，以梦来显示，是可以的；然而琐碎小事，也要相告（如《敦煌实录》记载宋补梦见人坐在桶中，用两只手杖拼命打他，占梦人说桶中人意为“肉食”，两根手杖指“两根筷子”，宋补果然饱吃了一顿肉。），不也太轻慢了吗？大致说来，占梦的人能解得通的就解，解不通的，可以置而不论。至于《谢小娥传》所记载的那样，在她的梦中，父亲和哥哥的

魂魄既然已经告诉她，他们被人劫杀了，自应告诉她是申春、申兰劫杀的，却以“田中走，一日夫”来隐喻申春，以“车中猴，东门草”隐喻申兰，使得她寻找几年后才解开谜底，不又本末倒置了吗？这类是由于记录人想使他的作品神秘而吸引人，不一定实有其事。凡是诸家所占卜的梦境，都可由此观之，他们所用的方法已经不是周代占梦官的方法了。

神人预告

何纯斋舍人，何恭惠公之孙也。言恭惠公官浙江海防同知时，尝于肩舆[①]中见有道士跪献一物，似梦非梦，涣然[②]而醒，道士不知所在，物则宛然在手中，乃一墨晶印章也。辨验其文，镌“青宫太保”四字，殊不解其故。后官河南总督，卒于任，（官制有河东总督，无河南总督，时公以河南巡抚加总督衔，故当日有是称。）特赠太子太保，始悟印章为神预告也。案，仕路升沉，改移不一，惟身后饰终之典，乃为一生之结局。《定命录》载李迥秀自知当为侍中，而终于兵部尚书，身后乃赠侍中；又载张守珪自知当为凉州都督，而终于括州刺史，身后乃赠凉州都督。知神注[③]禄籍，追赠与实授等也。恭惠公官至总督，而神以赠官告，其亦此意矣。

注 释

① 肩舆：轿子。

② 涣然：形容疑虑、积郁等消除。

③ 注：记录，登记。

译 文

中书舍人何纯斋是何恭惠先生的孙子。他说恭惠公任浙江海防同知时，曾在轿中看见一个道士跪着献来一个东西。他似梦非梦，猛然醒来，道士已不见了，东西却在手中。原来是一方墨色水晶印章。查看印文，则刻着“青宫太保”四字，不知是怎么回事。后来他任河南总督，死在任上（官制有河东总督，没有河南总督。当时何公以河南巡抚的身份加上总督的头衔，所以有个称呼），皇上特赐予太子太保一衔，家人这才醒悟印章是神的预告。按：人在仕途上沉浮，常常变动，只有身后所加的恩典，才是一生的结局。《定命录》中载李迥秀自知应当任侍中，却在升至兵部尚书时去世了。他死后追赠为侍中。又载张守自知应当任凉州都督，却死在括州刺史任上，死后追赠为凉州都督。可知神在安排人的官禄时，是把追赠和实际任命等同看待的。恭惠公升至总督，而神以追赠的官衔预告他，就说明了这一点。

饕餮[1]之狐

高冠瀛言：有人宅后空屋住一狐，不见其形，而能对面与人语。其家小康，或以为狐所助也。有信其说者，因此人以求交于

狐，狐亦与款洽。一日，欲设筵飨狐，狐言老而饕餮，乃多设酒肴以待。比至日暮，有数狐醉倒现形，始知其呼朋引类来也。如是数四，疲于供给，衣物典质一空，乃微露求助意。狐大笑曰："吾惟无钱供酒食，故数就君也。使我多财，我当自醉自饱，何所取而与君友乎？"从此遂绝。此狐可谓无赖矣，然余谓非狐之过也。

注 释

① 饕餮：比喻食量大。

译 文

高冠瀛说：有个人家居室后面的空屋里住着一个狐仙，不显露其形，却能面对面与人讲话。这家经济比较宽裕，人们以为是狐仙帮他致了富。有人相信了这种说法，便求这家人搭桥，与狐仙结交。狐仙也对此人很友好，并从此和睦相处。一天，此人打算设宴款待狐仙，狐仙自称虽然年老但饭量很大，此人便多置备了一些酒菜。酒宴一直进行到日暮时分，有几个狐仙醉倒之后现出了原形，此人这才知道那个狐仙是招呼同类朋友一同来赴宴的。如此款待了几次，他已是疲于供给，家中衣物典当一空，不得已，他向狐仙微微露出了求助之意。狐仙大笑道："我正是因为没钱喝酒，才几次到你家赴宴。倘若有钱，我自会找地方吃个酒足饭饱，何须同你交朋友呢？"从此以后，这个狐仙就不来了。这个狐仙真是无赖，但我认为这并不是狐仙的过错。

墨涂鬼脸

刘香畹言：有老儒宿于亲串家，俄主人之婿至，无赖子也。彼此气味[①]不相入[②]，皆不愿同住一屋，乃移老儒于别室。其婿睨之而笑，莫喻其故也。室亦雅洁，笔砚书籍皆具。老儒于灯下写书寄家，忽一女子立灯下，色不甚丽，而风致颇娴雅。老儒知其为鬼，然殊不畏，举手指灯曰："既来此，不可闲立，可剪烛。"女子遽灭其灯，逼而对立。老儒怒，急以手摩砚上墨沈，掴其面而涂之，曰："以此为识，明日寻汝尸，剉[③]而焚之。"鬼"呀"然一声去。次日，以告主人，主人曰："原有婢死于此室，夜每出扰人，故惟白昼与客坐，夜无人宿。昨无地安置君，揣君耆德[④]硕学，鬼必不出，不虞其仍现形也。"乃悟其婿窃笑之故。此鬼多以月下行院中，后家人或有偶遇者，即掩面急走。他日留心伺之，面上仍墨污狼藉。鬼有形无质，不知何以能受色？当仍是有质之物，久成精魅，借婢幻形耳。《酉阳杂俎》曰："郭元振尝山居，中夜，有人面如盘，瞚目[⑤]出于灯下。元振染翰[⑥]题其颊曰：'久戍人偏老，长征马不肥。'其物遂灭。后随樵闲步，见巨木上有白耳，大数斗，所题句在焉。"是亦一证也。

注 释

① 气味：脾气，秉性。

② 相入：相合，相投。

③ 剉：指挫骨扬灰。

④ 耆德：年高德劭的人。

⑤ 瞑目：眨眼。

⑥ 染翰：以笔蘸墨。翰，毛笔。

译 文

据刘香畹说，有位老儒生住在亲戚家，恰好主人的女婿也来了。这女婿是个无赖，两人合不来，不愿意同住在一个屋子里，于是老儒搬到另一间屋去。女婿斜着眼看着他笑，不知什么缘故。这间屋子也还雅致整洁，笔砚书籍都有。老儒在灯下给家里写信，忽然一女子站在灯下，不怎么漂亮，但文雅大方。老儒知道她是鬼，但一点也不怕，抬手指着灯说："既然到了这里，就不能闲站着，剪剪烛芯吧。"女子一下就把灯弄灭了，然后逼近老儒，与他面对面。老儒发怒，快速用手抹一把砚中的剩墨，打在鬼脸上说："以这为标记，明天找到你的尸体，挫骨扬灰！"鬼叫了一声跑了。第二天老儒告诉了主人，主人说："有个婢女死在这间屋子里，她常出来骚扰人，所以晚上就没人住这了。昨天没有地方安顿您，我以为您年长德高，饱读诗书，鬼不敢出来。不料她还是现形了。"老儒这才醒悟到主人的女婿暗笑的原因。鬼常在月下来往于院中，后来有人偶然遇见她，她就掩面急走。如果留心观察，可以看见她脸上仍然墨迹狼藉。鬼有形没有质，不知为什么能着色？这可能是有质的怪物，时间长了变成精魅，借婢女幻形。《酉阳杂俎》中说："郭元振曾住在山里，半夜时，有个脸像盘子那么大的人突然出现在灯下。元振拿笔蘸墨在这人的脸颊上题写道：'长期戍边的人都死了，长期征战的马肥不了。'这人就不见了。后来他跟着樵夫散步，看见大树上有个白木耳，有好几斗那么大，所题诗句就在木耳上。”这也是一个例子。

深山劫盗

乌鲁木齐农家多就水灌田，就田起屋，故不能比间[①]而居，往往有自筑数椽[②]，四无邻舍，如杜工部诗所谓“一家村”者。且人无徭役，地无丈量，纳三十亩之税，即可坐耕数百亩之产。故深岩穷谷，此类尤多。有吉木萨军士入山行猎，望见一家，门户坚闭，而院中似有十馀马，鞍辔悉具。度必玛哈沁[③]所据，噪而围之。玛哈沁见势众，弃锅帐突围去。众惮其死斗，亦遂不追。入门，见骸骨狼藉，寂无一人，惟隐隐有泣声。寻视，见幼童约十三四，裸体悬窗棂上。解缚问之，曰：“玛哈沁四日前来，父兄与斗不胜，即一家并被缚，率一日牵二人至山溪洗濯，曳归，共脔割[④]炙食[⑤]，男妇七八人并尽矣。今日临行，洗濯我毕，将就食，中一人摇手止之。虽不解额鲁特语，观其指画，似欲支解为数段，各携于马上为粮。幸兵至，弃去，今得更生。”泣絮絮不止。闵[⑥]其孤苦，引归营中，姑使执[⑦]杂役。童子因言其家尚有物埋窖中。营弁[⑧]使导往发掘，则银币衣物甚多。细询童子，乃知其父兄并劫盗。其行劫必于驿路近山处，瞭见一二车孤行，前后十里无援者，突起杀其人，即以车载尸入深山； 至车不能通，则合手[⑨]以巨斧碎之，与尸及襆被并投于绝涧，惟以马驮货去。再至马不能通，则又投羁绁[⑩]于绝涧，纵马任其所往，其负之由鸟道归，计去行劫处数百里矣。归而窖藏一两年，乃使人伪为商贩，绕道至辟展[11]诸处卖于市，故多年无觉者。而不虞玛哈沁之灭其门也。童子以幼免连坐，后亦牧马坠崖死，遂无遗种。此事余在军幕所经理，以盗已死，遂置无论。由今思之，此盗踪迹诡秘，猝不易缉，乃有玛哈沁来，以报其惨杀之罪。玛哈沁食人无餍[12]，乃留一童子，以明其召祸之由。此中似有神理，非偶然也。盗姓名久忘，惟童子坠崖时，所司牒报记名秋儿云。

注释

① 闾：原指里巷的大门，后指人聚居。

② 椽：古代房屋间数的代称。

③ 玛哈沁：额鲁特族的流民，以劫掠为生。

④ 脔割：碎割，瓜分。

⑤ 炙食：烤着吃。

⑥ 闵：通“悯”，怜悯。

⑦ 执：操持，执行。

⑧ 营弁：旧时称中下级武官。

⑨ 合手：协力。

⑩ 羁绁：马络头和马缰绳。

⑪ 辟展：城名，在今新疆鄯善。

⑫ 餍：吃饱，满足。

译文

在乌鲁木齐，农家大多临近水源开垦良田，并以此水灌田，房屋就盖在自家田边，所以不能与他人比邻而居。杜甫诗中所说的

“一家村”指的正是这种现象。此地之人不负徭役，土地也不经人丈量，只要向官府交纳三十亩地的租税，就可以耕种几百亩。在深山穷谷之中，此类农户并不少见。有一次，驻守吉木萨的一些军士进山打猎，望见一户人家，这户人家大门紧闭，而院中却有十几匹马，这些马都配有马鞍和辔头。他们估计，此处定是被盗匪占据着，便鼓噪而上，将院子团团围住。盗匪们见官军人多势众，匆忙丢下锅灶帐篷突围而去。众官军怕盗匪们狗急跳墙，也就不再穷追。他们进到院内，只见满地尸骨狼藉，四周寂无一人。忽然，他们隐隐约约听到了啜泣声，寻声望去，只见有个十三四岁的男孩儿，赤条条地被捆在窗棂上。他们给男孩儿松开绑绳，询问他何以至此。男孩儿说：“盗匪于四天前闯到我家，我的父兄与他们搏斗失利，于是全家都做了俘虏。每天，他们都要牵着两个人到山泉边洗净，然后再拉回来割肉烤着吃，几天来，全家男女七八口已被吃净了。今天，他们在临行之前，把我也一样洗了洗正要开吃，其中一人摆着手制止了众盗匪。我虽听不懂额鲁特语，但看他那手势，像是说要把我肢解成几段，各自带在马上当作干粮。幸亏官军来到，他们才丢下了我，使我死里逃生。”男孩儿一边抽泣，一边絮絮叨叨说个不停。军士们可怜他孤苦伶仃，便把他带回营地，让他暂且干些杂活儿。男孩儿告诉众人，他家的地窖里埋着不少东西。军士们让他引路前去挖掘，挖出了许多钱币和衣物。众人细问男孩儿，才知道他的父兄也是盗匪，并从他口中得知，他的父兄在抢劫时，先要藏在驿道边的山石后，一旦看到有车辆远远而来，前后十里无救援之人，他们便突然闯出，杀死来人，随后把尸体装入车内推进深山，一直走到车子再也无法行进，便合力用巨斧将车子劈

碎，连同尸体与行李一同抛入山涧，只将货物用马驮着走。等走到马匹也无法通行的地段时，他们就把马鞍卸下来抛入山涧，将马放走，任其所往，然后背负着货物顺险峻小路而去。至此，离行劫之处已有几百里了。他们潜回家中，将财物放入地窖藏上一两年，再派人伪装成商贩，绕道去辟展等地的集市上出售，所以多年来从未被人发觉，没想到这次被盗匪灭了满门。男孩儿因为年幼被官府免去连坐之罪，后来他在放马时跌入山涧死了，这一家便从此绝了种。这件事是我在乌鲁木齐军幕中亲身经历的，因为盗贼已死，便丢在一边不再追究了。今天想起来，这家盗贼形迹诡秘，不易缉拿，于是便来了盗匪，也算是惩治了他们的残杀之罪。盗匪吃人肉，十分贪婪，却留下了一个孩子，使他将家遭祸事的缘由向世间披露。这中间似有神理，而并非偶然。这家盗贼的姓名，我早已忘记了，只是在男孩儿坠入山涧时，官府牒报中记录了他的名字叫秋儿。

小人之心

姚安公言：庐江孙起山先生谒选[①]时，贫无资斧[②]，沿途雇驴而行，北方所谓短盘也。一日，至河间南门外，雇驴未得，大雨骤来，避民家屋檐下。主人见之，怒曰：“造屋时汝未出钱，筑地时汝未出力，何无故坐此？”推之立雨中。时河间犹未改题缺[3]，起山入都，不数月竟掣[4]得是县。赴任时，此人识之，惶愧自悔，谋卖屋移家。起山闻之，召来笑而语之曰：“吾何至与汝辈较，今既经此，后无复然，亦忠厚养福之道也。”因举一事曰：“吾乡有爱莳花[5]者，一夜偶起，见数女子立花下，皆非素识。知为狐魅，遽掷以块[6]，曰：‘妖物何得偷看花！’一女子笑而答曰：‘君自昼赏，我自夜游，于君何碍？夜夜来此，花不损一茎一叶，于花又何碍？遽见声色[7]，何鄙吝[8]至此耶？吾非不能揉碎君花，恐人谓我辈所见，亦与君等，故不为耳。’飘然共去，后亦无他。狐尚不与此辈较，我乃不及狐耶？”后此人终不自安，移家莫知所往。起山叹曰：“小人之心，竟谓天下皆小人。”

注释

① 谒选：官吏赴吏部应选。

② 资斧：旅费，盘缠。

③ 题缺：指奏请任命出缺官职。

④ 掣：抽。

⑤ 莳花：栽花。

⑥ 块：土块。

⑦ 声色：指争吵。

⑧ 鄙吝：形容心胸狭窄。

译文

姚安公说：庐江人孙起山先生进京城候选的时候，因为缺少路

费，只能沿途雇毛驴驮东西，北方人称这种生意为“短盘”。

一天，他来到河间县城南门外，没有雇到毛驴，却正巧赶上天降大雨，便躲到一户人家的房檐下暂避。那家的主人见到他，怒气冲冲地说：“盖房子的时候你既没出过钱，也没出过力，为什么无缘无故坐在这里？”说罢，就将他推到了雨里。

当时，河间县令恰好空缺，孙起山到了京城，没几个月竟然得到了河间县令的职位。他上任时，那位房主认出了他，惶恐之余，后悔万分，于是便筹划着卖房搬家。起山听说了这件事，将他召来，笑着对他说：“我哪至于同你们这些人斤斤计较。现在你既然知道事情做错了，以后就不要再犯，这也是忠厚养福的途径。”

他因此又讲起了一个故事：“我的老家有个人喜欢培植花木，一天夜里，他偶然起来，看到有几位女子站在花前，都是不认识的。他明白这是遇上了狐魅，忽然捡起一块石块扔了过去，并怒斥道：‘你们这些妖精，为什么来偷看我的花！’其中一个女子笑着回答道：‘您在白天赏花，我们在夜间赏花，对您又有什么妨碍呢？我们每天夜里都来，花也并不会因此而损伤一茎一叶，对花又有什么妨碍？你突然就以恶声恶色相向，怎么就心胸狭窄到了这个地步？我们并不是不能毁掉这些花，只是因为怕别人耻笑我们同您一般见识，所以才不做这种事。’说罢，众女子飘然而去。事后也没发生什么意外。狐狸尚且不与这种人计较，我难道还不如狐狸吗？”

后来，那位房主仍是心中不安，终于不知道搬到哪里去了。起山叹息道：“在小人的心里，竟然以为天下全都是小人。”

狐狸戏人

从叔梅庵公言，族中有二少年，（此余小时闻公所说，忘其字号，大概是伯叔行[①]也。）闻某墓中有狐迹，夜携铳往，共伏草中伺之，以背相倚而睡，醒则二人之发交结[②]为一，贯穿缭绕，猝不可解；互相牵掣，不能行，亦不能立；稍稍转动，即彼此呼痛。胶扰[③]彻晓，望见行路者，始呼至，断以佩刀，狼狈而返。愤欲往报，父老曰："彼无形声，非力所胜，且无故而侵彼，理亦不直。侮实自召，又何仇焉？仇必败滋甚。"二人乃止。此狐小虐之使警，不深创[④]之以激其必报，亦可谓善自全矣。然小虐亦足以激怒，不如敛戢[⑤]勿动，使伺之无迹弥善也。

注 释

① 伯叔行：伯叔那一辈人。

② 交结：交错纠缠。

③ 胶扰：扰乱，搅扰。

④ 创：伤，伤害。

⑤ 敛戢：收敛，止息。

译 文

我的堂叔梅庵公说：我们家族中有两个少年（这是我年幼时听堂叔说的，已忘记他们的名字，大概也是伯叔一辈的人），听说某个墓中有狐狸的踪迹，夜里携带猎铳前往，一起伏在草丛中侦察它们，后来背靠背地睡着了，醒来却发现两人的头发交结在一起，贯穿缠绕成一团，一时间竟解不开。二人互相牵制着，不能行走，也不能站立；稍微移动一下，就都喊痛。二人就这样联结着苦恼到天亮，望见行路人，才叫他来用佩刀割断两人的头发，狼狈地回家。他们十分愤怒，想去报复狐狸。父辈说："它们没有形状和声音，不是人力所能战胜的，况且人无故去侵扰它们，道理上也说不过去。你们的侮辱实际上是自己招致的，又有什么仇恨可言呢？如果报仇，必定失败得更为惨重。"他们两人这才作罢。这是狐狸稍微戏弄他们一下，使他们警悟，而不真正伤害他们，激起他们的怒火，使他们必定复仇，也可谓善于自我保全了。然而，稍微戏弄也能够激起怒火，不如深藏不露，使他们的侦察一无所得，更是自我保全的上策。

宣武门水闸

宣武门子城[①]内，如培塿[②]者五，砌之以砖，土人云五火神墓。明成祖北征时，用火仁、火义、火礼、火智、火信制飞炮，破元兵于乱柴沟，后以其术太精，恐或为变，杀而葬于是。立五竿于丽谯[③]侧，岁时祭之，使鬼有所归，不为厉焉。后成祖转生为庄烈帝[④]，五人转生李自成、张献忠诸贼，乃复仇也。此齐东之语，非惟正史无此文，即明一代稗官[⑤]小说，充栋汗牛，亦从未言及斯人斯事也。戊子秋，余见汉军步校董某，言闻之京营旧卒云："此水平[⑥]也。京城地势，惟宣武门最低，衢巷之水，遇雨皆汇于子城。每夜雨太骤，守卒即起，视此培塿，水将及顶，则呼开门以泄之；没顶则门扉为水所壅[7]，不能启矣。今日久渐忘，故或有时阻碍也。其城上五竿，则与白塔信炮相表里，设闻信炮，则昼悬旗、夜悬灯耳。与五火神何与哉！”此言似乎近理，当有所受之。

注释

① 子城：指月城、瓮城等一类附属于大城的小城。

② 培塿：小土丘。

③ 丽谯：也作“丽樵”，华丽的高楼。

④ 庄烈帝：指崇祯皇帝。

⑤ 稗官：本指小官，后指野史小说。

⑥ 水平：指示水位的标志。

⑦ 壅：堵塞。

译文

北京宣武门城内，有五个类似坟头儿的土堆，外表砌了一层砖，当地人称之为五火神墓。当年，明成祖北征时，曾命火仁、火义、火礼、火智、火信兄弟五人制造飞炮，用这种飞炮在乱柴沟大破元兵。后来，明成祖因五兄弟精于造炮，怕他们恃此技而作乱，便将他们全部杀死，埋葬在宣武门内城根下。然后，在城门楼上立了五根旗杆，每逢年节，按时祭祀，使他们的鬼魂有所归依，不出来作祟。后来，明成祖转生为崇祯皇帝，火家五兄弟则转生为李自成、张献忠等人，终于使崇祯被迫自杀，报了前仇。这种说法流传于民间，正史上并无文字记载，即便是明代多如充栋汗牛的杂记

小说中也从未提及其人其事。戊子年秋，我结识了汉军步兵校尉董某。董某告诉我，他曾听京城军营中的一位老兵讲："那五个土堆，是京城的水位标志。京城内的地势，宣武门最低，每遇大雨，街巷中的积水与雨水汇集在一处，流到宣武门一带。每当夜间雨水过急时，守城吏卒便起床到五个土堆前观察水位，如果积水将要没过土堆顶部，他们就大呼其他吏卒开门，将水放走；如果积水没过了土堆顶部，城门就会被水堵住，无法打开了。如今，人们早已忘记了那五个土堆的作用，致使水流不能及时泄出，酿成水患。至于城门楼上的五根竹竿，是与白塔旁的信炮配合使用的报警装置。如果听到信炮轰响，那么白天则在竹竿上挂旗子，夜间则挂灯笼。这与五火神有何瓜葛呢！"这话似乎有理，可以令人接受。

介野园先生

先师介野园先生，官礼部侍郎。扈从南巡，卒于路。卒前一夕，有星陨于舟前。卒后，京师尚未知，施夫人梦公乘马至门前，骑从甚都[①]。然伫立不肯入，但遣人传语曰："家中好自料理，吾去矣。"匆匆竟过。梦中以为时方扈从，疑或有急差遣，故不暇入，觉后乃惊怛[②]。比凶问[③]至，即公卒之夜也。公屡掌文柄，凡四主会试，四主乡试，其他杂试殆不可缕数[④]，尝有《恩荣宴》诗曰："鹦鹉新班宴御园，（按，'鹦鹉新班'不知出典，当时拟问公，竟因循忘之。）摧颓老鹤也乘轩。龙津桥上黄金榜，四见门生作状元。”丁丑年作也。于文襄公亦赠以联曰：“天下文章同轨辙，门墙桃李半公卿。”可谓儒者之至荣。然日者[5]推公之命云：“终于一品武阶，他日或以将军出镇[6]耶？”公笑曰：“信如君言，则将军不好武矣。”及公卒，圣心悼惜，特赠都统。盖公虽官礼曹，而兼摄副都统。其扈从也，以副都统班行，故即武秩进一阶。日者之术，亦可云有验矣。

注 释

① 都：美好，此处指庄严。

② 惊怛：惊恐，此处指感到惊恐。

③ 凶问：噩耗。

④ 缕数：一一细数。

⑤ 日者：古时以占候卜筮为业的人。

⑥ 出镇：出任地方长官。

译 文

先师介野园先生任礼部侍郎时，扈从皇上南巡，病死在路上。他去世的前天晚上，有一颗陨星落在船前。他死后，京城还不知道，施夫人梦见他骑马到门前，随从很多。但他勒马不肯进门，只派人传话说：“好好料理家里，我走了。”然后匆匆走了。施夫人在梦中认为他正扈从皇上，有急事去处理，没工夫进家门，醒来后心中仍不安。等到凶信报来，才知道是那天夜里去世的。先生掌握科考大权，曾四次主持会试，四次主持乡试，其他考试几乎数不清。他曾写过一首《恩荣宴》，诗道："鷃鹉新班宴御园，（按，'鷃鹉新班'不知出自什么典籍，当时打算请教先生，居然拖延以致忘记了。）摧颓老鹤也乘轩。龙津桥上黄金榜，四见门生作状元。"这是丁丑年写的。于文襄公也赠了一联道："天下文章同轨辙，门墙桃李半公卿。"可以说是对文人的最高称誉了。但卜者给先生算命说："先生这一生能升到一品武官，以后也可能以将军的身份去镇守一方呢。"先生笑道："如果真像你说的，那么我这个将军就是不好武的将军了。"他去世后，皇上很痛惜，特地赐予他都统之衔。先生虽在礼部任职，但兼任副都统一职。他扈从皇上就是以副都统的名义随行的。所以皇上就他的武秩追赠一级。卜者的推算也可以说是灵验的。

扶乩问寿

乩仙多伪托古人，然亦时有小验。温铁山前辈（名温敏，乙丑进士，官至盛京侍郎。）尝遇扶乩者，问寿几何，乩判曰："甲子年华有二秋。"以为当六十二。后二年卒，乃知二秋为二年，盖灵鬼时亦能前知也。又闻山东巡抚国公，扶乩问寿，乩判曰："不知。"问："仙人岂有所不知？"判曰："他人可知，公则不可知，修短有数，常人尽其所禀而已。若封疆重镇，操生杀予夺之权，一政善，则千百万人受其福，寿可以增；一政不善，则千百万人受其祸，寿亦可以减。此即司命之神不能预为注定，何况于吾？岂不闻苏颋[1]误杀二人，减二年寿；娄师德[2]亦误杀二人，减十年寿耶？然则年命[3]之事，公当自问，不必问吾也。”此言乃凿然中理，恐所遇竟真仙矣。

注释

① 苏颋：唐代政治家、文学家。

② 娄师德：唐朝宰相、名将。

③ 年命：寿命。

译文

乩仙大多伪托古人，然而有时也稍有应验。温铁山前辈（名温敏，乙丑年进士，官至盛京侍郎）曾经遇到扶乩人，请问自己寿命有多长。乩仙判词说：“甲子年华有二秋。”他以为寿数为六十二岁。后来过了两年去世，家人才知道“二秋”是指两年。大概灵鬼有时也能预知命运。又听说山东巡抚国公扶乩请问寿数，乩仙的判词说：“不知道”。国公问：“仙人难道会有不知道的事吗？”判词说：“别人的寿数能够知道，您的寿数却不能知道。寿命的长短有定数，一般人只是享尽他所应有的寿数而已。如果是封疆大臣等担负国家重任的人，执掌生杀予夺的大权，一件政事处理得当，那么千百万人都受到他的福惠，寿数就可以增加；一件政事处理不当，那么千百万人都受到他的祸害，寿数也就可以减少。这即使是司命之神也不能预先注定，何况是我？难道没有听说苏颋误杀两个人，减寿两年；娄师德也误杀两个人，减寿十年吗？既然这样，那

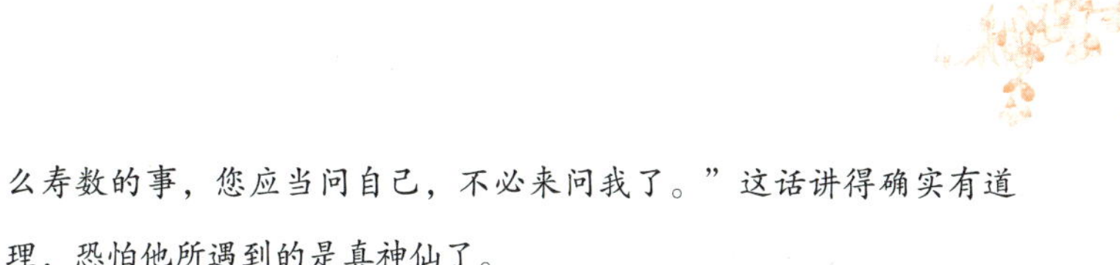

么寿数的事，您应当问自己，不必来问我了。”这话讲得确实有道理，恐怕他所遇到的是真神仙了。

以狐招狐

族叔育万言：张歌桥之北，有人见黑狐醉卧场屋中。（场中守视谷麦小屋，俗谓之场屋。）初欲擒捕，既而念狐能致财[1]，乃覆以衣而坐守之。狐睡醒，伸缩数四，即成人形。甚感其护视[2]，遂相与为友。狐亦时有所馈赠。一日，问狐曰：“设有人匿君家，君能隐蔽弗露乎？”曰：“能。”又问：“君能凭附人身狂走乎？”曰：“亦能。”此人即恳乞曰：“吾家酷贫[3]，君所惠[4]不足以赡，而又愧于数渎君。今里中某甲甚富，而甚畏讼。顷闻觅一妇司庖[5]，吾欲使妇往应。居数日，伺隙逃出，藏君家，而吾以失妇，阳[6]欲讼。妇尚粗有姿首[7]，可诬以蜚语，胁多金。得金之后，公凭附使奔至某甲别墅中，然后使人觅得，则承惠[8]多矣。”狐如所言，果得多金，觅妇返后，某甲以在其别墅，亦不敢复问。然此妇狂疾竟不愈，恒自妆饰，夜似与人共嬉笑，而禁其夫勿使前。急往问狐，狐言无是理，试往侦之。俄归而顿足曰：“败矣！是某甲家楼上狐，悦君妇之色，乘吾出而彼入也。此狐非我所能敌，无如何矣！”此人固恳不已。狐正色曰：“譬如君里中某，暴横如虎，使彼强据人妇，君能代争乎？”后其妇颠痫日甚，且具发[9]其夫之阴谋。针灸劾治皆无效，卒以瘵[10]死。里人皆曰：“此人狡黠如鬼，而又济以狐之幻，宜无患矣。不虞以狐召狐，如螳螂黄雀之相伺也。”古诗曰：“利旁有倚刀，贪人还自戕。”信矣！

注释

① 致财：招致财物。

② 护视：护卫、照看。

③ 酷贫：十分贫穷。

④ 惠：惠赠。

⑤ 司庖：做厨师。

⑥ 阳：古同“佯”，假装。

⑦ 姿首：美丽的容貌。

⑧ 承惠：承蒙恩惠。

⑨ 具发：悉数揭发。

⑩ 瘵：痨病。

译文

族叔育万说，在张歌桥的北边，有人看见有黑狐狸醉倒在场院的屋子里。开始这人想捉住它，后来想到狐狸能让人发财，便给狐狸盖上衣服，坐在一边守着。狐狸睡醒后，左抻右伸，便变成了人。狐狸极感谢这人的守护，便和他交上了朋友。狐狸时常送些礼物给他。有一天他问狐狸：“假设有人藏在你家，你能使他隐藏起来不暴露吗？”狐狸说：“能。”他又问：“你能附在人身上飞跑吗？”狐狸说：“也能。”他便恳求道：“我家极穷，你所给的钱财还不足以维持生计，而你时常赠我钱财，我又感到惭愧。如今村里的某人极富，而且怕打官司。不久前听说他要雇一个女人做饭，我想叫妻子去应职，过几天，叫她找机会逃出来藏在你家里。而我则以妻子在某人家失踪为由要告官。我妻子还有些姿色，我可以诬赖他见色起意，便能迫使他给我一大笔钱。得到钱之后，你就附在她身上，使她跑到某甲的别墅里，然后叫人在那儿找到她。这样，我就很感激你的恩情了。”狐狸答应照他说的做。他果然得到了许多钱。他把妻子找回来后，某人因他的妻子是在自己的别墅中找到的，也不敢再说什么。不料这人妻子的疯病竟不好了，她常常梳妆打扮，夜里好像常常和人在一起嬉笑，而不让丈夫靠前。这人急忙去找狐狸，狐狸说没这个道理，便亲往观察。回来后，狐狸跺脚道：“坏了，这是某人家楼上的狐狸看上了你的妻子，乘我不在时迷住了你的妻子。这狐狸我对付不了，这可没法子了。”这人不停地恳求。狐狸板起脸说：“比如你们村里的某人，凶暴如虎，假使他强占了别人的女人，你能帮别人去理论吗？”后来这人妻子的癫狂病越来越重，并且把丈夫的阴谋都揭露了出来，医生针灸、术士镇治都无效，终于因痨病而死。村里的人都说：“这人像鬼那么狡黠，又有狐狸的幻术帮忙，应该没什么差错了。不料狐狸引来了狐狸，好像螳螂捕蝉，黄雀在后一样。”古诗中说“利”旁倚了一把刀，贪人自己害自己。一点不差。

故人之鬼

老仆施祥，尝乘马夜行至张白。四野空旷，黑暗中有数人掷沙泥，马惊嘶不进。祥知是鬼，叱之曰：“我不至尔墟墓间，何为犯我？”群鬼揶揄曰：“自作剧耳，谁与尔论理。”祥怒曰：“既不论理，是寻斗也。”即下马，以鞭横击之。喧哄[1]良久，力且不敌；马又跳踉掣其肘。意方窘急，忽遥见一鬼狂奔来，厉声呼曰：“此吾好友，尔等毋造次。”群鬼遂散。祥上马驰归，亦不及问其为谁。次日，携酒于昨处奠之，祈示灵响[2]，寂然不应矣。祥之所友，不过厮养屠沽耳，而九泉之下，故人之情乃如是。

注释

① 喧哄：喧闹，哄闹。

② 灵响：灵应。

译文

老仆施祥曾骑马夜行到张白，四野空旷无人，黑暗中有几个人扬泥沙，马惊叫不往前走。施祥知道是鬼，呵斥道：“我没到你们的坟墓去，为什么来冒犯我？”群鬼嘲弄道：“我们在玩我们的，谁和你讲道理？”施祥怒道：“既然不讲道理，就是要找枚打。”随即下马，用鞭子横扫。混战了好久，他渐渐支持不住了，马又碍事地乱蹦乱跳。正在急迫之中，忽然远远地看见一个鬼狂奔而来，厉声叫道：“这是我的好朋友，你们不要乱来！”群鬼便都散去了。施祥上马跑了回来，也没来得及问那个鬼是谁。第二天，他带着酒来到昨夜打斗处祭奠，祈求鬼魂出来，但寂然没有反应。施祥的朋友，不过是些砍柴的、喂马的、屠户、卖酒的之类的下人，但在九泉之下，还念念不忘老朋友的情谊。

如愿小传

门人吴钟侨，尝作《如愿小传》，寓言滑稽，以文为戏也。后作蜀中一令，值金川之役，以监运火药殁于路。诗文皆散佚[①]，惟此篇偶得于故纸[②]中，附录于此。其词曰：如愿者，水府之女神，昔彭泽清洪君以赠庐陵欧明者是也，以事事能给人之求，故有是名。水府在在皆有之，其遇与不遇，则系人之禄命耳。有四人同访道，涉历江海，遇龙神召之，曰："鉴汝等精进[③]，今各赐如愿一。"即有四女子随行。其一人求无不获，意极适。不数月病且[④]死，女子曰："今世之所享，皆前生之所积；君夙生所积，今数月销尽矣。请归报命[⑤]。"是人果不起[⑥]。又一人求无不获，意犹未已，至冬月，求鲜荔巨如瓜者。女子曰："谿壑可盈，是不可餍，非神道所能给。"亦辞去。又一人所求有获有不获，以咎[⑦]女子。女子曰："神道之力，亦有差等[⑧]，吾有能致[⑨]不能致也。然日中必昃[⑩]，月盈必亏。有所不足，正君之福，不见彼先逝者乎？"是人惕然，女子遂随之不去。又一人虽得如愿，未尝有求。如愿时为自致之，亦蹙然不自安。女子曰："君道高矣，君福厚矣，天地鉴之，鬼神佑之。无求之获，十倍有求，可无待乎我；我惟阴左右之而已矣。"他日相遇，各道其事，或喜或怅。曰："惜哉，逝者之不闻也。"此钟侨弄笔狡狯之文，偶一为之，以资惩劝，亦无所不可；如累牍连篇，动成卷帙[⑪]，则非著书之体矣。

注 释

① 散佚：散失。

② 故纸：指古书旧籍。

③ 精进：努力向上。

④ 且：将要。

⑤ 报命：复命。

⑥ 不起：没有起来，逝世的讳称。

⑦ 咎：怪罪。

⑧ 差等：等级，区别。

⑨ 致：招引。

⑩ 昃：太阳偏西。

⑪ 卷帙：指书籍。

译文

门人吴钟侨曾经作有《如愿小传》，寓深意于滑稽之中，是一篇游戏文字。后来，他做四川一个县令，正值金川之战，因监运火药死在路上。他的诗文都已散失，只有这一篇偶尔被从旧书籍堆中翻出，附录在此。它是这样写的：如愿是水府的女神，她就是以前彭泽湖湖神清洪君赠送庐陵欧明的人，因她事事都能满足别人的请求，所以有“如愿”这个名称。处处都有水府，能否遇上水神，却是由每个人的福禄和命运决定的。有四个人一起访道，遍游江海，到处寻觅，遇到龙神召见。龙神说：“鉴于你们精神至诚而有上进心，我现在赐给你们每人一个如愿。”立刻就有四位女子出来跟在他们身边。其中一人任何请求都获得满足，过得极其舒服，没过几个月就病得快要死去，女子说：“今世的享受，都是前生的积德。你前生的积德，这几个月已消耗完了。请让我回去复命吧。”这个人果然死去。又有一人的请求没有不实现的，却还不觉满足。到了冬天，他请求弄来像瓜那么大的鲜荔枝。女子说："溪壑可以填满，这个要求却不能满足，这不是神道所能供给的。"她也因此而离去。另有一人，他的请求有实现的，也有未能实现的，他因此责怪女子。女子说："神道的能力，也有差别，我有能做到和不能做到的事。然而，太阳当空必定西斜，月亮丰满必定亏缺。有不能满足的事，正是你的福分。你没有看到那个已经去世的人吗？"这个人警惕起来，女子就跟随他而不离去。还有一人虽然得到如愿，却从不曾有什么请求。如愿有时主动替他做点事，他也皱起眉头表示不安。女子说："你的道德高尚，你的福泽深厚，天地明鉴你，鬼神保佑你。没有请求的获取，比有请求的获取高十倍。你无须我的帮助，我只会在暗地里帮助你而已。"后来，四位如愿相遇，各自说出自己的经历，有的欢喜有的感叹。她们说："可惜啊，去世的人已听不到这些了！"这是吴钟侨弄笔游戏之文，偶尔为之，以资惩劝，也没有什么不可以的。如果写起来累牍连篇，动不动就成了一卷书，就不是应有的著书体裁了。

丁一士

里有丁一士者，矫捷多力，兼习技击、超距[①]之术。两三丈之高，可翩然上；两三丈之阔，可翩然越也。余幼时犹及见之，尝求睹其技。使余立一过厅中，余面向前门，则立前门外面相对；余转面后门，则立后门外相对。如是者七八度[②]。盖一跃即飞过屋脊耳。后过杜林镇，遇一友，邀饮[③]桥畔酒肆中。酒酣，共立河岸。友曰："能越此乎？"一士应声耸身[④]过。友招使还，应声又至。足甫及岸，不虞岸已将圮，近水陡立处开裂有纹。一士未见，误踏其上，岸崩二尺许。遂随之坠河，顺流而去。素不习水，但从波心踊[⑤]起数尺，能直上而不能旁近岸，仍坠水中。如是数四，力尽，竟溺焉。盖天下之患，莫大于有所恃。恃财者终以财败，恃势者终以势败，恃智者终以智败，恃力者终以力败。有所恃，则敢于蹈险[⑥]故也。田侯松岩于滦阳买一劳山杖，自题诗曰："月夕花晨伴我行，路当坦处亦防倾。敢因恃尔心无虑，便向崎岖步不平！"斯真阅历之言[⑦]，可贯而佩[⑧]者矣。

注释

① 超距：跳跃。

② 度：次。

③ 邀饮：请喝酒。

④ 耸身：纵身向上。

⑤ 踊：往上跳。

⑥ 蹈险：冒险。

⑦ 阅历之言：经验之谈。

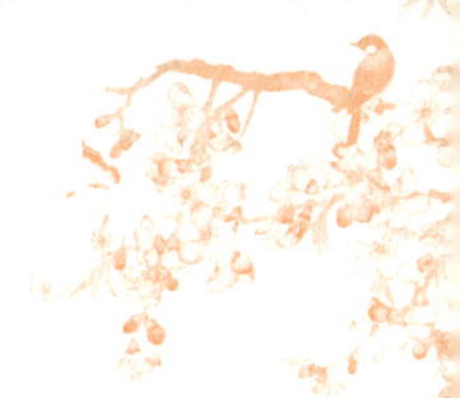

⑧ 贯而佩：穿起来佩戴着，指作为座右铭。

译 文

有位叫丁一士的人，矫健有力，并练习技击、跳跃的技艺。两三丈高的地方能纵身上去，两三丈宽的地方能一下跳过去。我小时候曾请他表演。他叫我站在一个过厅中，我面朝前门，看见他在前面和我相对而立；我转身向后门，又看见他在后面和我相对而立，这样有七八次。原来他是从屋脊上跳过去的。后来他到杜林镇碰见了一个朋友，两人在桥边的酒馆中喝酒。喝到高兴处，两人站在河边，朋友说："你能跳过去么？"他应声跳过去了。朋友又叫他跳回来，他又跳了回来。脚要踏到岸边时，不料河岸已塌，丁一士也随之掉到河里，顺流而去。他不会游泳，只能从水中跃起几尺高，但只能直上而不能跳向旁边上岸，于是又落入水中。这样跳了许多次，终于淹死了。天下最大的祸患莫过于有所依仗。依仗钱财的因为钱财倒霉，依仗势力的因为势力倒霉，依仗智谋的因为智谋倒霉，依仗气力的因为气力倒霉。因为有所依仗就敢于冒险。田松岩买了一根劳山手杖，自己题诗道："月夕花晨伴我行，路当坦处亦防倾。敢因恃尔心无虑，便向崎岖步不平！"这是饱经世故的经验之谈，可以作为座右铭。

清高尼僧

沧州甜水井有老尼，曰慧师父，不知其为名为号，亦不知是此

"慧"字否，但相沿呼之云尔。余幼时，尝见其出入外祖张公家。戒律谨严，并糖不食，曰："糖亦猪脂所点成也。"不衣裘，曰："寝皮[①]与食肉同也。"不衣绸绢，曰："一尺之帛，千蚕之命也。"供佛面筋必自制，曰："市中皆以足踏也。"焚香必敲石取火，曰："灶火不洁也。"清斋一食，取足自给，不营营募化。外祖家一仆妇，以一布为施。尼熟视识之，曰："布施须用己财，方为功德。宅中为失此布，笞小婢数人，佛岂受如此物耶？"妇以情告曰："初谓布有数十匹，未必一一细检，故偶取其一。不料累人受箠楚，日相诅咒，心实不安。故布施求忏罪耳。"尼掷还之曰："然则何不密送原处，人亦得白，汝亦自安耶！"后妇死数年，其弟子乃泄其事，故人得知之。乾隆甲戌、乙亥间，年已七八十矣，忽过余家，云将诣潭柘寺礼佛，为小尼受戒。余偶话前事，摇首曰："实无此事，小妖尼饶舌耳。"相与叹其忠厚。临行，索余题佛殿一额，余属赵春磵代书。合掌曰："谁书即乞题谁名，佛前勿作诳语。"为易赵名，乃持去，后不再来。近问沧州人，无识之者矣。又，景城天齐庙一僧，住持果成之第三弟子。士人敬之，无不称曰三师父，遂佚其名。果成弟子颇不肖，多散而托钵[②]四方。惟此僧不坠宗风[③]，无大刹[④]知客[⑤]市井气，亦无法座[⑥]禅师骄贵气；戒律精苦，虽千里亦打包徒步，从不乘车马。先兄晴湖尝遇之中途，苦邀同车，终不肯也。官吏至庙，待之礼无加；田夫、野老至庙，待之礼不减。多布施，少布施，无布施，待之礼如一。禅诵之馀，惟端坐一室，入其庙如无人者。其行事如是焉而已。然里之男妇，无不曰三师父道行清高。及问其道行安在，清高安在，则茫然不能应。其所以感动人心，正不知何故矣。尝以问姚安公，公曰："据

尔所见，有不清不高处耶？无不清不高，即清高矣。尔必欲锡飞[7]、杯渡[8]，乃为善知识[9]耶？”此一尼一僧，亦彼法[10]中之独行者矣。（三师父涅槃[11]不久，其名当有人知。俟见乡试诸孙辈，使归而询之庙中。）

注释

① 寝皮：本指垫着皮睡，此处指穿着皮衣。

② 托钵：手托钵盂，指外出乞食。

③ 宗风：佛教各宗系特有的风格、传统。

④ 大刹：大庙。

⑤ 知客：寺院里专司接待宾客的僧人。

⑥ 法座：正座。

⑦ 锡飞：指僧人等执锡杖飞空。

⑧ 杯渡：指僧人乘木杯渡水。

⑨ 善知识：指正直而有德行，能教导正道上的好人。

⑩ 彼法：指佛法。

⑪ 涅槃：死亡。

译文

沧州甜水井有位老尼姑，叫慧师父，不知这是她的名字还是她的号，也不知是否是这个“慧”字，只是人们都这么沿习着称呼下来。我小时候，看她常常出入外祖父张雪峰先生家。她守戒极严，连糖也不吃。她说糖也是用猪油做的。她不穿皮衣，说穿皮衣跟吃肉一样。她也不穿绸绢做的衣服，认为一尺绸绢，是一千只蚕的性命换来的。供佛用的面食，她一定要自己做，说市上卖的，加工时都用脚踩。烧香时，她一定要用火石打火，认为灶火不干净。她的斋饭清淡，自给自足，从来不忙忙碌碌地去募化。外祖父家有一位女仆，施舍她一匹布。她仔细审视了布之后认了出来，说："如果要施舍必须是自己的东西，才能成为功德。府上因丢了这匹布，有好几个小婢挨了打，佛怎么能接受这样的东西呢？"女仆坦白说："原先以为有几十匹布，未必能一一点查，所以就拿来一匹。不料连累了别人挨打，天天诅咒，我的心中实在不安，所以布施这匹布以忏悔罪孽。"老尼把布扔还她说："你为什么不偷着送还原处？这样别人也可以洗清自己，你也可以心安。"女仆死了几年之后，老尼的弟子把这事透露了出来，所以人们才知道。乾隆十九、二十年间，她已七八十岁了。有一天她忽然来到我家，说要去潭柘寺拜佛，为小尼姑受戒。我偶然说到上述之事，她摇头说："哪有这事，是小尼姑们乱嚼舌头。"在座的无不叹息她的忠厚。临行，她求我为佛殿写一个匾额，我托赵春磵代写。她合掌说是谁写的，就请签署谁的名，在佛前不要打诳语。待换上赵春磵的名字后，她才拿走了。后来她再没来过。近来问起沧州人，竟没有人知道她。还有，景城天齐庙有位和尚，是住持僧果成的第三个弟子。士人们敬重他，都称他为三师父，倒把真名给忘了。果成的弟子大多不怎么样，都托着钵游食四方。只有这位三师父坚持师祖的作风，他没有名山大刹中知客僧的那种市

伧气，也没有法座禅师的那种娇贵气。他守戒勤苦，即便是千里路程也背着包步行，从来不乘车骑马。先兄晴湖曾在路上遇到他，苦苦邀请他上车，他始终不肯。官员来到庙中，他对待他们的礼节并没有增加，农夫村叟来到庙中，他对待他们的礼节并不减少。布施多的、布施少的、不布施的，他都同样对待。他诵经之余，只端坐于一室中，以至来人以为庙里没有人。他的行事也只是如此而已，但乡里无论男女，没有不说三师父道行清高的。待问到道行表现在哪儿？清高表现在哪儿？人们就茫然回答不上来了。三师父能够感动人心，不知是什么原因。就此我曾问姚安公，他说："据你所见，他有不清高的地方吗？没有不清不高的地方，就是清高。你认为必须像飞锡、杯渡那样才算是了解一切的和尚吗？这一尼一僧，也是佛门中独有此行为的人啊。"（三师父去世还没多久，他的名字应当有人知道，等见到来参加乡试的孙辈们，再让他们回去到庙中询问。）

为盗为奸

九州之大，奸盗事无地无之，亦无日无之，均不为异也。至盗而稍别于盗，而不能不谓之盗，奸而稍别于奸，究不能不谓之奸，斯为异矣。盗而人许遂其盗，奸而人许遂其奸，斯更异矣。乃又相触立发，相牵立息，发如鼎沸，息如电掣，不尤异之异乎！舅氏安公五章言：有中年失偶者，已有子矣，复买一有夫之妇。幸控制有术，犹可相安。既而是人死，平日私蓄，悉在此妇手。其子微闻而索之，事无佐证，妇弗承也。后侦知其藏贮处，乃夜中穴[1]壁入室。方开箧携出，妇觉，大号有贼，家众惊起，各持械入。其子仓皇从穴出。迎击之，立踣。即从穴入搜馀盗，闻床下喘息有声，群呼尚有一贼，共曳出絷缚[2]，比灯至审视，则破额昏仆者其子，床下乃其故夫也。其子苏后，与妇各执一词。子云“子取父财，不为盗”；妇云“妻归前夫，不为奸”。子云“前夫可再合，而不可私会”；妇云“父财可索取，而不可穿窬[3]”。互相诟谇，势不相下。次日，族党密议，谓涉讼两败，徒玷门风。乃阴为调停，使尽留金与其子，而听妇自归故夫，其难乃平。然已“鼓钟[4]于宫，声闻于外”矣。先叔仪南公曰：“此事巧于相值，天也；所以致有此事，则人也。不纳此有夫之妇，子何由而盗，妇何由而奸哉？彼所恃者，力能驾驭耳。不知能驾驭于生前，不能驾驭于身后也。”

注 释

① 穴：打洞。

② 絷缚：捆绑，绑缚。

③ 穿窬：打洞穿墙行窃。

④ 鼓钟：敲钟打鼓。

译 文

天下之大，通奸偷盗之事无地不在发生，也无日不在发生，都不足为怪。至于偷盗而又有别于偷盗，却不能不称为偷盗，通奸而又有别于通奸，终究不能不称为通奸，那就有些奇怪了。偷盗而别人容许他偷盗，通奸而别人容许他通奸，那就更为奇怪了。甚至还有相互接触立即爆发，相互牵制又立刻平息，爆发时如水沸一般强烈，平息时如闪电一样迅速，不更是奇怪中的奇怪吗？舅舅安五章公说，有一个中年丧偶的男子，已有儿子了，又买进一个有夫之妇做继室。幸亏他控制有术，还可以相安无事地过日子。不久，这个人死去了，他平时的积蓄都由继室掌管。他的儿子听到一些风声，就向继母索取钱财，但事无佐证，继母不承认。后来，儿子侦察到钱财藏匿的地方，就在夜里挖墙洞进入室内。正当他打开箱子准备将钱财拿走时，被继母发觉。她大喊有贼，家中仆人惊起，各自拿着器械冲进来。儿子仓皇从墙洞里爬出，被仆人迎面一棒击中，立刻倒在了地上。家仆们就从墙洞里爬进室内去搜查别的盗贼，听到床下有喘息声，大家呼喊还有一个贼，一起将他拉出捆缚起来。等到取来灯烛仔细一看，额头被打破昏倒在地的是儿子，躲在床下的却是继母以前的丈夫。儿子苏醒之后，与继母各执一词。儿子说："儿子取父亲的钱财，不是偷盗。"继母说："妻子归依前夫，不是通奸。"儿子说："和前夫可以再次结合，却不可私下幽会。"继母说："父亲的钱财可以索取，却不可偷窃。"两人互相责骂，势均力敌。第二天，族人秘密商议，认为诉讼则必定两败俱伤，徒然玷污门风，就私下里替他们调解，将父亲留下的钱财都归儿子，听凭继母自己归依前夫，这场风波才平息下去。然而，这件事已经"鼓钟于宫，声闻于外"了。先叔仪南公说："这件事巧在相互碰上，这是天意。之所以会变成这样，却是人为的。如果那个人不娶这个有夫之妇，哪有什么儿子偷盗、继室通奸的事？他所凭借的，是自己能够驾驭继室和儿子，却不懂得在生前能驾驭，在死后却不能驾驭了。"

盛气凌鬼

戴东原言：其族祖某，尝僦[①]僻巷一空宅。久无人居，或言有鬼。某厉声曰："吾不畏也。"入夜，果灯下见形，阴惨之气，砭[②]人肌骨。一巨鬼怒叱曰："汝果不畏耶？"某应曰："然。"遂作种种恶状，良久，又问曰："仍不畏耶？"又应曰："然。"鬼色稍和，曰："吾亦不必定驱汝，怪汝大言耳，汝但言一畏字，吾即去矣。"某怒曰："实不畏汝，安可诈言畏？任汝所为可矣！"鬼言之再四，某终不答。鬼乃太息曰："吾住此三十馀年，从未见强项[③]似汝者，如此蠢物，岂可与同居！"奄然灭矣。或咎之曰："畏鬼者常情，非辱也。谬答以畏，可息事宁人，彼此相激，伊于胡底[④]乎？"某曰："道力深者，以定静祛魔，吾非其人也。以气凌之，则气盛而鬼不逼；稍有牵就，则气馁而鬼乘之矣。彼多方以饵吾，幸未中其机械也。"论者以其说为然。

注 释

① 僦：租赁。

② 砭：刺。

③ 强项：强横。

④ 伊于胡底：到什么地步为止。

译 文

戴东原说，他的一位族祖曾在僻巷租了一座空宅子。因长期没人住，有人说这儿有鬼。族祖厉声道："我不怕。"到了夜里，鬼果然在灯下显出形来，阴森的气息侵人肌骨，一个巨型的鬼怒叱道：“你真的不怕吗？”族祖应道：“不怕。”鬼便做出种种可怕的样子，过了好一会儿，又问：“还不怕吗？”族祖又说：“不怕。”鬼的脸色稍微缓和了些，说：“我也不是非要把你吓走，只是怪你说大话，你只要说一个怕字，我就走了。”族祖怒道：“我真不怕你，怎么能撒谎说怕呢？随便你怎么做好了。”鬼再三劝说，他还是不答应。鬼叹息道：“我住在这儿有三十多年了，从未见过像你这么固执的。你这种蠢家伙，我怎么能和你同住？”鬼一下子消失了。有人责备他说：“怕鬼是人之常情，并不是什么难堪的事，撒谎说个怕字，可以息事宁人。如果彼此这么较劲，鬼不依不饶可怎么好？”族祖道：“道力深的人用定静来驱逐魔鬼。我不是道力深的人，只能以气势对付它。气势盛它就不敢进攻，稍有迁就，失去气势鬼就趁机而入了。鬼想方设法引诱我，幸好我没进它的圈套。”人们谈论起来，认为族祖的看法是对的。

以礼杀人

饮食男女，人生之大欲[1]存焉。干[2]名义，渎伦常，败风俗，皆王法之所必禁也。若痴儿騃[3]女，情有所钟，实非大悖于礼者，似不必苛以深文[4]。余幼闻某公在郎署时，以气节严正自任[5]。尝指小婢配小奴，非一年矣，往来出入，不相避也。一日，相遇于庭，某公亦适至，见二人笑容犹未敛，怒曰：“是淫奔[6]也！于律奸未婚妻者，杖。”遂亟呼杖。众言：“儿女嬉戏，实无所染，婢眉与乳可验也。”某公曰：“于律谋而未行，仅减一等。减则可，免则不可。”卒并杖之，创几殆。自以为河东柳氏之家法，不是过也。自此恶其无礼，故稽[7]其婚期，二人遂同役之际，举足趑趄[8]；无事之时，望影藏匿。跋前疐后[9]，日不聊生。渐郁悒[10]成疾，不半载内，先后死。其父母哀之，乞合葬。某公仍怒曰：“嫁殇非礼[11]，岂不闻耶？”亦不听。后某公殁时，口喃喃似与人语，不甚可辨。惟“非我不可”“于礼不可”二语，言之十馀度，了了分明。咸疑其有所见矣。夫男女非有行媒[12]，不相知名，古礼也。某公于孩稚之时，即先定婚姻，使明知为他日之夫妇。朝夕聚处，而欲其无情，必不能也。“内言不出于阃[13]，外言不入于阃”，古礼也。某公僮婢无多，不能使各治其事，时时亲相授受，而欲其不通一语，又必不能也。其本不正，故其末不端。是二人之越礼，实主人有以成之。乃操之已蹙[14]，处之过当，死者之心能甘乎？冤魄为厉，犹以“于礼不可”为词，其斯以为讲学家乎？

注 释

① 大欲：普遍的欲望。

② 干：冒犯。

③ 騃：愚，呆，痴。

④ 深文：苛细严峻的法律条文。

⑤ 自任：当作自身的职责。

⑥ 淫奔：旧时指私自投奔所爱的人 。

⑦ 稽：停留，延迟。

⑧ 趑趄：想前进又不敢前进。形容疑惧不决，犹豫观望。

⑨ 跋前疐后：形容进退两难。跋：踩。疐：被绊倒。

⑩ 郁悒：忧愁，苦闷。

⑪ 嫁殇非礼：未成年而死后合婚，不符合礼仪。

⑫ 行媒：往来作媒妁的人。

⑬ 闺：内室。

⑭ 蹙：紧迫。

译文

食与性，是人生最大的欲望。但冒犯名义、亵渎伦常、伤风败俗的事，是王法所必须禁止的。而那些痴男怨女，情有所钟，只要他们没有违背礼法，似乎不应对他们过分苛求。我小时候听说某公在员外郎任上时，自以为气节严正，并颇为自负。他曾经把家中的一个小丫环指配给一个小奴仆，这事已不是一年两年了，所以他们往来出入，并不相互回避。一天，二人在庭院里嬉笑玩耍，正巧被某公撞上了，他见二人脸上的笑容还未收敛，便怒气冲冲地说："这是通奸私奔！按律法规定，与未婚妻通奸的，当处以杖刑。"说完，他命人动手。众人说："小孩子们嬉笑游戏，并没干什么出格儿的事，这从小丫环的眉眼和乳房上可以得到验证。"某公说："按律法规定，有预谋而未形成事实的，可以罪减一等。减可以，但不能免。"终于他把两个孩子打了个半死。他认为把自己与治家严谨的河东柳氏相提并论，也并不为过。从此以后，他因为厌恶两个孩子不守礼法，便故意推迟他们的婚期，以至二人在干活儿的时候躲躲闪闪，没事儿的时候，也是藏来躲去，不敢相见。他们进退两难，惶惶不可终日，渐渐地，忧郁成疾，不到半年，便先后死了。他们的父母可怜两个孩子，乞求某公为他们合葬到一处。某公仍是怒气冲冲地说：“死后合婚，不合礼法，难道你们没听说过吗？”他对此果然置之未理。后来某公临死时，口中喃喃地低语，像是对人说着什么，但听不太清。只是把“非我不可”“于礼不可”二句重复了十几遍，大家听得清清楚楚。人们怀疑他见到了什么。男女之间，没有媒人牵线，他们便互不相知，这也算古代的礼仪了。某公在丫环和奴仆孩提之时，便为他们先定下了婚事，使他们明确得知早晚会成为夫妇。他们朝夕相处，要想让他们不产生感情，那是不可能的。“男女各司其职，不得互相干预”，这是自古以来的礼法。某公家中僮仆丫鬟不多，做不到男女分开，各司其事；他们干活常需接触，想禁止他们对话是不可能的。树根有了毛病，树梢就会出现问题。那两个孩子即便有逾越礼法的行为，也是因为主人成全了他们。某公对此事操之过急，处理不当，死者难道会甘心吗？冤魂变为厉鬼登门作祟，他还要振振有词地说什么“于礼不可”。难道鬼魂还会管你是什么讲学家吗？

山西商人

山西人多商于外，十馀岁辄从人学贸易。俟蓄积有赀，始归纳妇，纳妇后仍出营利，率二三年一归省，其常例也。或命途蹇剥[①]，或事故萦牵[②]，一二十载不得归。甚或金尽裘敝，耻还乡里，萍飘蓬转，不通音问者，亦往往有之。有李甲者，转徙为乡人靳乙养子，因冒其姓。家中不得其踪迹，遂传为死。俄其父母并逝，妇无所依，寄食于母族舅氏家。其舅本住邻县，又挈家逐什一[③]，商舶南北，岁无定居。甲久不得家书，亦以为死。靳乙谋为甲娶妇。会妇舅旅卒[④]，家属流寓[⑤]于天津；念妇少寡，非长计，亦谋嫁于山西人，他时尚可归乡里。惧人嫌其无母家，因诡称己女。众为媒合，遂成其事。合卺[⑥]之夕，以别已八年，两怀疑而不敢问。宵分[⑦]私语，乃始了然。甲怒其未得实据而遽嫁，且诟且殴。阖家惊起，靳乙隔窗呼之曰："汝之再娶，有妇亡之实据乎？且流离播迁[⑧]，待汝八年而后嫁，亦可谅其非得已矣。"甲无以应，遂为夫妇如初。破镜重合，古有其事。若夫再娶而仍元配，妇再嫁而未失节，载籍[⑨]以来，未之闻也。姨丈卫公可亭，曾亲见之。

注释

① 蹇剥：时运不济。

② 萦牵：旋绕牵挂。

③ 什一：以十搏一，指经商。

④ 旅卒：死在路上。

⑤ 流寓：定居。

⑥ 合卺：旧时结婚男女同杯饮酒之礼，后泛指结婚。

⑦ 宵分：夜半。

⑧ 播迁：迁徙，流离。

⑨ 载籍：书籍，此处指有书籍、有记录。

译文

山西人大多在外经商，十多岁就开始跟人学习贸易。等到积攒下一些钱财，才回家娶妻，娶了妻子后，仍然出去经商赚钱，两三年回家一次，这种情况很普遍。有的时运不济，有的遇到了什么灾祸，一二十年没有回去过。有的甚至钱财没有了，衣裳破烂，以回归家乡为耻辱，像浮萍一样漂泊，像莲蓬一样辗转，不通音信的，也常常可以见到。有个叫李甲的人，辗转迁徙成了某地乡村人靳乙的养子，于是改姓靳。他家里得不到他的消息，后来听人说他死了。不久，他的父母亲都去世了，妻子没有依靠，就在娘舅家寄住吃喝。她的舅舅本来住在邻县，后来带家眷去经商，商船在南北各地到处航行，终年没有定居的地方。李甲长期没有得到家信，也以为家人都死了。靳乙打算给李甲娶妻，恰好李甲妻子的舅舅死在旅途中，家眷流落到天津居住。娘舅家考虑到李妻年纪轻轻守寡，不是长远之计，也打算嫁给山西人，以后好回到家乡去，又害怕男方嫌弃李妻没有娘家，因此谎称是自己的女儿。大家商量撮合，这桩婚事就成了。新婚之夜，因已经分别八年，两人都怀疑但是不敢询问。夜深时分说私房话时，才开始明白。李甲恨他的妻子没有得到他已死的真实依据就急着再嫁，便对她又骂又打，把全家都惊动起来了，靳乙隔着窗户大声说：“你再娶，有妻子死了的真实依据吗？况且她流落迁徙，等待你八年才嫁，也可以谅解她的不得已了。”李甲不能回答，于是两人和好如初。破镜重圆，古代就有这种事了。至于再娶妻仍然是原配的，妇女再嫁而没有失去贞节，自从有文字记载以来，没有听说过这种事。我姨丈卫

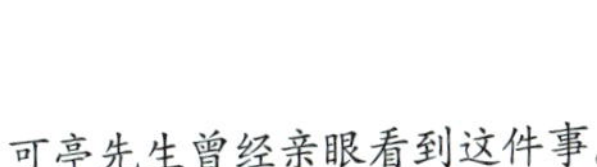
可亭先生曾经亲眼看到这件事。

沧州美酒

沧州酒，阮亭先生谓之“麻姑[①]酒”，然土人[②]实无此称。著名已久，而论者颇有异同。盖舟行来往，皆沽于岸上肆中，村酿薄醨[③]，殊不足辱杯斝[④]；又土人防征求无餍，相戒不以真酒应官，虽笞箠不肯出，十倍其价亦不肯出，保阳制府[⑤]，尚不能得一滴，他可知也。其酒非市井所能酿，必旧家世族，代相授受，始能得其水火之节候。水虽取于卫河，而黄流不可以为酒，必于南川楼下，如金山取江心泉法，以锡罂沉至河底，取其地涌之清泉，始有冲虚之致[⑥]。其收贮畏寒畏暑，畏湿畏蒸，犯[⑦]之则味败。其新者不甚佳，必庋[⑧]阁至十年以外，乃为上品，一罂可值四五金。然互相馈赠者多，耻于贩鬻。又大姓若戴、吕、刘、王，若张、卫，率多零替，酿者亦稀，故尤难得。或运于他处，无论肩运、车运、舟运，一摇动即味变。运到之后，必安静处澄半月，其味乃复。取饮注壶时，当以杓平挹[⑨]；数摆拨则味亦变，再澄数日乃复。姚安公尝言：“饮沧酒禁忌百端，劳苦万状，始能得花前月下之一酌，实功不补患；不如遣小竖[⑩]随意行沽，反陶然自适。”盖以此也。其验真伪法：南川楼水所酿者，虽极醉，胸膈[⑪]不作恶[⑫]，次日亦不病酒[⑬]，不过四肢畅适，恬然高卧而已。其但以卫河水酿者则否。验新陈法：凡庋阁二年者，可再温一次；十年者，温十次如故，十一次则味变矣。一年者再温即变，二年者三温即变，毫厘不能假借，莫知其所以然也。董曲江前辈之叔名思任，最嗜饮。牧[14]沧州时，知佳酒不应官，百计劝谕，人终不肯破禁约。罢官后，再至沧州，寓李进士锐巅家，乃尽倾其家酿。语锐巅曰："吾深悔不早罢官。"此虽一时之戏谑，亦足见沧酒之佳者不易得矣。

注释

① 麻姑：传说中的仙女名。

② 土人：当地人。

③ 村酿薄醨：村野中的劣酒。

④ 杯斝：泛指酒杯。

⑤ 制府：即制置司衙门，掌管军务。

⑥ 冲虚之致：恬淡虚静的韵味。

⑦ 犯：抵触，违反。

⑧ 庋：置放，收藏。

⑨ 挹：舀。

⑩ 小竖：犹言小子。

⑪ 胸膈：泛指胸腹。

⑫ 作恶：作呕，恶心。

⑬ 病酒：饮酒沉醉。

⑭ 牧：做州牧。

译文

沧州酒，阮亭先生称之为麻姑酒，但当地人并没有这么叫的。

虽然沧州酒久负盛名，但人们对沧州酒的看法很不一样。这里舟船往来，都上岸买酒喝。酒馆里的家酿薄酒，实在不怎么样。而当地人为了防止官府无休止地征酒，便相约不卖正宗酒给官府的人。即便是挨打也不肯拿出来，出十倍的价钱也不卖。保阳制府尚且连一滴也得不着，何况他人。沧州酒不是一般人家所能酿造的，必须是世代相传的酿酒世家，才能掌握好水、火的季令和气候。造酒的水虽然取于卫河，但浑浊的水不能造酒，必须在南川楼下，像金山和尚在江心取泉水那样，把锡罂沉到河底，装地下涌出的清泉水，这样酒才有淡雅的味道。沧州酒在贮存过程中怕冷怕热，怕湿怕燥，环境稍不对劲，味儿就变了。新酿的酒不太好喝，必须把它放置在架上，过了十年之后，才算是上品，一罂能值四五两银子。但是人们大多用来互相馈赠，而以拿到市上去卖为耻。酿酒大户如戴家、吕家、刘家、王家，还有张家、卫家等，都衰落了，酿酒的人少了，所以这种酒尤其难得。如要把这种酒运到别处，无论肩扛、车载、船运，一晃动它就变味，运到之后，必须把它静放几天，才能恢复原味。喝酒时要把酒装入壶中，必须用酒杓平平地舀，如用酒杓搅来搅去，酒味也会变，须再静放几天才能恢复原味。姚安公曾说："沧州酒有无数的禁忌，经过万般劳苦之后，才能喝到花前月下的那一杯，实在是得不偿失。不如打发小僮去随便买来一壶，反而闲适自乐。"就是因为这个原因。检验沧州酒真假的方法是：喝南川楼水酿的酒，虽然会大醉，胸膈间也不难受，第二天也不害酒，只是感到四肢非常舒服，想安然高卧而已。如果是用卫河水酿的酒，情况就相反了。检验酒的新陈的方法是：在架上放了两年的，可以温两次，放了十年的，可以温十次，味不变，温十一次，味就变了。放了一年的酒，温两次味就变了，放了两年的，温三次味就变了，一点儿也不能假冒，不知是怎么回事。董曲江前辈的叔叔名叫思任，最爱喝酒。他任沧州知州时，他知道好酒不交官府，百般劝说，酿酒人还是不肯破坏禁约。于是他在罢官之后又来到沧州，住在进士李锐巅家，把他家酿的好酒都喝光了。他对李进士说："我真后悔不早些丢了官。"这虽然是一时的玩笑话，也足以证明好的沧州酒不容易喝到。

儒生遇鬼

李汇川言：有严先生，忘其名与字。值乡试期近，学子散后，自灯下夜读。一馆童送茶入，急失声仆地，碗碎琤然[①]。严惊起视，则一鬼披发瞪目立灯前。严笑曰："世安有鬼，尔必黠盗[②]饰此状，欲我走避耳。我无长物，惟一枕一席。尔可别往。"鬼仍不动，严怒曰："尚欲给[③]人耶？"举界尺[④]击之，瞥然而灭。严周视无迹，沉吟曰："竟有鬼邪？"既而曰："魂升于天，魄降于地，此理甚明。世安有鬼，殆狐魅耳。"仍挑灯琅琅诵不辍。此生崛强，可谓至极，然鬼亦竟避之。盖执拗之气，百折不回，亦足以胜之也。又闻一儒生，夜步廊下。忽见一鬼，呼而语之曰："尔亦曾为人，何一作鬼，便无人理？岂有深更昏黑，不分内外，竟入庭院者哉？"鬼遂不见。此则心不惊怖，故神不瞀乱[⑤]，鬼亦不得而侵之。又故城沈丈丰功，（讳鼎勋，姚安公之同年。）尝夜归遇雨，泥潦纵横，与一奴扶掖而行，不能辨路。经一废寺，旧云多鬼。沈丈曰："无

人可问，且寺中觅鬼问之。”径入，绕殿廊呼曰：“鬼兄鬼兄，借问前途水深浅？”寂然无声。沈丈笑曰：“想鬼俱睡，吾亦且小憩。”遂偕奴倚柱睡至晓。此则襟怀洒落，故作游戏耳。

注 释

① 琤然：声音清脆的样子。

② 黠盗：狡黠的盗贼。

③ 绐：古同“诒”，欺骗，欺诈。

④ 界尺：画线兼镇纸的工具。

⑤ 瞀乱：昏乱。

译 文

李汇川说，有位严先生，忘了他的名字叫什么。临近乡试日期时，学生们都回去了。夜里他自己在灯下读书，一个小僮给他送茶，忽然叫了一声倒在地上，茶杯也打碎了。严先生吃惊地起来一看，却是一个鬼披散了头发、瞪着眼睛站在灯前。严先生笑道：“世上哪有鬼？你肯定是狡猾的强盗伪装的，想把我吓跑。我没什么别的东西，只有一枕一席，你还是到别处去吧。”鬼仍然不动。严先生怒道：“你还要骗人吗？”说着举起界尺便打，鬼转眼不见了。严先生找了一圈，什么也没有发现，便沉吟道：“竟然有鬼？”接着又说：“魂升上天，魄降入地下，这道理很清楚。世上哪有鬼，可能是狐魅吧？”继续点着灯朗诵不停。这人倔强，可以说到了极致，然而鬼竟然也躲避他。可见脾气固执，百折不回，也足以胜过鬼。又听说有一个儒生，夜里在廊下散步，忽然遇见一个鬼，便叫来对它说：“你也曾做过人，为什么一做了鬼，就不懂人理了？哪有深更半夜地进入别人家的庭院的呢？”鬼于是消失了。这就是说，心不惊恐，神志就不昏乱，鬼也就不敢冒犯。还有，故城县沈丰功（名鼎勋，与姚安公同榜中举）先生一次夜归遇雨，路上泥泞难走，他和一个奴仆搀扶着，看不清路。经过一座废寺，过去传说这儿有不少鬼。沈先生说：“没人可问路，且到寺里找鬼问问。”他进到寺中后，绕着殿廊叫道：“鬼兄，鬼兄，请问前边路上水深不深？”寺里寂然无声。沈先生笑道：“可能鬼都睡了，我也休息一会儿吧。”于是和奴仆倚着柱子睡到早晨。这是因为他襟怀坦荡，故意取乐而已。

蛲螂为火药

阿文成公平定伊犁时，于空山捕得一玛哈沁[①]。诘[②]其何以得活，曰：“打牲为粮耳。”问：“潜伏已久，安得如许火药？”曰：“蛲螂曝[③]干为末，以鹿血调之，曝干，亦可以代火药。但比硝磺力稍弱耳。”又一蒙古台吉[④]云：“鸟铳贮火药铅丸后，再取一干蛲螂，以细杖送入，则比寻常可远出一二十步。”此物理之不可解者，然试之均验。又疡医殷赞庵云：“水银能蚀五金，金遇之则

白，铅遇之则化。凡战阵铅丸陷入骨肉者，割取至为楚毒⑤，但以水银自创口灌满，其铅自化为水，随水银而出。”此不知验否，然于理可信。

注 释

① 玛哈沁：指盗匪。

② 诘：问。

③ 曝：晾晒。

④ 台吉：清朝对蒙古贵族封的爵位名。

⑤ 楚毒：痛苦。

译 文

阿文成公平定伊犁之时，在深山空谷里抓到了一个强盗。他问那强盗在这荒僻的大山里靠什么生活？那强盗回答说：“猎取野兽为食。”阿文成公又问：“你藏匿在此地已经很久了，哪来那么多火药？”强盗说：“我抓来一些蜣螂，把它们弄死晒干后研成细末，用鹿血调和后晒干，便可以用来代替火药。只是比硝黄的火药威力要差一些。”还有一位蒙古台吉说过：“在火枪里装上火药铅弹之后，再取一只晒干的蜣螂，用细棍捅入枪膛，这样，火药射出的距离可以延长一二十步。”这种现象从物理上无法解释，但每次试验皆有效果。专治疮的医生殷赞庵说：“水银能腐蚀一些金属。黄金遇上水银会变成白色，铅遇到它会立即熔化。凡是在战场上被铅弹射中的人，如果用外科手法取铅弹，须忍受巨大痛苦。如果将水银灌到伤口里，铅弹会自然熔化成水，随水银流出来。”这个办法不知是否灵验，但其中的道理还是可信的。

僧舍美人图

田白岩言：有士人僦居僧舍，壁悬美人[①]一轴，眉目如生，衣褶飘飏如动。士人曰：“上人不畏扰禅心耶？”僧曰：“此天女散花图，堵芬木画[②]也。在寺百馀年矣，亦未暇细观。”一夕，灯下注目，见画中人似凸起一二寸。士人曰：“此西洋界画，故视之若低昂，何堵芬木也。”画中忽有声曰：“此妾欲下，君勿讶也。”士人素刚直，厉声叱曰：“何物妖鬼敢媚我！”遽掣其轴，欲就灯烧之。轴中絮泣曰：“我炼形将成，一付祝融[③]，则形消神散，前功付流水矣。乞赐哀闵，感且不朽。”僧闻俶扰[④]，亟[⑤]来视。士人告以故。僧憬然曰：“我弟子居此室，患瘵而死，非汝之故耶？”画不应，既而曰：“佛门广大，何所不容。和尚慈悲，宜见救度。”士怒曰：“汝杀一人矣，今再纵汝，不知当更杀几人。是惜一妖之命，而戕[⑥]无算[⑦]人命也。小慈是大慈之贼[⑧]，上人勿吝。”遂投之炉中。烟焰一炽，血腥之气满室，疑所杀不止一僧矣。后入夜，或嘤嘤有泣声。士人曰：“妖之馀气未尽，恐久且复聚成形。破阴邪者惟阳刚。”乃市爆竹之成串者十馀，（京师谓之火鞭。）总结其信线为一，闻声时骤然爇之，如雷霆砰磕，窗扉皆震，自是遂寂。除恶务本，此士人有焉。

注释

① 美人：指美人图。

② 堵芬木画：木雕画。

③ 祝融：上古火神，借指火。

④ 俶扰：骚扰，扰乱。

⑤ 亟：急切，赶忙。

⑥ 戕：杀害。

⑦ 无算：无法计算，形容数目多。

⑧ 贼：祸害。

译文

田白岩说：有个书生租住在僧房里，看见墙壁上挂着一幅美人画，面目如同活人一样，连衣服的皱褶都好像在飘拂一样。书生问道：“大师您不怕干扰了您的禅心吗？”僧人说：“这是天女散花图，是木雕画，在这寺院里已经一百多年了，我也没有时间仔细看一看。”

一天晚上，书生在灯光下注视着这幅画，发现画中的美人好像凸起了一二寸。书生说：“这是西洋画，所以看起来好像有高低凹凸，怎么又说是木雕画呢。”画中的美人忽然开口说道：“这是我想要出来，请您不要惊讶。”

书生一向性格刚强正直，就大声骂道：“你是什么妖魔鬼怪，竟敢来迷惑我！”马上抓起画轴，想把它凑到灯上烧掉。画轴里发出嘤嘤的哭泣声，说：“我炼形就快要成功了，一旦将我烧掉，我就会形消神散，以前的苦功都付诸流水了。求求您可怜可怜我，我会永远感激您的。”

僧人听到吵闹的声音，就赶过来察看。书生把原委告诉了他。僧人忽然醒悟说："我的一个弟子原本住在这间屋子里，后来生痨病而死，这难道是因为你吗？"画里的声音没有回应，过了一会儿才说："佛门广大，有什么不能宽容的呢？和尚慈悲，您应该救救我。"

书生愤怒地说："你已经杀了一个人了，今天如果再放了你，还不知道你还要杀几个人。怜惜一个妖怪的性命，反而害了无数的人命。小慈悲是大慈悲的祸害，大师切勿可怜她！"说着就把画轴抛到了火炉中。

烟火一起，血腥的气味就充满了房间，大家怀疑这妖怪已经杀了不止一个僧人了。到了晚上，有时还能听到嘤嘤的哭泣声。书生说："妖怪剩余的气息还没有散尽，恐怕时间长了会再次凝聚出形体。而想破阴邪的气息，只有用阳刚之气。"

于是书生就买了十几挂鞭炮（京城把这叫作火鞭），把引信结在一起，一听到妖怪的声音就点燃鞭炮，一时间像炸雷一样砰然大响，窗门都被震动了，从此就安静下来了。铲除邪恶就一定要致力于根本，这个书生就是这样做的。

天狐警友

有与狐为友者，天狐也，有大神术，能摄此人于千万里外。凡名山胜境，恣其游眺，弹指而去，弹指而还，如一室也。尝云："惟贤圣所居不敢至，真灵所驻不敢至，馀则披图按籍，惟意所如耳。”一日，此人祈狐曰：“君能携我于九州之外，能置我于人闺阁中乎？”狐问何意。曰：“吾尝出入某友家，预后庭丝竹之宴。其爱妾与吾目成[①]，虽一语未通，而两心互照。但门庭深邃，盈盈一水，徒怅望耳。君能于夜深人静，摄我至其绣闼[②]，吾事必济[③]。”狐沉思良久，曰：“是无不可。如主人在何？”曰：“吾侦其宿他姬所而往也。”后果侦得实，祈狐偕往。狐不俟其衣冠，遽携之飞行。至一处，曰：“是矣。”瞥然自去。此人暗中摸索，不闻人声，惟觉触手皆卷轴，乃主人之书楼也。知为狐所弄，仓皇失措，误触一几倒，器玩落板上，碎声砰然。守者呼：“有盗！”僮仆坌至[④]，启锁明烛，执械入，见有人瑟缩屏风后，共前击仆，以绳急缚。就灯下视之，识为此人，均大骇愕。此人故狡黠，诡言偶与狐方忤，被提至此。主人故稔知之，拊掌揶揄曰：“此狐恶作剧，欲我痛抶[⑤]君耳。姑免笞，逐出！”因遣奴送归。他日，与所亲密言之，且詈曰：“狐果非人，与我相交十馀年，乃卖我至此。”所亲怒曰：“君与某交，已不止十馀年，乃借狐之力，欲乱其闺阃[⑥]，此谁非人耶？狐虽愤君无义，以游戏儆君，而仍留君自解之路，忠厚多矣。使待君华服盛饰，潜挈置主人卧榻下，君将何词以自文[⑦]？由此观之，彼狐而人，君人而狐者也。尚不自反耶？”此人愧沮而去。狐自此不至，所亲亦遂与绝。郭彤纶与所亲有瓜葛，故得其详。

注释

① 目成：眉来眼去，以目传情。

② 绣闼：装饰华丽的门，代指女子的居所。

③ 济：对事情有益，此处指达成。

④ 坌至：纷至，一齐到来。

⑤ 抶：用鞭、杖或竹板之类的东西打。

⑥ 闺闼：妇女居住的地方，借指妇女。

⑦ 自文：指自为文饰，掩盖过错。

译 文

有个人和狐狸是朋友，这是一只天狐，有很大神通，能够把此人带去千万里之外。凡是名胜古迹，任他游玩，弹指间去了，弹指间又回来，好像在一间房子里走动。狐狸曾经说：“只有圣贤住的地方不敢去，真正的神灵住的地方不敢去。其余地方都能按照地图书籍的指示，想到哪儿都可以如愿。”一天，这个人请求狐狸说：“你能把我带到九州之外，能把我带到人家的闺阁里去吗？”狐狸问他是什么意思。他说：“我曾经在某个朋友家往来出入，参加了在他家后院举行的歌舞宴会。朋友的爱妾和我眉目传情，虽然没有说一句话，但是两颗心却互相明白。只是他家宅深院大，虽只一水之隔，只能怅然相望罢了。你如果能够在夜深人静时把我弄到她的闺房里，我的事一定会成功。”狐狸沉思了好久，说：“这没有什么不可以。如果主人在怎么办？”他说：“我侦察他在其他侍姬屋里时再去。”后来他侦察确实，请求狐狸带他去。狐狸不等他穿戴好，就马上带着他飞行。到了一个地方说：“是这儿了。”然后转眼就不见了。这人在黑暗中摸索，听不见人的声音，只感觉到手触摸到的都是卷轴，原来是主人的书楼。他知道被狐狸耍了，仓皇失措，不小心碰倒了一张几，器玩落在地板上，发出破碎的砰砰声。守夜的喊："有贼！"僮仆一起赶来，打开锁，点亮烛火，拿着棍棒进入房间。看见一个人瑟缩在屏风后面，一起上前把他打倒在地，用绳子捆缚起来。在灯下仔细一看，认出是他，都很吃惊。这人也很狡猾，撒谎说偶然和狐友闹翻了，被拎到这儿。主人和他很熟悉，拍着手嘲弄他说："这是狐狸的恶作剧，想要我痛打你罢了。因此免除挨打，赶出去！"于是派奴仆把他送了回去。后来有一天，他和他的好友悄悄说起这件事，并骂道："狐狸果然不是人，和我交往了十多年，竟然出卖我到这种地步。"好友怒道："你和某人相交已经不只十多年，还想借助于狐狸勾搭他的妻妾。这是谁不是人呢？狐狸虽然愤怒于你不讲义气，以恶作剧来警告你，却还是给你留下脱身的后路，这很忠厚了。假使等你穿得仪表堂堂，偷偷把你弄到主人的床下，你怎么来掩饰自己？由此看来，那狐狸是人，你有人的外表实际上却是狐狸。你还不自己反省吗？"这人惭愧沮丧而去。狐狸从此不再来了，朋友也渐渐和他断绝了关系。郭彤纶和这人的朋友有关系，因此知道了他的详细情况。

老儒报谤

老儒刘泰宇，名定光，以舌耕[①]为活。有浙江医者某，携一幼子流寓[②]，二人甚相得，因卜邻[③]。子亦韶秀[④]，礼泰宇为师。医者别无亲属，濒死托孤于泰宇。泰宇视之如子。适寒冬，夜与共被。有杨甲为泰宇所不礼[⑤]，因造谤曰："泰宇以故人之子为娈童[⑥]。"泰宇愤恚[⑦]，问此子知尚有一叔，为粮艘旗丁掌书算。因携至沧州河干，借小屋以居；见浙江粮艘，一一遥呼，问有某先生否。数日，竟得之，乃付以侄。其叔泣曰："夜梦兄云，侄当归。故日日独坐舵楼望。兄又云：'杨某之事，吾得直[⑧]于神矣。'则不知所云也。"泰宇亦不明言，悒悒自归。迂儒拘谨，恒念此事无以自明，因郁结发病死。灯前月下，杨甲见其怒目视。杨故犷悍[⑨]，不以为意。数载亦死。妻别嫁，遗一子，亦韶秀。有宦室轻薄子，诱为娈童，招摇过市，见者皆太息。泰宇，或云肃宁人，或云任邱人，或云高阳人。不知其审[⑩]，大抵住河间之西也。迹[⑪]其平生，所谓殁而可祀于社者欤！此事在康熙中年，三从伯灿宸公喜谈因果，尝举以为戒。久而忘之。戊午五月十二日，住密云行帐，夜半睡醒，忽然忆及，悲其名氏翳如[⑫]。至滦阳后，为录大略如右[⑬]。

注释

① 舌耕：教学生的人凭借着一张嘴和所说的内容谋生。

② 流寓：在异乡日久而定居。

③ 卜邻：做邻居。

④ 韶秀：俊美清秀。

⑤ 不礼：不以礼相待。

⑥ 娈童：本义是指美少年，后专指与男人发生性行为的年轻男子。

⑦ 愤恚：痛恨，怨恨。

⑧ 得直：胜诉。

⑨ 犷悍：粗野强悍。

⑩ 审：详细，周密。

⑪ 迹：据实迹考知。

⑫ 翳如：湮灭无闻。

⑬ 如右：像右边这些。由于古人习惯由右往左书写，故称。

译 文

老儒生刘泰宇，名定光，靠教书为生。有位浙江医生带着个幼子流落到刘泰宇的村子，两人相处得很好，便比邻而居。医生的儿子聪敏清秀，拜刘泰宇为师。医生别无亲属，临终时把儿子托付给刘泰宇。刘泰宇把他的儿子当作自己的儿子，在寒冷的冬夜里，两人共盖一被。有个人叫杨甲，刘泰宇很看不上他。他造谣说泰宇把朋友的儿子当娈童。刘泰宇又气又恨，问起来，知道小孩还有个叔叔，为押粮船的旗丁管文书账目。于是他把小孩带到沧州河岸，借了一间小屋居住，见了浙江粮船便呼叫，问是否有某某先生在船上。这样找了几天，竟然找到了小孩的叔叔，把小孩交给了他。小孩的叔叔哭道："昨夜梦见哥哥说侄儿该回来了，所以我天天坐在舵楼上望。哥哥还说：'杨某的事，我在神前告赢了。'不知说的是什么事。"刘泰宇也不明说，郁郁地自己回去了。这位老儒生迂腐拘谨，常常惦念没法洗清自己，结果忧郁成病死去。在灯前月下，杨甲经常看见刘泰宇对他怒目而视。杨甲本性强悍凶暴，也不在乎。过了几年，杨甲也死了，他妻子改嫁，扔下一个儿子，也聪明清秀。有位轻薄的公子哥儿引诱这小孩当了娈童，毫不避讳地招摇过市。见到这小孩的人都叹息。有人说刘泰宇是肃宁人，有人说是任邱人，有人说是高阳人，不知究竟是哪儿，大概是在河间府以西的地方。考察一下他的生平，他就是所谓的死后可以在社庙里享祭的人吧。这事发生在康熙年间中期，我的三堂伯灿宸公喜欢谈因果，曾提起这事叫人引以为戒。年长日久，我也忘了这事。嘉庆三年五月十二日，我住在密云行帐中，半夜醒来，忽然想起这事，感伤他的姓名渐为人所忘，到了滦阳后，写下了右边的大略情况。

张某之妻

董秋原言：有张某者，少游州县幕[①]。中年度足自赡，即闲居以莳[②]花种竹自娱。偶外出数日，其妇暴卒。不及临诀[③]，心恒怅怅如有失。一夕，灯下形见，悲喜相持。妇曰："自被摄后，有小罪过待发遣[④]，遂羁绊至今。今幸勘结[⑤]，得入轮回，以距期尚数载，感君忆念，祈于冥官，来视君，亦夙缘之未尽也。"遂相缱绻如平生。自此人定恒来，鸡鸣辄去。嬿婉之意有加，然不一语及家事，亦不甚问儿女，曰："人世嚣杂，泉下人得离苦海，不欲闻之矣。"一夕，先数刻至，与语不甚答，曰："少迟君自悟耳。"俄又一妇搴帘入，形容无二，惟衣饰差别，见前妇惊却。前妇叱曰："淫鬼假形媚人，神明不汝容也！"后妇狼狈出门去。此妇乃握张泣。张惝恍莫知所为。妇曰："凡饿鬼多托名以求食，淫鬼多假形以行媚，世间灵语，往往非真。此鬼本西市娼女，乘君思忆，投

隙而来，以盗君之阳气。适有他鬼告我，故投诉社公[⑥]，来为君驱除。彼此时谅已受笞矣。”问：“今在何所？”曰：“与君本有再世缘，因奉事翁姑，外执礼而心怨望，遇有疾病，虽不冀幸[⑦]其死，亦不迫切求其生。为神道所录，降为君妾。又因怀挟私愤，以语激君，致君兄弟不甚睦，再降为媵婢[⑧]。须后公二十馀年生，今尚浮游墟墓间也。”张牵引入帏。曰：“幽明路隔，恐干阴谴，来生会了此愿耳。”呜咽数声而灭。时张父母已故，惟兄别居。乃诣兄具述其事，友爱如初焉。

注 释

① 幕：幕宾，幕僚。

② 莳：栽种。

③ 临诀：指瞻仰遗容，最后告别。

④ 发遣：原指发配为奴，此处指审判定罪。

⑤ 勘结：审问完毕。

⑥ 社公：土地神。

⑦ 冀幸：犹侥幸、希冀。

⑧ 媵婢：泛指婢妾。

译 文

董秋原说，有位张某年轻时在州县衙里当幕僚，积下的财产估计足够养活自己，就闲住在家，以养花种竹为乐。他偶然外出了几天，他的妻子暴病死了，来不及临终诀别，心中常常若有所失。一天晚上，妻子出现在灯下，他悲喜交加。妻子说：“被拘到阴间后，因有小罪过，等待处置，所以延误到今天。如今结了案，可以进入轮回了。因为离托生时期还要几年，感念你的怀念之情，向冥官请求来看望你，也因为我们前生的缘分没有尽。”于是两人在一起亲热，像妻子活着时一样。从此，他的妻子常常在夜深人静时来，鸡鸣时离开。两人越来越缠绵亲昵。但是她从来不问家事，也不问儿女的事。她说：“人世喧嚣复杂，泉下的人不想听这人世的事了。”一天晚上，她提前来了几刻钟。张某和她说话，她不怎么搭理。她说：“过一会儿你就会明白了。”一会儿又有一个女人进来，两人长得一模一样，只是衣服装饰不同。后来的看见先来的惊退几步。先来的女人喝道：“淫鬼假冒别人的相貌媚惑人，神明不会饶了你。”后来的女人狼狈地走了。先来的女人拉着张某的手哭泣，张某还恍恍惚惚不知道是什么回事。女人说：“凡是饿鬼，大多冒名来寻求食物，淫鬼大多冒相貌来媚惑人。世上的灵语往往不是真的。这个鬼本来是西市的妓女，趁你思念我的机会而来，以便盗取你的阳气。正好有别的鬼告诉我，所以向社公投诉，来替你驱逐她。这时她可能已经挨了板子了。”张某问妻子现在何处。她说：“和你本来有下一生的缘分，因为我侍奉公婆表面尽情尽礼，心里却怀着怨望。公婆有病时，虽然不祈求他们死，但也不迫切祈求他们活。被神记录在案，把我降为你的妾。又因为我为泄私愤，用话激你，致使你们兄弟不大和睦，因此再降为媵婢。必须晚你二十多年投生。如今还浮游在坟墓之间。”张某拉她上床。她说：“阴阳是两个世界，恐怕要被神惩罚。来生会满足你的愿望。”她呜咽几声不见了。当时张某父母已经去世，只有哥哥和他分居。他就到哥哥那儿说了这件事，两人又像以前一样友爱和睦了。

孝子杀人不辱亲

有嫠妇[①]年未二十，惟一子，甫三四岁。家徒四壁，又鲜族属，乃议嫁。妇色颇艳。其表戚某甲，密遣一媪说之曰：“我于礼无娶汝理，然思汝至废眠食。汝能托言守志，而私昵于我，每月给赀若干，足以赡母子。两家虽各巷，后屋则仅隔一墙，梯而来往，人莫能窥也。”妇惑其言，遂出入如外妇[②]。人疑妇何以自活，然无迹可见，姑以为尚有蓄积而已。久而某甲奴婢泄其事。其子幼，即遣就外塾宿。至十七八，亦稍闻繁言。每泣谏，妇不从；狎昵杂坐，反故使见闻，冀杜[③]其口。子恚甚，遂白昼入某甲家，剚刃[④]于心，出于背，而以“借贷不遂，遭其轻薄，怒激致杀”首于官。官廉，得其情，百计开导，卒不吐实，竟以故杀论抵。乡邻哀之，好事者欲以片石表[⑤]其墓，乞文于朱梅崖前辈。梅崖先一夕梦是子，容色惨沮，对而拱立，至是憬然[⑥]曰：“是可毋作也。不书其实，则一凶徒耳，乌乎表？书其实，则彰孝子之名，适以伤孝子之心，非所以安其灵也。”遂力沮罢其事。是夕，又梦其拜而去。是子也，甘殒其身，以报父仇，复不彰母过以为父辱，可谓善处人伦之变矣。或曰：“斩其宗祀，祖宗恫焉，盍待生子而为之乎？”是则讲学之家，责人无已，非余之所敢闻也。

注释

① 嫠妇：寡妇。

② 外妇：指男子于正妻以外在别处另娶的妾或私通之妇。

③ 杜：阻塞，堵塞。

④ 剸刃：指用刀剑刺杀。

⑤ 表：表彰。

⑥ 憬然：形容醒悟的样子。

译文

有个寡妇不到二十岁，有个儿子，只三四岁。家里穷得什么也没有，亲属又很少，于是便打算再嫁。寡妇长得很漂亮，她的一位表亲某甲暗中派一个老妈子和她说："按照礼法，我不能娶你，但我想你到了吃不下、睡不着的地步。你可以假托守节不嫁，而暗中和我相好，我每月给你一些钱，足够养活你们母子了。两家虽然不在一个巷子里，但屋后只隔着一道墙，搭上梯子来往，别人不会发现的。"寡妇被他引诱，于是出入他家，成了他的姘妇。人们怀疑她靠什么生活，但没有发现什么疑点，就以为她还有积蓄。时间一长，某甲的奴婢把这事透露了出来。寡妇的儿子还小，便被打发到外面私塾里住宿，到了十七八岁时，儿子也听到一些风言风语，常常哭着劝说母亲。她不听，反而和某甲亲热调笑，故意叫儿子听到看到，打算堵住儿子的嘴。儿子气极了，大白天闯入某甲家，用刀从某甲的心窝捅进去，刀从后背透了出来。他向官府自首说，向某甲借贷未遂，又遭他侮辱，被激怒才杀死了他。官府明察，弄清了事情真相，想方设法开导他说出实情，但这年轻人仍坚持原口供，最后以故意杀人罪被判抵命。乡邻们同情他，热心人想给他树起一块碑来表彰他，请朱梅崖先生写碑文。在这前一晚，朱先生梦见了这位年轻人，神色惨淡，拱手站在他面前。这时，朱先生忽然醒悟，说："这碑文没法写。如果不实事求是地写，那么这年轻人不过是个凶犯，还表彰什么？如果实事求是地写，虽表彰了孝子的名，必伤了孝子的心。这怎能安慰地下的灵魂？”于是他极力劝阻不树碑。这天晚上，朱梅崖先生又梦见年轻人来拜谢而去。这个年轻人甘心舍弃自己的性命为父亲雪耻，又不张扬母亲的过失而辱没父亲的名声，可以说是善于处理人伦方面的变故。有人说，这年轻人断了宗嗣后代，令祖宗痛心。何不生了儿子之后再去报仇？这就是道学家的腔调了。对人求全责备，我是不大赞成的。

小人福君子

小人之谋，无往不福[①]君子也。此言似迂而实信。李云举言其兄宪威官广东时，闻一游士性迂僻，过岭干谒[②]亲旧，颇有所获。归装襆被衣履之外，独有二巨箧，其重四人乃能舁[③]，不知其何所携也。一日，至一换舟处，两舷相接，束以巨绳，扛而过。忽四绳皆断如刃截，訇然堕板上。两箧皆破裂，顿足悼惜。急开检视，则一贮新端砚，一贮英德石也。石箧中白金一封，约六七十两，纸裹亦绽。方拈起审视，失手落水中。倩渔户没水求之，仅得小半。方懊丧间，同来舟子遽贺曰：“盗为此二箧，相随已数日，以岸上有人家，不敢发。吾惴惴不敢言。今见非财物，已唾而散矣。君真福人哉！抑阴功得神佑也？”同舟一客私语曰：“渠[④]有何阴功，但新有一痴事耳。渠在粤日，尝以百二十金托逆旅[5]主人买一妾，云是一年馀新妇，贫不举火，故鬻以自活。到门之日，其翁姑及婿俱来送，皆羸病如乞丐。临入房，互相抱持，痛哭诀别。已分手，犹追数步，更絮语。媒媪强曳妇人，其翁抱数月小儿向渠叩首曰：‘此儿失乳，生死未可知。乞容其母暂一乳，且延今日，明日再作计。’渠忽跃然起曰：‘吾谓妇见出耳。今见情状，凄动心脾，即引汝妇去，金亦不必偿也。古今人相去不远，冯京之父[6]，吾岂不能为哉！’竟对众焚其券。不知乃主人窥其忠厚，伪饰己女以绐之，傥其竟纳，又别有狡谋也。同寓皆知，渠至今未悟，岂鬼神即录为阴功耶？”又一客曰：“是阴功也。其事虽痴，其心则实出于恻隐。鬼神鉴察亦鉴察其心而已矣。今日免祸，即谓缘此事可也。彼逆旅主人，尚不知究竟何如耳。”先师又聃先生，云举兄也。谓云举曰：“吾以此客之论为然。”余又忆姚安公言：田丈耕野西征时，遣平鲁路守备李虎，偕二千总、将三百兵出游徼，猝遇额鲁特[7]自间道来。二千总启虎曰：“贼马健，退走必为所及。请公率前队扼山口，我二人率后队助之。贼不知我多寡，犹可以守。”虎以为然，率众力斗。二千总已先遁，盖绐虎与战，以稽时刻，虎败，则去已远也。虎遂战殁，后荫其子先捷如父官。此虽受绐而败，然受绐适以成其忠。故曰：小人之谋，无往不福君子也。此言似迂而实确。

注 释

① 福：作动词，指招来福气。

② 干谒：指为某种目的而求见。

③ 舁：抬。

④ 渠：代词，他。

⑤ 逆旅：旅馆。

⑥ 冯京之父：北宋宰相冯京之父原本无子，于是就买了个小妾，又因不忍心小妾父女分离而将她还给了她的父亲，连所付的钱都没有讨还。过了几个月，他就有了儿子，儿子长大后出人头地，当了宰相。

⑦ 额鲁特：指蒙古族军队。

译文

小人所施的计谋，没有一条不是在为君子造福的。这话听起来似乎有点儿傻，实际上却一点不假。李云举说：他哥哥宪威在广东做官时，听说有个士子，四处漂泊求学，他性情迂腐而孤僻。路过岭南时，他拜见了一些亲戚朋友，颇有收获。归来时，除了铺盖衣物之外，他还带回了两只大箱子。箱子很重，需要四个人才能搬动，不知里面装着什么。一天，到了一个换船的地方，两船的船舷靠在一起。士子命人用粗绳捆好箱子，抬到另一条船上去。忽然绳子断裂开来，像是被刀砍的一样。两只箱子都摔裂了，士子心疼得直跺脚。他急忙打开箱子检查，原来一只箱子里放的是崭新的端砚，另一只箱子装的是英德石。装英德石的箱子里有白银一封，用纸包裹着，有六七十两，纸包已经摔破了。士子拈起银子来查点，不小心失手将银子掉入河中。他急忙求渔民入水打捞，只捞上了一小半。正懊丧时，同来的一位船工突然向他道喜说：“由于您带着这两只箱子，强盗们已跟踪您几天了，因为岸边有人家，他们才没敢动手。我心里一直惴惴不安，又不敢说出来。现在，强盗们见箱子里没有财物，已经唾骂了几句散去了。您真是有福之人哪！大概是您平日积有阴德，所以得到了神灵的保佑。”同船的一位客人偷偷地说：“他有什么阴德，只不过刚刚干了一件傻事。前不久，他在广州时，曾花一百二十两银子托旅店主人买了一个妾，据说是个刚结婚一年的新媳妇，因为家里穷得揭不开锅，才卖了她，使她能有条活路。过门那天，她的公婆和丈夫皆来送别，一个个面如病鬼，形同乞丐。临进屋时他们竟相互搂抱着痛哭起来，像是再也见不到了，分手之后，她又回身追出几步，拉着丈夫，絮絮叨叨嘱咐个不停。媒婆上前，疆拉硬拽那女人进屋，她那公公抱着个几个月的婴儿，跪到士子面前说：‘这孩子一旦断奶，生死就难以预料了，求您允许他母亲再给他喂一次奶，使他今天得以维持生命。至于明天，只得另作打算了。’士子忽然一跃而起，说：‘我以为她是被你们撵出来的，见此情状，真令人心惊。你们把这女人领回去，钱我也不要了。古人今人相去不远，宋代冯京之父能做到的事，难道我就做不到吗？’于是，他当众焚烧了卖身契。然而，他却根本没想到，那帮人是看着他为人忠厚就耍了个花招，把那女子伪装起来卖给了他。倘若他买下了那个女子，那帮人还有更狡猾的招数。与士子同住一处的人都知道这事的底细，只有他至今还蒙在鼓里。难道鬼神会把这种事录为阴德吗？”另一位客人说：“说起来，此事还应该算是他积的阴德。事情办的虽不明智，他却是出于恻隐之心。鬼神鉴察事体，着眼点还是放在办事人的心灵上。今天，他能够免除祸患，就是因为他办了此事。而那个旅店主人，还不知会落个什么下场呢。”先师又聃先生，是云举之兄，他对云举说：“我认为这后一位客人说得对。”我又想起姚安公说的一件事：田耕野先生西征时，曾派遣平鲁路守备李虎偕同两位千总、三百名军士出外巡察，突然遇到

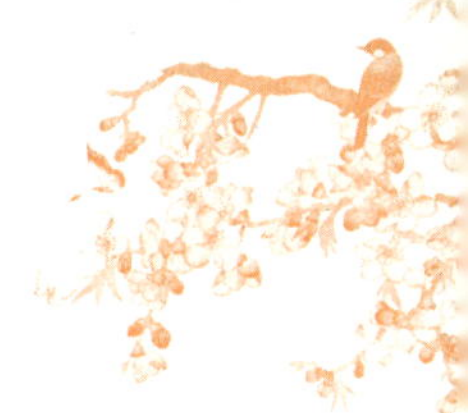

额鲁特人从小珞袭来。两位千总向李虎报告说："贼人马匹强健，我军如要撤退，必然会被他们追上。请您率领前队守住山口，我二人率后队相助，贼人弄不清我军兵力有多少，我们或者可以守住阵地。"李虎认为此话有理，便率前队兵士奋力与敌人搏斗。就在李虎与敌人交战之际，两个千总已经先逃走了。等李虎战败时，他们早溜得没影儿了。李虎最后牺牲在战场上。后来，李虎的儿子袭了父亲的官爵，做了平鲁路守备。李虎虽因受人欺骗而战死沙场，但这种欺骗也成全了他，使他成了一代忠良。所以说，小人所施的计谋，没有一条不是为君子造福的。这话虽然近似迂腐，却是实实在在的。

博施为福

云举又言：有人富甲一乡，积粟千馀石[①]。遇岁歉[②]，闭不肯粜[③]。忽一日，征集仆隶，陈设概量[④]，手书一红笺，榜于门曰："岁歉人饥，何心独饱，今拟以历年积粟，尽贷乡邻，每人以一石为律。即日各具囊篋赴领，迟则粟尽矣。"附近居民，闻声云合，不一日而粟尽。有请见主人申谢者，则主人不知所往矣。惶遽大索，乃得于久镉敝屋中，酣眠方熟，人至始欠伸。众惊愕掖起，于身畔得一纸曰："积而不散，怨之府也；怨之所归，祸之丛也。千家饥而一家饱，剽劫为势所必至，不名实两亡乎？感君旧恩，为君市德。希恕专擅[⑤]，是所深祷。"不省所言者何事。询知始末，太息而已。然是时人情汹汹，实有焚掠之谋。得是博施，乃转祸为福。此幻形之妖，可谓爱人以德矣。所云“旧恩”，则不知其故。或曰：“其家园中有老屋，狐居之数十年，屋圮乃移去。意即其事欤？”

注释

① 石：古代粮食重量单位，125千克为一石。

② 岁歉：荒年，收成不好的年头。

③ 粜：卖粮食。

④ 概量：概和斗斛等量器。

⑤ 专擅：不请示或不经上级批准而擅自行动。

译文

云举又说：有个全乡最富的人，收藏了一千多石粮食，遇上荒年，他闭门不肯售粮。突然有一天，富人把仆人们召集来，摆出升斗量器，写了一张红纸，贴在大门口，上面写道：“荒年人人饥饿，我怎能安心一个人吃饱？现在我准备把历年积存的粮食全部借给同乡邻里，每人限借一石。即日开始，各人自备口袋箩筐来领取，迟到粮食就分光了。”附近的居民听到消息都涌来，不到一天，粮食就分光了。有人请求拜见主人，表示感谢，但主人却不知到什么地方去了。大家惊慌起来，到处寻找，最后从一间关闭很久的破房子中找到他，他正在呼呼大睡，来人了他才醒来，打着呵欠、伸着懒腰。大家很惊讶地把他扶起，在他身边看到一张纸，上面写着：“积存而不散发，是怨恨的根源；怨恨集中，灾祸就丛生了。千家饥饿，一家饱食，抢掠就是形势之必然，这不就名誉和物质两者都丧失了吗？我感谢你旧日的恩德，现在我为你买取德行。希望你宽恕我的专权，这是我最大

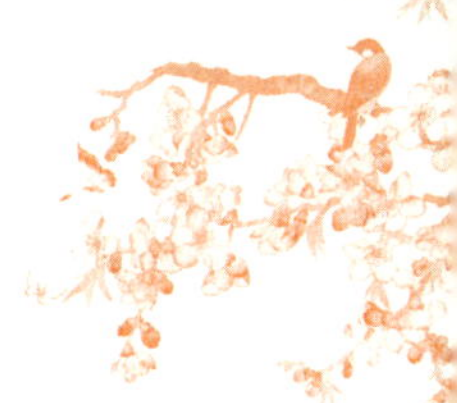

的请求。”大家都不清楚纸上讲的是什么事。富人查问分粮的过程，只有叹气的份儿了。但是当时人们心情焦急，确实有放火抢掠的打算。富人因为广施粮食，才转祸为福。这个变成富人模样的妖怪，可以说是用德行来爱护这个富人了。只是不知道所说的旧时恩德是什么情况了。有人说：“这个富人家的院子里有间老屋，狐精在里面住了几十年，直到老屋倒塌才离开。估计大概就是这件事吧？”

狐家之婢

小时闻乳母李氏言：一人家与佛寺邻。偶寺廊趺下一小狐，儿童捕得，縶缚[①]鞭箠，皆慑伏不动。放之则来往于院中，绝不他往。与之食则食，不与之食亦不敢盗；饥则向人摇尾而已。呼之似解人语，指挥之亦似解人意。举家怜之，恒禁儿童勿凌虐。一日，忽作人语曰：“我名小香，是钟楼上狐家婢。偶嬉戏误事，因汝家儿童顽劣，罚受其蹂躏一月。今限满当归，故此告别。”问：“何故不逃避？”曰：“主人养育多年，岂有逃避之理？”语讫，作叩额状，翩然越墙而去。时余家一小奴窃物逋飏[②]。乳母因说此事，喟然曰：“此奴乃不及此狐。”

注 释

① 縶缚：捆绑，绑缚。

② 逋飏：远远地逃走。

译文

小时候听乳母李氏说，一户人家挨着佛寺居住。一天佛寺廊上突然跳下一只小狐狸，被儿童们捕捉住了，用绳子绑住鞭打，小狐狸趴在地上不动。把它放开，它就在院子中来来往往，决不到别处去，给它食物就吃，不给也不敢偷，饿了就向人摇尾巴。叫它的时候好像懂得人的语言，指示它做什么好像也懂得人的意思。全家人都很喜欢它，禁止小孩子虐待它。一天，它忽然说起了人话说："我名叫小香，是钟楼上狐家的婢女。有一次贪玩误了事，因为你们家的儿童顽皮，罚我受他们虐待一个月。现在期限到了，我该回去了。因此向你们告别。"问它为什么不逃避。它说："主人养育我多年，哪里有逃避的理由。"说完，做出叩头的样子，然后轻快地翻墙走了。当时我家一个小奴偷了东西逃到远处去了。乳母就说了这个故事，她叹息说："这个小奴还不如这只狐狸。"

荒寺之僧

陈云亭舍人言：其乡深山中有废兰若[①]，云鬼物据之，莫能修复。一僧道行清高，径往卓锡[②]。初一两夕，似有物窥伺，僧不闻不见，亦遂无形声。三五日后，夜有野叉排闼入，狰狞跳掷，吐火嘘烟。僧禅定自若，扑及蒲团者数四，然终不近身；比晓，长啸去。次夕，一好女[③]至，合什作礼，请问法要[④]。僧不答，又对僧琅琅诵《金刚经》，每一分讫，辄问此何解。僧又不答。女子忽旋舞，良久，振其双袖，有物簌簌落满地，曰："此比散花何如？"且舞且退，瞥眼无迹。满地皆寸许小儿，蠕蠕几千百，争缘肩登顶，穿襟入袖。或龁啮，或搔爬，如蚊虻虮虱之攒咂；或抉剔耳目，擘裂口鼻，如蛇蝎之毒螫。撮之投地，爆然有声，一辄分形为数十，弥添弥众。左支右绌，困不可忍，遂委顿于禅榻下。久之苏息，寂无一物矣。僧慨然曰："此魔也，非迷也。惟佛力足以伏魔，非吾所及。浮屠不三宿桑下[⑤]，何必恋恋此土乎？"天明，竟打包返。余曰："此公自作寓言，譬正人之愠于群小耳。然亦足为轻尝者戒。"云亭曰："仆百无一长，惟平生不能作妄语。此僧归路过仆家，面上血痕细如乱发，实曾目睹之。"

注 释

① 兰若：指寺庙。

② 卓锡：指僧人居留。

③ 好女：美丽的女子。

④ 法要：指佛法中的要旨。

⑤ 浮屠不三宿桑下：僧人不得在同一棵桑树下连宿三个夜晚，此处指不得在同一个地方长期停留。

译 文

中书舍人陈云亭说，他家乡的深山中有座破寺庙，说是被鬼类占据着，不能去修复。一个和尚道行清高，径直到寺里去住。刚去的一两夜，好像有什么怪物来窥伺，和尚好像不闻不见，这怪物也没显形没出声。三五天以后，每晚都有夜叉推门闯进来，面目凶恶地又蹿又跳、吐火喷烟。和尚静坐自若，夜叉多次扑到他坐的蒲团边，但始终没有近他身。天亮后，夜叉长啸一声离去了。这天晚上，来了一位美丽的女子，合掌行礼，请问和尚法号。和尚不答，她又对着和尚琅琅地朗诵《金刚经》。她每朗诵完一段，就问这一段是什么意思。和尚还是不回答。女子忽然旋转着跳起舞来，跳了好久，一抖双袖，有东西簌簌地落了满地。她说："这比天女散花怎样？"她一边舞着一边后退，转眼间不见了。只见满地都是一寸左右的小孩，蠕动着，有几千个，争着沿着和尚的肩膀爬上头顶，或从衣襟、袖子钻进去，或者乱啃乱咬，或者爬来爬去，好像蚊虻虮虱聚堆叮咬。有的还扒眼睛、耳朵，撕嘴，拉鼻子，像是蛇、蝎螫人。抓住它往地上一扔，发出一声爆响，一个又分裂成几十个，越来越多。和尚不停挣扎，一夜疲劳，终于支持不住，瘫在禅榻下。过了好久他才醒来，屋子里已经安静得什么都没有了。和尚感慨地说："这是魔，不是迷人的妖物。只有佛法的力量才足以降伏魔，这不是我所能做到的。浮屠不连着在同一棵桑树下住三夜，我又何必依恋这里呢？"天亮后竟打包返回了。我说："这是陈先生编的一篇寓言，比喻正人君子受到众多小人的欺负。但这也足以让那些贸然采取行动的人引以为戒。"陈云亭说："我什么长处也没有，唯有一生不说谎。这和尚回来时路过我家，脸上的血痕细如乱发，我确实亲自看到过。"

牛马有人心

高官农家畜一牛，其子幼时，日与牛嬉戏，攀角捋尾皆不动。牛或嗅儿顶、舐[①]儿掌，儿亦不惧。稍长，使之牧。儿出即出，儿归即归，儿行即行，儿止即止，儿睡则卧于侧，有年[②]矣。一日往牧，牛忽狂奔至家，头颈皆浴血，跳踉哮吼，以角触门。儿父出视，即掉头回旧路。知必有变，尽力追之。至野外，则儿已破颅死；又一人横卧道左，腹裂肠出，一枣棍弃于地。审视，乃三果庄盗牛者。（三果庄，回民所聚，沧州盗薮[③]也。）始知儿为盗杀，牛又触盗死也。是牛也，有人心焉。又西商李盛庭买一马，极驯良。惟路逢白马，必立而注视，鞭策不肯前。或望见白马，必驰而追及，衔勒[④]不能止。后与原主谈及，原主曰："是本白马所生，时时觅其母也。"是马也，亦有人心焉。

注释

① 舐：舔。

② 有年：经过很多年。

③ 盗薮：强盗聚集的地方。薮：人或物聚集的地方。

④ 衔勒：马嚼口和马笼头，此处指拉住嚼口和笼头。

译文

高官的农民家里养了一头牛，他儿子小时候天天和牛玩耍，攀牛角，拉牛尾，牛都不乱动。有时这头牛嗅嗅孩子的头，舔孩子的手，孩子也不怕。后来孩子长大了一些，家里便叫孩子去放牛。孩子出门，牛跟着出门；孩子回家，牛跟着回家；孩子走，牛就走；孩子停，牛就停；孩子睡下，牛就躺在旁边。就这样过了几年，有一天，孩子去放牛了。忽然那头牛飞奔回家，牛头牛颈都沾满鲜血，又跳又叫，还用牛角撞门。孩子的父亲出来看时，牛又回头向原路跑去。孩子父亲知道一定出事了，就极力追赶。到了野外，他看见孩子脑袋破裂已经死了，还有一个人横卧在路边，肚子开裂，肠子都流出来，一根枣木棍丢在地上。他仔细一看，那人原来是三果庄的偷牛贼。（三果庄是回民聚居的地方，是沧州的强盗窝。）孩子父亲这才知道，孩子是被强盗杀死的，牛又把强盗顶死了。这头牛是有人的心肠的。还有一个西北商人李盛庭，他买来一匹马，十分驯良。只是如果在路上碰到白马，一定会停下来盯着看，鞭打也不肯前进。有时远远望见有白马，一定会飞跑着追上去，硬拉马缰也控制不住。后来和这匹马原来的主人讲到这件事，原来的主人说："这匹马本来是白马生的，时刻都在寻找它的母亲。"这匹马也是有人的心肠的。

幻形狐友

田白岩言：济南朱子青与一狐友，但闻声而不见形。亦时预文酒之会，词辩纵横，莫能屈也。一日，有请见其形者。狐曰："欲见吾真形耶？真形安可使君见？欲见吾幻形耶？是形既幻，与不见同，又何必见。"众固[①]请之，狐曰："君等意中，觉吾形何似？"一人曰："当庞眉[②]皓首。"应声即现一老人形。又一人曰："当仙

风道骨。”应声即现一道士形。又一人曰：“当星冠羽衣。”应声即现一仙官形。又一人曰：“当貌如童颜。”应声即现一婴儿形。又一人戏曰：“庄子言姑射神人，绰约若处子，君亦当如是。”即应声现一美人形。又一人曰：“应声而变，是皆幻耳，究欲一睹真形。”狐曰：“天下之大，孰肯以真形示人者，而欲我独示真形乎？”大笑而去。子青曰：“此狐自称七百岁，盖阅历深矣。”

注释

① 固：坚定，坚持。

② 庞眉：眉毛黑白杂色，形容年老的样子。

译文

田白岩说：济南的朱子青和一只狐狸交朋友，但却只能听见它的声音而看不见它的样子。这只狐狸也常常参加文人们的酒宴，很会辩论，谁也不能辩倒它。

一天，有个人请求看看它的样子。狐狸说：“你是想看我的真形吗？但真形怎么能让你看见？你是想看我幻化的样子吗？但既然是幻化出来的，就和不看一样，又何必看呢？”

众人坚持要看。狐狸问：“在你们的心中，觉得我应该是什么样子？”一个人说：“应该是一个白眉白发的老人。”狐狸应声变成老人的样子。又有一人说：“应该是仙风道骨。”狐狸又应声变成了一个道士。又有一人说：“应该头戴星冠，身穿羽衣。”狐狸又应声变作一个仙官的样子。又一人说：“应该是貌如儿童。”狐狸又应声变作了一个婴儿。又一人开玩笑说：“庄子说，姑射山的神人，绰约的风姿像处子一样。你也应该是这个样子。”狐狸又应声变作一个美人。又一人说：“你虽能应声而变，但这些都是幻形。我们还是想看真形。”狐狸说：“天下这么大，又有谁肯把真面目展示在别人面前呢？为什么只要我露出真面目来呢？”说完它大笑着走了。

子青说：“这狐狸自称七百岁，它的阅历确实够深了。”

韩鸣岐鞭怪

泰安韩生，名鸣岐，旧家子[①]，业医[②]。尝夤夜[③]骑马赴人家，忽见数武[④]之外有巨人，长十馀丈。生胆素豪，摇鞚[⑤]径过，相去咫尺，即挥鞭击之。顿缩至三四尺，短发蓬鬙[⑥]，状极丑怪，唇吻翕辟，格格有声。生下马执鞭逐之。其行缓涩，蹒跚地上，竟颇窘。既而身缩至一尺，而首大如瓮，似不胜载，殆欲颠仆。生且行且逐，至病者家，乃不见，不知何怪也。汶阳范灼亭说。

注 释

① 旧家子：世家子弟。

② 业医：以医生为业。

③ 夤夜：深夜。

④ 武：半步，泛指步。

⑤ 鞚：带嚼子的马笼头。

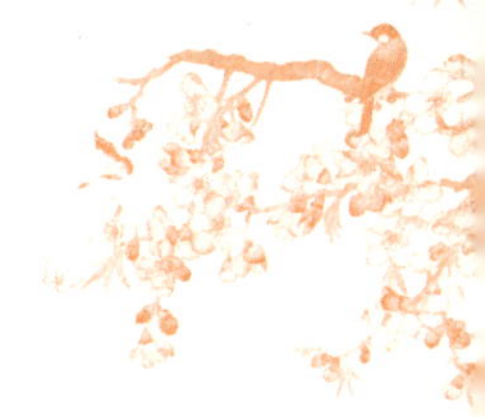

⑥ 蓬鬙：头发披散。

译 文

泰安的韩某，名叫鸣岐，是位大族子弟，以医为业。深夜他骑马到一个人家去，忽然看见几步之外有个高十多丈的巨人。韩某一向胆大，放马径直走过去。当离巨人很近的时候，他便挥鞭打去，那巨人顿时缩到三四尺高，蓬头垢面，样子极为丑陋，嘴还一张一合发出咯咯的响声。韩某下马挥鞭追赶，怪物动作迟钝，在地上蹒跚而行，极为窘迫。随后它的身子缩到一尺高，而头却像瓮那么大，好像要支撑不住了，几乎要摔倒。韩某一边走一边追，到了患者的家，怪物就不见了，不知这是什么怪物。这是汶阳人范灼亭讲的。

烟戏贺寿

戊寅五月二十八日，吴林塘年五旬，时居太平馆中。余往为寿。座客有能为烟戏者，年约六十馀，口操南音，谈吐风雅，不知其何以戏也。俄有仆携巨烟筒来，中可受烟四两，爇火吸之，且吸且咽，食顷方尽。索巨碗瀹[①]苦茗，饮讫，谓主人曰："为君添鹤算[②]，可乎？"其张吻吐鹤二只，飞向屋角；徐吐一圈，大如盘，双鹤穿之而过，往来飞舞，如掷梭然。既而嘎喉有声，吐烟如一线，亭亭直上，散作水波云状。谛视皆寸许小鹤，翩翾左右，移时方灭，众皆以为目所未睹也。俄其弟子继至，奉一觞与主人曰："吾技不如师，为君小作剧可乎？”呼吸间，有朵云飘缈筵前，徐结成小楼阁，雕栏绮窗，历历如画。曰：“此海屋添筹也。”诸客复大惊，以为指上毫光现玲珑塔，亦无以喻是矣。以余所见诸说部，如掷杯放鹤、顷刻开花之类，不可殚述，毋亦实有其事，后之人少所见多所怪乎？如此事非余目睹，亦终不信也。

注 释

① 瀹：煮。

② 鹤算：长寿，常与“龟龄”合用。

译 文

戊寅年五月二十八日，是吴林塘先生五十寿辰，当时，他住在太平馆，我便去那里为他祝寿。在座的客人当中，有一位能以吸烟做表演。这人有六十多岁，操南方口音，谈吐风雅，不知他将要如何表演。过了一会儿，有个仆人给他拿来一支大烟袋，烟锅里足足可以装四两烟叶。他点着火便吸了起来，边吸边咽，将烟都吞进了肚里，大约有一顿饭的工夫，烟吸完了，他又要了一大碗浓茶喝了下去，然后对主人吴先生说：“我呼唤两只仙鹤，一同来为您祝寿如何？”说着，张开嘴吐出一口浓烟，那烟转眼化作两只仙鹤，飞向大厅一角；他又慢慢地吐出一道烟圈，大小与盘子相仿，双鹤从烟圈中穿来穿去，往返飞舞，来回穿梭。随后，他咳了一声，吐出了一条烟线，这条烟线径直冲向上方，渐渐散开去，像是水波状云雾。仔细一看，那云雾又变作许多一寸左右的小仙鹤，在厅内徘徊飞翔，过了好一会儿，才逐渐消失。众人好像对眼前的景象不太相信，皆惊异非常。不一会儿，他的弟子也走上前来，先为主人敬上一杯酒，然后说：“我的本事比不上老师，只能为您表演个小戏法儿。”说着他吸了一口气，再向空中一吐，便有一朵祥云在酒宴前缥缈隐现，慢慢地变成一座小楼阁，楼阁上雕栏绮窗历历在目，如同画幅一般。这位弟子说：“此为‘海屋添筹’之意。”众宾客又大为惊讶，认为“指上毫光现玲珑塔”的情景也无法与眼前的境界相提并论。以我所见的野史小说而言，如“掷杯化鹤”“顷刻开花”之类的故事实在不少，说不定是实有其事的，后人大都不信其有，恐怕是少见多怪之故吧？不过，这种事倘若不是我亲眼所见，我也不会相信。

乌云托月马

豫南李某，酷好马。尝于遵化牛市中见一马，通体如墨，映日有光，而腹毛则白于霜雪，所谓乌云托月者也。高六尺馀，骏尾鬈然，足生爪，长寸许，双目莹澈如水精[①]，其气昂昂如鸡群之鹤。李以百金得之，爱其神骏，刍秣[②]必身亲。然性至狞劣，每覆障泥[③]，须施绊锁，有力者数人左右把持，然后可乘。按辔徐行，不觉其驶[④]，而瞬息已百里。有一处去家五日程，午初就道[⑤]，比至，则日未衔山也。以此愈爱之，而畏其难控，亦不敢数乘。一日，有伟丈夫碧眼虬髯，款门[6]求见，自云能教此马。引就枥下，马一见即长鸣。此人以掌击左右肋，始弭耳不动。乃牵就空屋中，阖户与马盘旋。李自隙窥之，见其手提马耳，喃喃似有所云，马似首肯。徐又提耳喃喃如前，马亦似首肯。李大惊异，以为真能通马语也。少间，启户，引缰授李，马已汗如濡[7]矣。临行谓李曰："此马能择主，亦甚可喜，然其性未定，恐或伤人；今则可以无虑矣。"马自是驯良，经二十馀载，骨干如初。后李至九十馀而终，马忽逸去，莫知所往。

注 释

① 水精：即水晶。

② 刍秣：原意为牛马的饲料，此处指用饲料喂养。

③ 障泥：垂于马腹两侧，用于遮挡尘土的马具。

④ 驶：指马快跑。

⑤ 就道：上路。

⑥ 款门：敲门。

⑦ 濡：沾湿。

译 文

河南南部的李某十分喜欢马。他曾在遵化的牛市上看到一匹马，那马全身像墨那样黑，在太阳下闪闪发亮，但腹部的毛比霜雪还白，这就是人们所说的乌云托月马。马有六尺多高，鬃毛和尾巴卷起，蹄下生有爪子，一寸多长，双眼明净像水晶，气势高昂，鹤立鸡群。李某用一百两银子将其买下，他喜爱这匹马的神采骏逸，喂草料时一定亲自动手。但这匹马脾气十分恶劣，每次放障泥时，一定要把它绑紧，叫几个有力气的人把马四面拉住，才可以骑坐。提着马缰从容地奔跑，还没有觉得它快跑，一下子就跑过百里路了。有个地方，离李某家有五日路程，骑这匹马在刚刚中午时上路，到达时太阳还没有下山。因此，李某更加喜爱这匹马，但又怕难以驾驭，也不敢经常骑它。有一天，有个绿眼睛、卷胡子的大汉上门求见，自称会调教这匹马。李某就把大汉带到马厩，马一见大汉就高声嘶叫。大汉用手掌拍打马的左右两肋，这匹马立刻俯首帖耳，不再乱动。大汉把这匹马拉到一间空屋子里，关上门和马兜圈子。李某从门缝中偷看，只见大汉手提着马耳朵，轻轻地说着什么，马好像点头同意。后来他又慢慢地提着马耳朵，像刚才那样轻轻地说着什么，马也好像点头同意。李某大吃一惊，以为大汉真的通晓马语。过了一会儿，大汉打开门出来，把缰绳交给李某，马已经大汗淋漓，像刚从水里出来一样。大汉临走的时候说："这匹马能够自己选择主人，也是一件非常值得高兴的事情，然而它的性子还没定下来，恐怕会伤人，如今就不用为此担心了。"这匹马从此以后就很驯服，过了二十多年，它的筋骨还是像以前一样强健。后来李某活到九十多岁才去世，这匹马忽然自己跑了，不知道去了哪里。